# 中国文学の歴史
## ——古代から唐宋まで

東方選書

安藤信廣 著

東方書店

# まえがき

中国文学の歴史は、三〇〇〇年に及ぶ長さを持っている。人間の文学の歴史の中で最も古くからつづく歴史の一つである。本書は、その歴史の古代から唐宋に及ぶまでの期間を概説するものである。

膨大な情報の世界を平面的に移動しなければならない現代人にとって、過去の人間の営みは、無意味なことに見えるかもしれない。だが過去の人間の営みを忘れ去ってしまえば、現代は希薄な影のような存在になってしまう。過去の歴史をとらえなおすことは、人間が自分の存在の奥行きをとらえることにほかならない。人間にとって言葉は、認識と表現のための決定的な手段である。言葉の芸術としての文学の歴史を見なおすことは、その重要な意味を持つ言葉を通じて、人間の歴史の最も深い部分をつかみとることにつながるだろう。

一つの時代の文学は、それまでの文学の蓄積の上に生まれ出る。その意味では、文学史は発展の歴史である。文学史を発展史として見ることには、相応の妥当性がある。しかし、文学史を単線的な発展史として描きだすならば、その発展史の文脈に乗るものだけを評価し、乗らないものを排除することになる。それぞれの作者は過去の文学的蓄積の上に立ちながらも、あくまでも自身の現在の課題に向きあっている。人間は歴史を背負いつつ現在に向きあって言葉を生みだしてきた。そこには現在に向きあう多様な試みが生まれた。その多様性をとらえることが、文学史の仕事である。

発展という概念は、しばしば過去を見くびることになる。現在を最高地点に置き、古い時代ほど稚拙な文学だったということになるからである。しかしどれほど古い時代であっても、人間はみずからの現代に向きあっていた。その対峙の中から生みだされた言葉と表現は、おのずから遠くまでとどく力を持っている。それはしばしば現代にまで及び、現代を打つ。それぞれの時代の発展の様相を可能なかぎり明らかにしながら、一人ひとりの作者が自己の現在と向きあって生みだした言葉の豊かさとその現代にまで及ぶ力を明らかにすることが文学史の課題ではないかと思う。

*

三〇〇〇年に及ぶ中国文学の言葉の豊かさを明らかにするというのは、実際には容易なことではない。だがそれでも、作者が生みだす表現に触れて、問題の所在を見いだしたい。そのために本書では、作品そのものを提示して議論することとした。

五世紀の詩人陶淵明は、「飲酒二十首」其七の最後にこう言っている。

日入群動息　日入りて群動息《や》み
帰鳥趨林鳴　帰鳥　林に趨《おもむ》きて鳴く
嘯傲東軒下　嘯傲《しょうごう》す東軒《とうけん》の下

聊復得此生　聊《いささ》か復《ま》た此の生を得たり

「日が暮れて　生きとし生けるものの動きは止み、ねぐらに帰る鳥たちは鳴きながら林に向かう。私は東の軒の下で　気ままに詩を口ずさむ。ともかくもこの生を手に入れたのだ」。「聊」、ともかく、と言っているから、全てに満足しているわけではない。それでもともかく、この生を「得」て私は生きている。「あらゆる不条理にも非合理にもかかわらず、自分が生きて存在しているという事実の奇跡性を、陶淵明は発見しているのである」（安藤信廣・大上正美・堀池信夫編『陶淵明　詩と酒と田園』東方書店、二〇〇六年、一七三頁）。陶淵明の生きた時代は、下級貴族の彼にとって、生きにくく、権力者が代わってゆく重苦しい時代だった。その中でも、「群動」の止んだ夕暮れの一瞬に、生きることの奇跡に気づいた喜びが見える表現である。そしてそれは、重苦しい状況の中で生きにくい思いを持つ後代の人間に、自己を支える力をもたらしてきた。

また紀元前六世紀末の思想家とされる老子の著『老子』第四十一章には、「大器晩成」（大器は晩成す）という箴言が見える。「大きな器は遅くできあがる」という意味である。ここには、遅くできあがることは悪いことではないという逆説がある。また、早くできあがるのは必ずしも偉大な器ではないという含意がある。このわずかな一句の中にも、逆説と批判精神にみちた思想家の面目が生きている。人間はしばしば「速成」（速くできあがる）を価値としてきた。現代はそれが究極の価値となっているかのように見える。「速成」のためならば、他の人間や自然さえ破壊してもかまわないという意識を持ってきている。『老子』の言葉は、「速成」を追いつづける現代を打つ。

アメリカの生物学者レイチェル・カーソン（一九〇七―一九六四）は、農薬による自然破壊に警告を発して

『沈黙の春』(一九六二年)を書いた。その中に、こう言う。

いまこの地上に息吹いている生命がつくり出されるまで、何億年という長い時が過ぎ去っている。……時をかけて――それも何年とかいう短い時間ではなく何千年という時をかけて、生命は環境に適合し、そこに生命と環境の均衡ができてきた。時こそ、欠くことのできない構成要素なのだ。それなのに、私たちの生きる現代からは、時そのものが消え失せてしまった。(青木簗一訳、新潮社、二〇〇七年、一六頁)

農産物の大量生産を求めて人類はてっとり早く膨大な農薬をまき、害虫を殺すようになった。しかしそれは自然そのものを殺す行為だった。「速成」を求める現代は、生命と環境の均衡という「大器」の「晩成」を待つことができないのである。『老子』の言葉は、現代の発想への本質的批判をもたらす。

言葉は、しばしば長い射程を持っている。老子という古代の思想家が自己の現実と向きあって発した言葉は、現代にまでとどく。韻文・散文を問わず、文学のそのような批判的力に光をあてることも本書の課題と言える。

*

本書は、五つの章で構成され、それぞれ独自の課題に即して文学の動きを概観している。

第一章では、殷・周王朝の時代を対象とした。呪術・祭祀からの抒情の、また文学の自立過程、自由な討論による散文の開花の過程を述べる。

第二章では、秦漢帝国の時代を対象とした。中央集権国家の成立という歴史的変化の中で、知識人・庶民が巨大な帝国とさまざまに対峙した過程、葛藤の表現のすがたを述べる。

第三章では、三国・六朝時代の文学を対象とした。この大分裂時代において、各自が自己の準則に従って生きることが強く求められ、貴族層を中心に美が価値の重要な原理となり、また不可解な世界と境を接する感覚から小説が誕生したことを述べる。

第四章では、隋唐時代の文学について述べた。強大な勢力を持ち、国際的な性格を持った唐王朝のもとで詩がさかんになり、多彩な詩人があらわれた。安禄山の乱を境に王朝は崩壊に向かうが、それにも関わらず、詩や散文が改革され、虚構の中に人間を追究する新たな小説がつくられた過程を述べる。

第五章では、五代・宋王朝の時代を対象とした。商人層が文学の享受者として台頭してきて、雅の文学と、俗の文学が併存し影響しあうようになった。詩においては日常への関心が高まり、論理的な哲学の興起と並行して、明晰な散文がつくられ、都市の娯楽施設での話芸から口語の小説が発生した過程を述べる。

*

近代の概念としての「文学」は、一九世紀以前の中国には存在しなかった。それに近い概念をあらわす言葉は「文章」だったと言える。

文章は、まとまった思想や感情を意識的に表現した作品の総称である。基本的に文語で書かれ、詩や賦等の伝統的な韻文を含むが、本来は哲学的な散文や、政治的主張を述べた散文を主に指し、歴史記録を含むこともあった(文章を、散文の意味で用いることもある)。本書はその文章を、主な対象とする。

一方、中国では、低俗なジャンルと見られてきた小説や、話し言葉の芸能などは、文章の範囲には入らなかった。しかし本書では、それらも言葉の芸術の一部として位置づけ、中国文学の歴史の柱の一つとして、取りあげた。

文章のにない手は、主に知識人だった。彼らは、士、士人、士大夫などと呼ばれ、出身階層の変化はあるが、一貫して文章のにない手だった。知識人は、国家の運営に欠くことのできない存在だった。その意味では、知識人は権力機構の一部である。しかし一方、彼らの中にはみずから思考することを選び、自己に内在する理由によって行動する人々もあった。そうした人々は時に国家の批判者となり、あるいは国家の枠組みから離れて隠逸者となった。多くの文章が、そうした人々によって制作された。彼らは宿命的に両義性を持つ人々、引き裂かれるべき運命の人々だった。

一方、俗文学は、庶民や知識人の一部に好まれた。彼らの独自の感覚が歌謡や小説、芸能を通じて伝わってくる。彼らはもともと制作者であると同時に享受者だった。そうした伝統が、俗文学の独特の表現感覚を形づくっている。文章と俗文学、その両方の多彩さに注目したい。本書は、容易に一元化されない、多様性と多彩さに満ちた中国文学のすがたを、歴史的時間を軸として追求しようとするものである。

目次

まえがき……i

第一章　先秦時代の文学……1

一――殷から周へ……2
1　殷王朝と甲骨文字……2／2　殷から周へ……6

二――『詩経』の歌謡……9
1　古代歌謡集としての『詩経』……9／2　『詩経』の民間歌謡……11／3　『詩経』の儀式歌……17／4　貴族層の視野……21

三――哲学と文章……25
1　西周の信仰と『書経』……25／2　春秋戦国時代の文化……27／3　孔子と儒家……29／4　老子の言語表現……33／5　そのほかの思想家たち……36

四――『楚辞』と屈原……40
1　南方の文学としての「楚辞」……40／2　降霊する神――「九歌」……43／3　「離騒」の構造……46／4　中空での停止――「離騒」の結末……50

第二章　秦・漢時代の文学……53
一——秦漢帝国の出現……54
1 統一帝国の成立……54／2 漢代初期の文学……57
二——賦の隆盛……61
1 朗誦文学としての賦……61／2 後漢の賦……64／3 短編の朗誦形式——辞……67
三——司馬遷と『史記』……70
1 司馬遷『史記』の構成……70／2 天への懐疑——「伯夷列伝」……73／3 『史記』刺客列伝……77
四——楽府と五言詩……83
1 新しい民間歌謡——楽府……83／2 思いを絶つ歌……85／3 五言詩の発生……89
第三章　三国・六朝時代の文学……95
一——分裂と融合の時代……96
二——三国時代の楽府と五言詩……98
1 建安文学の時代……98／2 曹操と楽府……99／3 曹植の文学……103／4 建安七子の文学……106／5 竹林の七賢と正始文学……109

三――西晋・東晋から宋へ……116
1 西晋時代の文学……116／2 東晋の文学……122／3 宋代の文学……128
四――斉・梁・陳と北朝の文学……132
1 六朝時代後半の文学……132／2 斉代の詩……134／3 梁・陳の詩……136／4 北朝の詩……140／5 南北朝の民間歌謡……145
五――南北朝の文章と文学論……148
1 三国時代の文章……148／2 南北朝時代の文章……152／3 文学論の時代……159
六――志怪小説の誕生……168
1 志怪小説……168／2 小説と史実――「復活」の物語……169／3 桃源郷……172／4 『世説新語』……176
第四章 唐代の文学……179
一――隋・唐帝国と文学……180
1 隋・唐帝国の成立……180／2 隋・唐の文学をめぐる環境……182
二――初唐・盛唐詩……184
1 初唐詩……184／2 盛唐詩……194／3 李白と杜甫……200

三――中唐・晩唐詩……212
1　中唐の社会と文学……212／2　中唐詩……213／3　晩唐詩……225／4　中・晩唐の女流詩人……231
四――古文復興と散文の展開……235
1　初唐・盛唐の散文……235／2　「古文」と韓愈……238／3　柳宗元の古文……241／4　柳宗元の自然文……244
五――伝奇小説の隆盛……247
1　志怪小説から伝奇小説へ……247／2　「枕中記」の時間……250／3　「李徴」（「人虎伝」）……253

## 第五章　五代・宋の文学……259

一――五代と詞……260
1　五代十国の時代……260／2　詞の発生……262／3　詞の展開……265
二――北宋の詩……269
1　宋王朝の成立……269／2　北宋前期の詩……271／3　北宋後期の詩人……280
三――南宋の詩……288
1　北宋から南宋へ……288／2　南宋初期の詩人たち……289／3　南宋四大家……292／4　南宋後期の詩……298

四――宋代の詞……303
1　北宋の詞……303／2　南宋の詞……308
五――宋代の小説……316
1　宋代小説をめぐる状況……316／2　瓦子と白話小説……319／3　『全相平話三国志』……322
六――宋代の文章……327
1　古文の復活……327／2　歐陽脩……330／3　蘇軾……332／4　南宋の散文……336
Ⅲあとがき……341

《凡例》

一　掲載した作品の原文は、基本的に、明治書院『新釈漢文大系』に依り、次いで集英社『全釈漢文大系』、同『漢詩大系』に依った。それらに含まれていないものについては、各種の総集、該当する別集(個人の文集)等に依り、各種の類書等を参照した。

一　引用した論文、単行本については、引用箇所の直後に書名、頁までを示した。直接引用はしていないが参考としたものは、当該箇所の後に書名のみを示した。

一　作家の字《あざな》(他人が呼ぶ際の名)、生没年は、作家名の後に括弧に入れて示した。但し、字ではなく、号や通称等を示した場合もある。また重要な作家については、それらを特に別記している場合がある。

一　原則として、全ての原文に訓読と現代語訳を付した。現代語訳はあくまでも私訳であり試訳である。原文を一部のみ引用している場合など、本文中に現代語訳を含んでいることがある。

一　一部の口語的資料については、訓読になじまないため、現代語訳のみを付した。

# 第一章

# 先秦時代の文学

# 一――殷から周へ

## 1　殷王朝と甲骨文字

### ◈先秦時代

現在、実在の確認されている中国最古の王朝は殷《いん》である。殷の前に夏《か》王朝があったと言われているが、まだ十分に証明されてはいない。

殷王朝は紀元前一六〇〇年前後に成立し、前一〇四六年前後に滅んだ。殷の後期から文字が生まれ、歴史時代に入った。その後をうけた周王朝は封建制を採用し、王族や功臣に土地と人民をあたえて各地をおさめさせた。各地に独立性の強い政治勢力が存在していて、それらを統合する存在が周王朝だった。このため周王朝の力が弱まってくると事実上の分裂状態となり、戦争の絶えない時代が長くつづいた。「春秋・戦国時代」(前七七〇―前二二一)と呼ばれている。その中から勝ち残り、天下を統一したのが秦王朝(前二二一―前二〇六)である。秦は中央集権制を採用し、統一帝国を形成して、以後の中国国家の原形となった。

歴史上、秦王朝より前の時代を「先秦時代」と呼んでいる。ただそれは、主に春秋・戦国時代のことを指す場合が多い。春秋・戦国時代を、秦という統一帝国が生まれる直接の過程としてとらえるためである。

しかしここでは、殷、周王朝の全体を含めて、「先秦時代」と呼ぶ。統一帝国の生まれるよりも前、国家や政治の形体だけでなく、思想、文学を含む文化全体がさまざまな可能性を持っていた時代、それだけに混沌としたエネルギーに満ちていた時代だった。

## 殷王朝の発見

一八九九年、清朝の学者だった王懿栄《おういえい》が、漢方薬の一種で「龍骨」と呼ばれていた動物の骨の上に刻まれた古代の文字を発見した。同様の骨や海亀の甲羅が、河南省安陽市付近の「殷墟《いんきょ》」を中心に多数出土することが分かってきて、その地の発掘が行なわれた。すると、巨大な地下墓や宮殿址が発見され、殷王朝後期の遺跡と判断された。他方、骨片・甲片に刻まれた古代文字の解読が進み、これが卜占《ぼくせん》(うらない。占卜《せんぼく》)の記録であることが分かった。この文字のことを「殷墟卜辞《いんきょぼくじ》」と呼ぶ。日本では「甲骨文字」と呼ばれることが多い。この甲骨文字が、現在確かめられている中国最古の文字、最古の漢字である。

卜辞には卜占の内容だけでなく祭祀を行なう占い師「貞人《ていじん》」の名前が、多くの場合、刻まれていた。また、そこに刻まれた殷王の名に基づき系譜をつくったところ、漢代の歴史家司馬遷《しばせん》の『史記』に記された殷王の系譜と大筋において一致した。こうして殷王朝の実在が証明された。

## 甲骨文字の世界

甲骨文字を解読すると、殷代の人々の呪術的思考が分かる。たとえば次のようなものがある。

戊午卜、賓貞、「酒祈年于岳河夒。」（戊午《つちのえうま》にトう、賓貞《ひんき》く、「酒もて年《みのり》を岳《がく》と河《か》と夒《き》とに祈らんか」と。）

戊午の日にトった、賓が神に聴いた、「酒を捧げる祭りをして、年（穀物の実り）を岳と黄河と夒の神に祈るべきでしょうか」と。

まず干支で日付を示し、次に貞人（占い師）の名を記す。ここでは「賓」というのがそれにあたる。次に、ト占の中味を記している。国家にとって一番重要な穀物の実りについて、どの神に対してどのような祭りをして祈るべきか、それを神霊に聞いているのである。

次のようなものもある。

癸巳卜、㱿貞、「旬亡禍。」（癸巳《みずのとみ》にトう、㱿貞《なん》く、「旬に禍い亡《な》きか」と。）

癸巳の日にトった、㱿が神に聴いた、「次の一〇日間に災いが起きないでしょうか」と。

干支（十干）は、「甲《きのえ》」の日からはじまって「癸《みずのと》」の日で終わる。この一〇日間を「旬」と言う。「癸」の日には必ず、次の旬の吉凶をトうことが行なわれた。これをト旬《ぼくじゅん》と呼ぶ。次の旬の運勢を神霊に聞いたのである。

このように、殷代の人々は小事から大事に至るまで、全てをト占によって神に聞いていた。きわめて呪術的な意識を持っていたのである。殷王の行なう政治は、祭事と不可分だった。「祭」と「政《まつりごと》」は表裏一体であり、その意味で殷王朝は祭政一致の社会だったと言える。

## ◈帝という神

殷代の人々は、たくさんの神々を信じていた。そしてその中の最高神として「帝」または「上帝」という支配的神格を信じた。殷の王家は帝をみずからの祖先神とし、帝は他の神々よりも一段高い地位にいて、支配的な力を発揮していると考えていた。たとえば、次のような卜辞がある。

甲辰卜、「帝令雨。」(甲辰《きのえたつ》に卜う、「帝　雨ふらしむるか」と。)
甲辰の日に卜った、「(今日)帝は雨を降らせるでしょうか」と。

帝は雨を降らせ、四季の運行や吉凶、作物のできぐあい等を全て支配する強力な神だった。この神から幸いを得るためには、定時の祭りをきちんと行ない、供え物を十分にし、卜占によってその意思をうかがうことが必要だった。

ただ、帝への信仰は、前一三世紀後半、武丁《ぶてい》と呼ばれる王の時代にさかんだったが、それ以後はあまりかえりみられなかった。前一二世紀後半から一一世紀になると、定期的に行なわれる卜占ばかりが多くなり、卜占が形骸化してきていると考えられる。しかしその形骸化した卜占の記事の後に、戦争等の重大な記録がつけ加えられる例が出現する。

癸卯卜、賓貞、「王旬亡禍。」在正月。王来正人方、在攸侯喜鄙永。(癸卯《みずのとう》に卜う、賓《ひん》貞く、「王　旬に禍い亡きか」と。正月に在り。王　人方《じんぼう》を正《せい》するより来り、攸侯喜《ゆうこうき》の鄙《ひ》の永《えい》に在り。)

癸卯の日に卜った、賓が神に聴いた、「王に次の一〇日間、災いが起きないでしょうか」と。正月である。王が人方（人《じん》という部族の国）を征伐して帰る途中、攸侯である喜の鄙（領地）の永にとどまったときのことである。

このト占の内容自体は、定期的なト旬に過ぎない。だが、それを行なったのは、人方という強敵との戦争の帰路だった。その日時と場所を記録しようとする貞人の意思が、こうした形式を生みだしたらしい（松丸道雄「殷」、松丸道雄編『中国史1』山川出版社、二〇〇三年、一二九頁）。形骸化したト占だけを命じられた貞人たちが、重大な歴史的事件を何とか記録しようとしたものと見られている。こうした事実の中に、殷王朝末期の対外戦争と混乱した内政が見えてくる。と同時に、危機の中でト占の言語だった甲骨文字が、記録の言語へと展開してゆく過程が、かすかに見えるのである。

## 2　殷から周へ

### ◈周王朝の誕生

殷王朝の最後の王は、帝辛《ていしん》と呼ばれる。史書には紂王《ちゅう》という名で登場する。悪逆無道な王として名高いが、近年の研究では必ずしも暴君ではなかったと考えられている。ただ王朝の末期、紂王が対外戦争をたび行ない、内政では強権化をはかったため、国内外から暴君と見られた可能性はある。

殷王朝の末期、西の辺境である関中平原（陝西省）から勢力を広げ、紀元前一〇四六年前後に殷をたおして天下の支配者となったのは、周である。周王朝は、宗周《そうしゅう》（陝西省）に都を置き、封建制を敷いた。文物・制度をととのえ、安定した時代がつづいたとされてきたが、実際には異民族との戦争が絶えなかったと見られる。前七七〇年に異民族の侵入と王室の内紛により都を洛邑《らくゆう》（河南省洛陽市）に遷すが、それまでを西周、以後を東周と呼んでいる。

周の人々は、「天」あるいは「上天」という主宰神を信仰した。この世界のあらゆる物事を動かす強力な主宰神「天」を信じたのである。これは殷代の人々の信じた「帝」「上帝」とよく似た神である。事実、周人は「天」と「帝」は同一の神だと見なし、「天帝」という呼び方も用いた。

「帝」は殷の部族の祖先神で、他の部族の祖先神と同じく、本来自部族だけに利益をあたえる神だった。ただ他の部族の祖先神よりも強力で、他の神々の上に立つことになった。だが周の人々の信じた「天」は、様々な部族の祖先神の一つではなく、それらの上に立つ主宰神だった。周部族だけに利益をあたえてくれる神ではなく、普遍的に人間全体に利益をあたえてくれる神である。少なくとも、そういう風に周の人々から理解されている神だった。

### ◈帝と天

これまで、殷代の「帝」と周代の「天」の異質性が強調されてきた。だが近年の研究では、「帝」と「天」との間の連続性が注目されている（落合淳思『殷――中国史最古の王朝』中公新書、二〇一五年、一三五頁）。殷王武丁時代に帝への信仰がさかんになったが、殷王朝内部では、その後おとろえてしまった。だが、そのころから殷に服属した周部族にうけつがれ、天への信仰として普遍化された。そうした道筋が考えられることになる。

周初の人々は、ことさらに天の超越性を強調し、天からあたえられた人間の倫理性を重視し、みずからが起こした「殷周革命」の論理的基盤にした。多神教世界の殷と対決するために、一神教的な天は純化され論理化されなければならなかったのである。こうして周の人々、特にその為政者たちは厳しい倫理性・道徳性を自己に課した。殷代の帝は、定時の祭りと供え物をすれば幸いをあたえてくれる神だったが、周代の天は、人間の優れた人格、つまり「徳」に対して幸いをあたえてくれる神だった。

とはいえ、殷から周へと王朝が交替しても、住民が入れかわったわけではない。殷代以来の呪術的思考は依然として残り、周王朝の支配者たちの理知的・倫理的思考と、時には対立し時には融合して生きつづけた。こうして中国思想、中国文学、ひいては文化の複雑な展開がはじまった。

# 二――『詩経』の歌謡

## 1　古代歌謡集としての『詩経』

### ◈『詩経』の登場

西周時代には、青銅器に鋳刻された文章が数多くつくられた。それらは多くの場合、その青銅器を周王や諸侯から下賜された経過や理由、立てた功績等を記したもので、韻文のものもある。こうした資料は、「金文《きんぶん》」(石に刻まれたものも含めて「金石文」とも言う)と呼ばれ、その表現には言葉についての意識の高まりを見ることができる。

西周時代の後期から、東周時代の初期にかけて、民間と朝廷の双方で数多くの歌謡がつくられ、それが後に編集され、中国最古の詩集となった。それを『詩経《しきょう》』と言う。『詩経』に収められた作品はすべて、音楽をともなう歌謡だった。

『詩経』の編集者は、孔子《こうし》(孔丘《こうきゅう》。前五五二―前四七九)とされている。孔子が、当時伝存していた詩(歌謡)三千余篇を整理し、教化に役立つものを選んで三一一篇(このうち六篇は題名のみ)としたとされる。この説の真偽は分からないが、少なくとも孔子が自己の教団の中で詩を重視していたことは確かである。孔子とその弟子たちの言行を記録した『論語《ろんご》』の中に、たびたび『詩経』に言及した言葉が残されている。また孔子が『詩経』の詩篇を教育に用いていたことも、ほぼ確かである。いずれにしても、孔子在世中に『詩経』の原形ができていたと考えられるので、『詩経』の成立時期は、紀元前六世紀末から五世紀にかけての時期であろう。

『詩経』は、古い時代から歌いつがれてきた歌謡を整理し書きとめた古代歌謡集である。孔子の時代に編集されたとしても、それぞれの歌が孔子の頃につくられたわけではない。孔子が生まれるよりも前にすでに歌われ、伝承されてきたのである。長い伝承の後に文字に記録されたため、大半は制作時期を明らかにできない。おそらく、紀元前八世紀前後から歌われてきたものが多く、紀元前一〇世紀にさかのぼるものがあるとしても、相当に原形から変化していると考えられる。それは口から口へと伝承される歌謡の宿命だったが、逆にその伝承の過程が詩篇を育てたととらえることもできる。

## ◈『詩経』の六義

『詩経』は、歌われる場によって三つに分類され、また表現形式によって三つに分類される。この六通りの区分を詩の「六義《りくぎ》」と言う。

歌われる場による三分類は、風《ふう》・雅《が》・頌《しょう》と呼ばれる。

風　諸国の民間歌謡（十五国風）

雅　朝廷や貴族の宴席で歌われる楽歌（大雅・小雅）

頌　王家や諸侯の宗廟で祭祀に用いる楽歌（周頌・魯頌・商頌）

表現の形式（修辞方式）による三分類は、賦《ふ》・比《ひ》・興《きょう》と呼ばれる。

賦　対象をありのままに述べるもの（直叙形式）

比　比喩を用いて描くもの（明喩形式）

興　主題の前に関係する自然物を描くなど、飛躍の大きい比喩を用いるもの（暗喩形式）

『詩経』は、漢代に毛亨《もうこう》・毛萇《もうちょう》（いずれも紀元前一世紀頃の人）によって伝えられたテキストが有力になり、これを『毛詩《もうし》』と呼ぶ。『毛詩』以前に、『魯詩《ろし》』『斉詩《せいし》』『韓詩』（あわせて三家詩と言う）のテキストがあったが、現在伝わっていない。

『毛詩』は『詩経』の別名にもなっているが、その序文「詩序」や注釈「毛伝」は、儒教の立場から『詩経』を経典化し無理な意味付けをしていて、不自然な解釈が多い。ただ「詩序」の最初の部分（「大序」）に、「詩者志之所之也」（詩は志の之《ゆ》く所なり）と述べられているのは、後世に大きな影響を及ぼした。「詩とは、心の中の志向が動いていった結果生まれる」との意である。『書経』堯典《ぎょうてん》にも「詩言志」（詩は志を言う）とあり、これらは、政治的・倫理的意志を語るのが詩だという方向に理解され、中国文学の基底的思想となった。

## 2　『詩経』の民間歌謡

### ◈十五国風

『詩経』の過半を占めるのは、風（国風）の詩篇である。一五の国々の民謡であるから、「十五国風」とも言う。一五の国々のほとんどは黄河流域にあった。『詩経』が黄河流域の文化圏で成立したことが分かる。黄河中・下流域は「中原」と呼ばれ、古代中国の中心的地域だった。風（国風）はこの地域の民衆の歌である。「唐風」と言えば、唐（山西省）の国（地方）の民謡であり、「鄭風」と言えば、鄭（河南省）の国の民謡である。その代表として、『詩経』冒頭の詩、「周南《しゅうなん》」（陝西省南部）の「関雎《かんしょ》」を見る。

関関雎鳩　　関関《かんかん》たる雎鳩《しょきゅう》は
在河之洲　　河《か》の洲《しゅう》に在り
窈窕淑女　　窈窕《ようちょう》たる淑女は
君子好逑　　君子の好逑《こうきゅう》　（第一章）
参差荇菜　　参差《しんし》たる荇菜《こうさい》は
左右流之　　左右に之を流《もと》む
窈窕淑女　　窈窕たる淑女は
寤寐求之　　寤寐《ごび》に之を求む　（第二章）
求之不得　　之を求めて得ざれば
寤寐思服　　寤寐に思服《しふく》す
悠哉悠哉　　悠《ゆう》なる哉《かな》　悠なる哉
輾転反側　　輾転《てんてん》　反側《はんそく》す　（第三章）

おだやかに鳴く水鳥は、
川の中洲にいる。
たおやかな乙女は、
良き人の美しい妻となる。　（第一章）

水面に揺れるじゅんさいは、
右に左に探し求める。
たおやかな乙女は、
寝ても覚めても憧れ求める。（第二章）
探し求めて会えなければ、
寝ても覚めても思いつづける。
果てしない　果てしない我が思い、
いつまでも寝返りをうつ。（第三章）

三〇〇〇年近く前の民謡である。全体が五章で、各章が四句でできているので、「五章章四句《しょうしく》」と言う（別の分け方をする説もある。第四・第五章は省略）。

たおやかな乙女への憧れを歌った詩篇である。特徴的なのは、各章の前半二句が自然物を描くなどして、後半二句の主題的部分への序奏になっていることである。鳴きかわす水鳥から、乙女との結婚を連想し（第一章）、じゅんさいを右に左に摘みとるという動作から、乙女を寝ても覚めても求めるという状態を連想する（第二章）。第三章ではやや展開し、思いつづけるという概念的な表現から、いつまでも寝返りをうつという具体的な表現を呼びだしている。古代人の素朴で、鮮やかな連想である。

しかしそれは現代人の目から見ると、非常に飛躍の大きい展開と感じられる。自然界の動植物を歌ってから主題へと飛躍してゆく、こうした表現形式を「興」と言う。ここには呪術的な意識が介在している。「雎鳩」

などの鳥がおだやかに鳴きかわすすがたは、神や祖霊が幸いをもたらしてくれる予兆と考えられていた。この詩も、神が鳥のすがたとなって幸福な結婚を予言していると古代人が感覚したことを示している。さらに、そういう場面を描くことによって、語り手（歌い手）が男の憧れの実現することを予祝しているのである。予祝の意識とは、言葉を発することによってそれが事実になる、むしろ善きことを起こすために言葉を発して祝う、と考える意識である。そうした意識がまだ生きていたことを、『詩経』の詩篇はつたえてくれる。だが、そうした呪術的意識を潜在させながらも、明るい水辺の光景と乙女への思慕を描こうとする表現への意欲が自立してきていることが、重要である。

### ◈農村の日常

十五国風には「関雎」のような恋愛詩も多いが、庶民の日常を描いた詩も多い。庶民といっても大部分が農民だったから、農村の日常の喜びや悲しみが描かれているのである。洛陽を中心とした地域の歌である「王風」に、「君子于役《くんしうえき》」がある。

君子于役　　君子　役《えき》に于《ゆ》く
不知其期　　其の期を知らず
曷至哉　　曷《いつ》か至らんや
鶏棲于塒　　鶏は塒《ねぐら》に棲《す》む
日之夕矣　　日の夕べ

羊牛下来　羊牛　下り来たる
君子于役　君子　役に于く
如之何勿思　之を如何《いかん》ぞ思う勿《な》からん　（第一章）
あなたは防人《さきもり》に行かれました、
帰ってくる時期は分かりません。
いつ帰ってくるのでしょう、
鶏は鶏小屋にじっとしています。
夕暮れ時、
羊や牛たちが山から下りてきます。
あなたは防人に行かれました、
そのあなたをどうして思わずにいられましょう。　（第一章）

二章章八句の歌である（第二章は省略）。作者（歌い手）は、夫を防人（兵役）か労役にとられた女性である。この詩のような表現形式（修辞法）は「賦」と呼ばれる。特別の比喩などを用いず、情景や思いがそのままに歌われているからである。

二つの章で四回くりかえされる「君子于役」（君子　役に于く）という言葉は、この女性の心が、この事実から離れられないことを示す。何をしていても、彼女の心には「君子于役」という言葉が浮かんできてしまうのである。さらに女は、第二句で「不知其期」（其の期を知らず）と言いながら、そのすぐ後で「曷至哉」（曷か至らんや)と言っている。帰ってくる時期は分からないと自分で確認していながら、それでも、いつお帰りになるのでしょうと、また問わずにいられない。

### ◈鶏と羊と牛

何よりも印象深いのは、「鶏」と「羊牛」である。夕方になると鶏小屋に入ってじっとしている鶏。同じ時刻に、山間の放牧地から村へと帰ってくる羊や牛たち。どちらもくりかえされる日常を泥臭く、しかもみごとに切り取っている。鶏は定住の日常、それも身動きの取れない女の日常を感じさせるし、羊と牛は朝出て行っても夕暮れには必ず帰ってくる日常のくりかえしを感じさせる。鶏と羊と牛はそういう感覚をこの女に対してあたえるのである。ここに描かれているのは、無名の農村の女の日常である。『詩経』の詩篇の多くは集団的に歌われ、長い伝承の時間を経て書き留められた。従って、この「君子于役」の詩にも特定の作者はいない。夫を労役や兵役にとられ、女一人で守るほかない暮らし。それは農村の女たちにとって周知の日常だっただろう。

省略した第二章の最後に、「苟勿飢渇」(苟《いやしく》も飢渇する勿かれ)という句がある。それは、夫が飢えないように祈る女の、切実な思いと考えてよい。女の関心事は、夫がちゃんと食べているかどうか、ということであり、それに尽きる。彼女の言葉には、国家の運命への関心や、政治への批判などは無い。里山の向こうは見えていない女の視野の狭さ、鶏や羊や牛だけに注目する泥臭さ、夫の食事ばかりを心配する関心事の愚かさ、それらのすべてが彼女の存在の小ささを示している。だが、そのことによって、女が生きなければならない日常の重々しさが見えてくる。むしろそこに、文学としての『詩経』の衝撃力がある。

言葉に発することは祝うことであり、祝うことは祈ることであった。そして祝い祈ったことがらは、言葉の力によって獲得され実現すると信じられていたのだった。しかもそういう意識ともつれあいながら、言葉で表現すること自体への意欲が自立してきている。農村の女の視野が表現されることによって、生きることの重みが現前する。十五国風の民間歌謡はどれも素朴な歌であるが、素朴な歌の中に、厳粛な印象が残るのは、言葉に対する古代中国人の態度が感じられるからだろう。

## 3　『詩経』の儀式歌

### ◈雅と頌

『詩経』には、風(国風)のほかに、雅(大雅・小雅)と頌(周頌・魯頌・商頌)がある。

雅は、宮廷や貴族の邸宅等で演奏され歌われた歌である。頌は、周王朝や諸侯の宗廟で、神霊(祖霊)を祀る歌である。前者は儀式歌、後者は祭祀歌と言える。

貴族層の思いを伝えるのは、雅の詩篇である。小雅「四牡《しぼ》」は、四頭立ての馬車に乗って、外国(諸侯の国等)に赴く外交官の歌と考えられる。

四牡騑騑　　四牡　騑騑《ひひ》たり
周道倭遲　　周道　倭遅《いち》たり
豈不懐帰　　豈《あに》　帰るを懐《おも》わざらんや

王事靡盬　王事《おうじ》　盬《もろ》きこと靡《な》し
我心傷悲　我が心　傷悲す　（第一章）
翩翩者鵻　翩翩《へんぺん》たる者は鵻《すい》
載飛載下　載《すなわ》ち飛び載《すなわ》ち下り
集于苞栩　苞栩《ほうく》に集《とど》まる
王事靡盬　王事　盬きこと靡し
不遑将父　父を将《やしな》うに遑《いとま》あらず　（第三章）
駕彼四駱　彼《か》の四駱《しらく》に駕《が》し
載驟駸駸　載ち驟《は》すること駸駸《しんしん》たり
豈不懐帰　豈　帰るを思わざらんや
是用作歌　是《ここ》を用《もっ》て歌を作り
将母来諗　母を将《やしな》うことを来たり諗《つ》ぐ　（第五章）

四頭の牡馬《おすうま》は　どこまでも走り、
大いなる街道は　はるかにつづく。
どうして帰りたいと思わずにいられよう、
だが王命の仕事を　おろそかにはできない。
それゆえ　私の心は傷み悲しむ。　（第一章）
はばたき飛びめぐるのは　小鳩。

飛び上がり　飛び下り、
くぬぎの茂みに　とまっている。
だが王命の仕事を　おろそかにはできない。
だから私は　父を養ういとまも無い。　（第三章）
四頭のかわらげの馬を馬車につなぎ、
足音高く　走らせて行く。
どうして帰りたいと思わずにいられよう。
それゆえ私は　この歌をつくり、
母を養いたいと（我が王に）申し上げるのだ。　（第五章）

国事に奔走する貴族の心中を描いた詩である（第二・四章は、省略）。故郷に帰って両親の世話をしたいという思いと葛藤しながら、「王事靡盬」（王事　盬きこと靡し）という言葉がくりかえし語られる。「盬《こ》」とは、もろくて粗い塩のかたまりのことで、簡単にぼろぼろと崩れることをあらわす。だから「王事靡盬」（王事　盬きこと靡し）というのは、王命の仕事は、簡単にぼろぼろと崩せるようなものではない、いいかげんにすませることのできるものではない、との意。「鵻」、ふふどり（小鳩）は飛びめぐって木に憩うことができるが、この詩の語り手（歌い手）である貴族は憩う間も無く、王の使者としてひたすらに馬車を走らせていく。国家の政治を背負い、引き受けている人間の強い倫理観が、ここには見える。

家族を思う気持ちと政治への責任感とのせめぎあいというモチーフは、風（国風）には見えない。雅（大雅・

小雅）にあらわれるモチーフである。風では、庶民（農民）はお上の命じる仕事に対して黙って服従し、しばしば怨嗟し、時に抵抗する。その様々なすがたが、風の魅力だった。一方、家族への思いを抱えつつ、国家の政治をみずからの責任でになおうとする心の葛藤が、雅の特徴である。こうした葛藤は、王朝や諸侯国の政治をになう貴族層に生まれたものだった。そこには、国家の政治を現実に支えているという強い実感があり、それにともなう責任感があった。

### ◈王事と役

しかし、この詩にくりかえされる「王事靡盬」（王事　盬きこと靡し）という言葉について、清末の王引之《おういんし》が異を唱えた。彼は、「盬」は「息」（やむ。止む）の意であるとし、「王事靡盬」は「王事　盬《や》むこと靡し」と読むべきだとした。それによれば、この句は「王事は終わることがない」の意となり、労役・兵役が果てしなくつづくことへの怨嗟を歌ったものとされる。家井眞『『詩経』の原義的研究』（研文出版、二〇〇四年）もそれに従っている。

だが、そうであるならば、雅と風の歌いぶりの差異は薄れてしまう。王引之の説に従うときには、「王事」は単に「兵役」「労役」の意となり、「王事」という語の複雑な色合いは無視されてしまう。「王事」の実際の内容が兵役であったとしても、それを「役」とか「行役」という語でとらえていないことに注意する必要がある。「王事」は、あくまでも王者からあたえられた使命であって、単なる役務ではない。「王事靡盬」（王事　盬きこと靡し）というのは、兵役や労役への単なる怨嗟の語ではなく、困難の中でも使命を果たそうとする意志を含む言葉なのである。

「王事」の語は、雅の詩篇に多くあらわれる（風には、雅の影響をうけたと見られる例がわずかにある）。逆に、兵役・労役を示す「役」の語は、風だけにあらわれる。兵役・労役、その他お上の命令による仕事のすべてを、風では「役」と呼び、雅では「王事」と呼んだのである。そこには庶民の歌と貴族の歌の差異が見られる。

## 4　貴族層の視野

### ◈四方を経営す

雅の詩篇には、風とは違う視野、あるいは見え方がある。小雅「何草不黄《かそうふこう》」を見る（第二・四章、省略）。

何草不黄　何《いず》れの草か　黄ならざらん
何日不行　何れの日か　行かざらん
何人不将　何れの人か　将《ゆ》かざらん
経営四方　四方を　経営す　（第一章）

匪兕匪虎　兕《じ》に匪《あら》ず　虎《こ》に匪ず
率彼曠野　彼《か》の曠野《こうや》に率《したが》う
哀我征夫　哀し　我が征夫
朝夕不暇　朝夕《ちょうせき》　暇《いとま》あらず　（第三章）

どの草が黄ばまずにいられようか、（どの草も黄色く枯れてゆく。）
どの日に進み行かないことがあろうか、（どの日も進みつづける。）

どの人が歩き行かないことがあろうか、（どの人も歩きつづける。）
そのようにして国の四方を　おさめ営むのだ。（第一章）
我らは　野牛ではない　虎でもない、
それなのに　彼の広大な原野を進んで行く。
哀しいことだ　我ら出征した者たちは、
朝も夜も　憩う暇も無いのだ。（第三章）

出征した将兵の（行軍の）苦しみを描いた詩と理解できる。草木が枯れ死んでゆく原野を、野獣のように孤独に、惨めに、兵士たちは歩きつづける。野牛でもなく、虎でもないのに、苦しい行軍をつづけるのである。

これは風に収められた詩篇よりも強烈な、兵役への怨嗟と見える。しかし、風の怨嗟とは、少し違っている。「経営四方」（四方を経営す）という言葉に象徴される、視野の広さである。「四方」とは、国土の全体であり、辺境の地域をも含む。そのすべてを視野に入れ、しかもそれを「経営」するという。うちつづく行軍の苦しみを、単に怨嗟しているだけではない。みずから「四方を経営す」るという自負と責任感が、この行軍の苦しみをささえている。「経営」という語を、擬態語とする説もあるが、『詩経』に見える「経営」の用例は合計三例で、そのすべてが雅の中にあらわれ、全て「administration」（おさめ営むこと）の意で用いられている。「経営」は、「おさめ営む」意としてよいだろう。風の詩篇が怨嗟の重さの表現に徹するのに対し、雅の「何草不黄」は、国土を経営する者の視点から「四方」が見わたされているのである。また第三章の「哀我征夫」（哀し我が征夫）という言葉も、自分を含めた将兵の全体を指している。ここにも、個人の怨嗟に徹する風の歌いぶりとは異なる、視野の広さが見える。

こうした視野の広さが、小雅を、風の類似の詩篇から区別している。原野をさまよう野牛や虎のように孤独で惨めでも、街道を進んで行く語り手（歌い手）は、みずからの責任で四方を経営しているのである。雅の詩篇の独特の格調は、そこから生まれてくる。

## ◈『詩経』六義の意味

風・雅のほかに、頌の詩篇がある。頌は、周王朝や諸侯の宗廟において演奏・歌唱された祭祀歌である。周頌、魯頌、商頌の三部から成る。この頌の諸篇こそが、『詩経』の中で最も古い部分であるとする説が有力である。

『詩経』を儒教的教訓の表現として見る古くからの考え方は、『詩経』を一元的に見る見方の代表である。これに対して、『詩経』を呪術的表現の集積とする見方が近年あらわれてきた。そうした見方には積極的な意義を認めるとしても、やはりそこに『詩経』を一元化することはできない。呪術や宗教との関係の中で全ての詩篇をとらえようとすることは、『詩経』の豊かさを見うしなわせることになる。

『詩経』に古くから六義という分類法があったことは示唆的である。風・雅・頌のそれぞれが、歌われた地域や歌い手の階層において、非常に多彩だった。また、賦・比・興という表現方法においても、多彩だった。ここには表現への多様な試みがあった。呪術や信仰がそのまま記されているのではなく、文学への志向が見られる。それらの多彩な言語表現が集約されている所に『詩経』の意義がある。

呪術が詩を生むわけではなく、逆に呪術意識の後退が詩を生むわけでもない。呪術や宗教が深い関わりを持つとしても、それがそのまま詩を成立させるわけではない。呪術や宗教と葛藤しながら、言語表現の意欲は自立していった。文学的な言語表現を自立させる古代中国人の多様で多元的な試みの集積として、『詩経』をとらえることができる。

# 三――哲学と文章

## 1 西周の信仰と『書経』

### ◈西周の信仰

殷を滅ぼして周王朝が成立したのは、紀元前一〇四六年前後だった。周は、西方の宗周（陝西省）を都とし、前七七〇年に東方に遷都するまでそこが都だったので、これを西周と呼ぶ。

西周においては、「天」への信仰が強く、それを基礎として、為政者のあいだに厳しい倫理観が生まれた。西周初期においては、この地上世界の支配権は、「天」が「徳」のある人にあたえるのだ、と考えられた。殷王朝は、かつて天から地上世界を支配する使命「天命」をあたえられたが、末代になって酒に溺れて「徳」をうしなった。そのため、徳のある周の王家にあらためて天命が下り、周が殷を滅ぼして地上世界の支配者になった――そのように周の人々は考えた。これを「革命思想」と言い、殷から周への革命を「殷周革命」と言う。殷から周に、天命が革《あらた》まったのである。こうした思想は、両刃の剣だった。革命思想は、周が殷を滅ぼすことを正当化したが、同時に周の人々が徳をうしなえば、天命が革まって滅亡することをも意味した。このため周の人々は天を敬い畏れ、厳しくみずからの倫理性を高め、徳をうしなわぬよう努力した。

### ◈『書経』の表現

天命の思想をよく示すのが、『書経』だった。『書経』二〇巻は、書物として伝えられた中国最古の散文資料である。伝説時代からはじまって、殷・周の王たちの言葉や行動などを記している。『尚書《しょうしょ》』とも呼ばれ、後世の偽作の部分を含んでいるが、儒家の経典として重視され、「五経」の一つとなっている。周代の記録である「周書」には、西周期の天命の思想がたびたびあらわれる。『書経』「周書」康誥《こうこう》に次のような部分がある。

王若曰、「孟侯、朕其弟、小子封。惟乃不顕考文王、克明徳慎罰、不敢侮鰥寡、庸庸祇祇威威顕民、用肇造我区夏越我一二邦、以修我西土。惟時冒聞于上帝、帝休。天乃大命文王、殪戎殷、誕受厥命。」（王若《かく》曰く、「孟侯《もうこう》、朕《われ》の弟、小子封《しょうしほう》よ。惟《こ》れ乃《なんじ》の丕顕《ひけん》なる考《ちち》の文王は、克《よ》く徳を明《つと》め罰を慎み、敢えて鰥寡《かんか》を侮《あなど》らず、庸《もっ》て祇《つつし》み威《おそ》れ、庸て祇み威れて民を顕《うやま》い、用《もっ》て肇《はじ》めて我が区夏《くか》と我が一二《いちに》邦《ほう》とを造り、以て我が西土を修めたり。惟《こ》れ時《こ》れ上帝に冒聞《ぼうぶん》し、帝休《よろこ》ぶ。天乃ち大いに文王に命じ、殷を殪戎《えいじゅう》し、誕《すなわ》ち厥《こ》の命を受けしむ」。）

王（周武王）は（武王の弟である康叔に命じて）次のように言った。「孟侯（康叔のこと）よ、朕の弟よ、小子封（康叔の名）よ。汝の徳明らかな父君である文王は、徳を励み、刑罰をつつしみ深く行ない、身寄りの無い弱き者を侮らず、敬い畏《かしこ》み、敬い畏んで民を大切にし、そのように努力して我が小さな周の本国と我が一二の（本国に従う）国をつくり、そして我が西方の地を治められたのだ。さて、それ（文王の高い徳）が大いに上帝にまで聞こえて、上帝がお喜びになり、天帝はついに文王に対して殷王朝を倒し大いに（地上を支配せよという）天命をうけることを命じられたのだ」。

このように、周の人々、特にその為政者たちは「明徳慎罰」に努めた。ここでは、「帝」と「天」は同一視され、「天」が絶対的な力を持つことへの畏怖と、主体的・日常的な「明徳」の努力の重視が語られている。周の人々は、天を敬うからこそ、自己の倫理的責任に基づいて、自己決定しなければならないと考えた。

康誥は、非常にごつごつとした文体で、みずからの思想を表現しようとしている。王者としての威厳に満ちた言葉であるが、それが天への畏怖と深く結びついている。周人の背負っていた厳しい思索がこうした文体に結実したものと言える。

## 2　春秋戦国時代の文化

### ◈春秋戦国時代

周王朝の後半の時代には、王朝の権威が弱まり、各地の諸侯が分立して争いあうようになった。この時代は、都が東方に遷ったため「東周」と呼ばれ、またこの時期の歴史を記した書物にちなんで、「春秋・戦国時代」と呼ばれている。

春秋時代は、周王朝が異民族の侵入により洛邑に遷都した紀元前七七〇年から、紀元前四五三年までの時代を言う。周王朝の力は急速に弱まり、諸侯の国々の争いが強まったが、まだ周王朝の権威がわずかに残っていた時代である。

戦国時代は、紀元前四五三年に春秋時代の大国だった晋が分裂し、戦国の七雄（斉・秦・楚・燕・韓・魏・趙）と呼ばれる強国が闘争をくりかえし、紀元前二二一年、ついに秦によって統一されるまでの時代を言う。周王朝の権威は地に落ち、周は単なる一地方国家に成りさがっていた。

春秋・戦国時代には各国の争いが日をおって激しくなり、弱肉強食の現実が中国をおおった。このため各国は生き残りをかけて軍事力、経済力、政治力の強化に努めた。中国各地で戦闘がくりかえされ、軍事技術や政治体制の改革が進んだ。

### ◈諸子百家

この混沌とした時代に発展したのは、哲学・思想の分野だった。各国は生き残るために国家経営の基本理念を必要とし、思想家たちは平和・安定の実現のために社会や人間の在り方を根本的に問いなおした。さまざまな学派が誕生し、多くの思想家が論争する状況が生まれた。儒家、道家、墨家《ぼくか》、法家、名家《めいか》、陰陽家、縦横家《じゅうおうか》、農家、兵家、五行家《ごぎょうか》など多数の学派が生まれ、一括して「諸子百家」と呼ばれている。

「諸子百家」と総称される思想家たちは、主に北方で活躍した。春秋・戦国時代の強国は、北方黄河流域に集中していたからである。戦国の七雄の中で南方長江流域に発達したのは、楚一国だけである。

北方黄河流域は、もともと古代中国文明の中心地域であり、殷・周時代を通じて文化的にも政治的にも、経済的にも先進地帯だった。そのため、中国古代哲学は、北方黄河流域を中心に発達した。多くの思想家が自己の学説を主張して、独自の文体でそれを表現した。それらは、中国の散文の大きな源流の一つとなった。

## 3　孔子と儒家

### ◈孔子と『論語』

諸子百家の中で最初に学派を形成したのは儒家だった。儒家の始祖は、孔子（前五五二―前四七九）である。孔子、本名は丘《きゅう》、字《あざな》は仲尼《ちゅうじ》。子は、男性を尊んで呼ぶときの敬称で、先生の意である。春秋時代、魯の昌平《しょうへい》郷陬邑《すうゆう》（山東省曲阜）に生まれた。彼は社会的混乱を克服するために、人の歩むべき「道」を深く考え、「仁」という根本的な徳を唱えた。仁を根本とし、個人の人格的完成によって社会の安定を実現しようとした。一度は魯の政治家となったが失脚し、その政治思想を採用してくれる国を求めて各国を説いてまわった。だがどの国からも受け入れられずに終わった。多くの弟子を育て、以後の思想界に大きな影響をあたえた。

孔子の言葉と行動は、『論語』に記されている。『論語』一〇巻二〇篇は、孔子の言行を、孔子の弟子や孫弟子たちが記録・編集したものである。紀元前五世紀以後に順次編集されたものと考えられる。

孔子は三〇歳を過ぎてから「礼」（礼儀作法。社会的慣習に基づいた行動規範）の専門家として知られるようになり、それを学ぼうとする弟子たちが集まり、学園を形成するようになった。彼の学園、学団は長期にわたって維持され、彼の死後には儒教教団として成長した。その学園は「郷党《きょうとう》」（むらざと）の塾に類似したものだった。そこでは、「貴族社会の行事における正しい礼儀作法の口伝をうけることが、学問の第一歩」とされた（貝塚茂樹『論語』中公文庫、一九七三年、九頁）。

## ◈孔子の学園

孔子の学園は、開かれた対話や議論、さらには自立した思考をたいせつにしていた。『論語』学而《がくじ》篇の冒頭に、次の言葉がある。

子曰、「学而時習之、不亦説乎。有朋自遠方来、不亦楽乎。人不知而不慍、不亦君子乎。」(子曰く、「学んで時に之を習う、亦《また》説《よろこ》ばしからずや。朋《とも》有り遠方より来たる、亦楽しからずや。人知らずして慍《いきどお》らず、亦君子ならずや」と。)

先生が言われた、「物事を学んで、折に触れて習いなおす、それは何と喜ばしいことではないか。友がいて遠い所から来てくれる、それは何とうれしいことではないか。他人が自分を評価しなくとも恨みがましく思わない。それは何と優れた人柄ではないか」と。

ここには三つのことが語られている。学ぶことを喜ばしいととらえ、友を持つことをうれしく思い、他人に認められなくとも腹を立てない。学び語り合うことによって認識が広がり、他人からの評価とは別次元の自立した思考に意味を見いだす。そういうことに気づいた瞬間の感動を伝える語気である。この言葉は、孔子が、学問・対話・思考を重視したことを示すものである。それは、孔子の学園の根本方針だったに違いない。

『論語』の中の孔子は、討論の課題を示したり、その結論をまとめたり、対話の中で気づいたりしたことを、簡潔な言葉にすることに終始している。孔子は、弟子たちとともに、議論を通じて、新しい知恵を得ることを選んだのである。

### ◈仁と礼

孔子は、人としての「道」つまり道徳の根幹に、「仁」という徳目を置いた。仁とは、普遍的な愛情をさすと考えられる。あらゆる徳目の原質、原形と言える。『論語』顔淵篇に、弟子の樊遅から仁とは何ですかと問われて、孔子が「愛人」(人を愛す)と答えたことが記されている。親への孝、子への慈など、対象を限定した愛情ではなく、限定の無い「人」への普遍的な愛情が仁だった。

仁についてはまた、『論語』顔淵篇に次の言葉(後半は省略)が見える。

顔淵問仁。子曰、克己復礼為仁。(顔淵　仁を問う。子曰く、「己に克《か》ち礼に復《かえ》るを仁と為す」と。)

顔淵が仁について孔子に聞いた。孔子はこう答えた、「自分自身に打ち克って(社会的規範である)礼に立ちかえることを、仁と言うのだ」と。

「復礼」という語は、礼に立ちかえり、礼に従って行動するということである。重要なのは、礼には他者がある、という点だろう。他者の無いところ、他者を明確に意識しないところに、礼は存在しない。礼は、複数性においてなりたつ。礼なるものは、相手を自立した存在とみとめ、尊重するところになりたつのである。仁の一面を「復礼」と表現したのは、社会的存在として他者を尊重し、その尊重を形に表現する礼という行為が、仁の重要な要素であることを示すためだった。

当時、下級の貴族層である「士」階級が政治のにない手として活躍しはじめていた。士が公的な場に出て活動するためには、礼という一定の形式を学ぶことが必要だった。孔子はそれを教えつつ、公的な場に登場して活動する人間が持つべき「礼の思想」を示したのである。

### ◈内省の意味

顔淵が仁について質問したとき、孔子は「復礼」の前に「克己」と言っている。「克己」は、自分自身にうちかつということである。そのためには、自分で内なる自己に向きあわなければならない。「復礼」が複数性においてなりたつのに対して、「克己」は単数性においてなりたつのである。礼が公的な場に出てゆくために必要であるとすれば、克己は私的な場において自己を自立させるために必要だった。

克己とは、端的に言えば、内省を意味する。『論語』には、「思」とか、「省」を重んじる言葉がたびたびあらわれる。為政篇には次のようにある。

子曰、学而不思則罔、思而不学則殆。(子曰く、「学びて思わざれば則ち罔《くら》く、思いて学ばざれば則ち殆《あやう》し」と。)

先生が言われた、「人から学ぶばかりで自分で考えなければ(見通しが立たず)暗闇の中に陥ってしまう。自分で考えているばかりで人から学ばなければ(思いこみで行動するようになり)危険な認識に陥ってしまう」と。

「学」が他者からまなぶ行為であるのに対して、「思」は、個人で考える行為である。思い考えるという行為は、一人で行なうほかにない。自己が自己に向きあう思考という行為を、「学」と同等に、孔子は重視した。人間はしばしば通念に流され、自分の判断を見うしなってしまう。外界の圧力や社会の動きに容易に屈し、思考することを放棄してしまう。だからこそ、人間はみずからの力で自己を通念から引き離し、思考しなくてはならない。その内省の重要さを示したことが、孔子の大きな功績と言えよう。

思考を重んじるということは、個人を道徳の主体とするということでもある。自己と向きあう自己、道徳の主体としての自己を、孔子が明確に認識したことによって、中国哲学、ひいては東アジアのさまざまな思想が生まれでてきたのである。

## 4　老子の言語表現

### ◈老子の思想

個人の厳しい倫理的自覚と実践によって社会の安定をかちとろうとするのが、孔子であり、その学園に発した儒家思想だった。これに対して、そのような実践は不自然で無理だとする立場があらわれた。道家の思想である。

道家の始祖は、老子とされる。姓は李《り》、名は耳《じ》、字は聃《たん》と言う。孔子に礼を教えたとされるが伝説の域を出ず、実在を疑う説もあり、謎の多い人物である（楠山春樹「老子——道家思想の祖——」、日原利国編『中国思想史』ぺりかん社、一九八七年）。いまは、孔子よりやや後に生きた思想家として考える。彼の思想を検討するためには、その著とされ、道家思想の基礎を述べた『老子』上下二篇を見る必要がある。

老子の思想の根本も、孔子と同じように、「道」である。しかし、孔子の説く「人の道」とは違い、老子の「道」は、天地万物を生みだす本源の存在を指す。人の道をこえ、人知をこえて存在する、宇宙の根本原理であり、宇宙を生みだす超越的な力である。人知の及ばない存在だから、それを「無」と呼ぶこともある。あらゆる存在は、宇宙の根源にある「道」によって生みだされているのだから、人間も「道」の自然なあり方に従って生きるべきである。人間は人為的な制度や、こざかしい知恵に頼って生きようとするから、人為を捨て（「無為」）、「道」のままに（「自然」）生きるべきだ、と主張する。こうして「無為自然《むいしぜん》」が道家の理想となった。『老子』第八章前半には、こうある。

上善若水。水善利万物而不争、処衆人之所悪。故幾于道。（上善は水の若《ごと》し。水は善く万物を利《り》して争わず、衆人の悪《にく》む所に処《お》る。故に道に幾《ちか》し。）
最上の善は、水のようなものである。水は万物に利益をあたえるけれど万物と（利益を）争うことがなく、誰もが嫌がる（低い）所にいる。だからこそ、（水のあり方は）道に近いのだ。

最上の善「上善」は、厳しい倫理的実践が求められる「仁」ではなく、自然に万物をうるおしながら万物と争わず、自分の存在を誇らない水のようなものだ。水は、「道」のあり方と通じているのだ、と老子は主張する。つまり、「道」のあり方、あるいは人間の最上の善きあり方は、水のように、自然に他者に利益をあたえ、見返りを求めないあり方だと言うのである。道という超越的な存在を、水の比喩によってとらえていて表現しているのである。超越的な道を言葉で表現するために、『老子』にはたくさんの比喩が使われ、ここではそれを「水」によっ

### ◈逆説と独言

『老子』の文章は、対話を前提とする『論語』の文章とは異なり、基本的に独言である。自己の内部に沈潜し、固定した認識をはるかにこえて、世界のあり方そのものを問いなおしたのである。社会のあり方も問われている。第八十章には、「小国寡民」(小さな国で少ない民)を理想とする国家観が述べられている。これは、原始的な村落共同体の実態そのものであり、無為自然の思想の原点だったと見られる(森三樹三郎『老子・荘子』講談社学術文庫、一九九四年)。ただ、原始的な村落共同体に基づいているとしても、「小国寡民」を国家観として提示したことには、大きな意味がある。どの国もひたすら大国となることをめざしている春秋・戦国時代の現実の中で、その現実に対する根本的な批判だったからである。

どの国も、どの国民も大国をめざしている状況下では、大国をめざすことは一種の常識となり通念となって、政治思想の暗黙の前提になってしまう。その状況下で、その常識に従わず、それを逆転させた所に、老子の思想の価値がある。常識をくつがえすこうした逆説の論理によって、老子は独自の認識、さらに超越的な真理にせまろうとしたのである。

『老子』の文章は、常識的な認識ではとらえられない事柄を、比喩によって直覚させようとする。また、対句を多用し、時には押韻し、論理以上の論理にみちびこうとする。老子という思想家の深い内省の結果として生みだされた言葉だった。

## 5　そのほかの思想家たち

### ◈孟子の仁義説

戦国時代に入ると、戦国七雄と呼ばれる大国がしのぎを削って争うようになり、それ以外の小国はしだいに滅亡し、大国に併呑されていった。戦争は大規模なものとなり、各国の国内改革はぬきさしならない課題となった。そうした現実をうけて、多くの思想家が自説をかかげて各国を遊説する状況となった。

孔子の後をうけ、儒家思想を発展させたのは孟子《もうし》(前三七二―前二八九)である。孟子、本名は孟軻《もうか》、字は子輿《しよ》。鄒《すう》(山東省鄒県)の人。孔子が重視した仁に加えて、「義」を重視した。義は、人として踏み行なうべき正しい道を言う。こうして孟子は「仁義」を唱えて、「仁」とならぶものとして、正しい判断に基づく正しい行為である「義」を強調した。孟子の著とされる『孟子』七篇(一四巻)には、その仁義説や性善説(人間の本性は善であるとする説)、王道論(力によらず仁義によって世の中をおさめる道)などが記されている。『孟子』は、孟子自身が行なった弁論の文体をよく示している。各国の王や為政者に自説を採用させようとし、論敵に対して論争をいどむ遊説家の口調である。

### ◈大国と小国のまじわり

『孟子』梁恵王篇に、斉の宣王が「隣国とまじわるのに何か方法があるだろうか」と問う場面がある。それに対して、孟子は、「惟仁者為能以大事小」(惟《た》だ仁者のみ 能く大を以て小に事《つか》うるを為す)と答えている。「大国でありながら小国に礼をもってまじわるのは、ただ仁者であってはじめてできる」と言うのである。

孟子が直面していた現実の世界は、どの国も大国となることをめざしていた。小国を併呑して一層の大国となり、最終的には、唯一の勝者となることが、すべての国の目標だったと言えよう。だからこそ各国は富国強兵に努めていた。孟子はそれを否定して、大国が小国に「事」える、礼を守ってまじわる道を提示している。そこには、力の論理ではなく、「仁」の論理が必要だと述べている。大国主義へと傾斜してゆく現実の中国への、根本的な批判だった。その点では、老子と似ているが、儒家の立場から共存と礼交という国家のあり方を示したのは、孟子の重要な発言である。誰もが大国をめざす時代に、迂遠な理想主義と見られるとしても、時流に抗する厳しさを堅持したのだった。

### ◈『荘子』の寓言

超越的な視点に立って固定された認識をのりこえることを主張したのは、荘子《そうし》（前三七〇頃—前三〇〇頃）である。荘子、本名は荘周《そうしゅう》。老子の思想をうけて、「生と死、物と我の対立を、その対立の根源において一つとする」（福永光司・興膳宏訳『荘子』内篇、ちくま学芸文庫、二〇一三年、一八三頁）哲学を展開した。荘子の思想は、『荘子』三三篇に示されている。

荘子は、こりかたまった常識を超越して、何ものにもとらわれない自由な境地に至ることを提唱した。そのため『荘子』は、固定された視点や認識をとびこえるために、奔放な寓言（寓話）をくりかえし用いる。『荘子』冒頭の逍遙遊《しょうようゆう》篇自体が寓言ではじまっている。

北冥有魚、其名為鯤。鯤之大、不知其幾千里也。化而為鳥、其名為鵬。鵬之背、不知其幾千里也。怒

而飛、其翼若垂天之雲。是鳥也、海運則将徙於南冥。南冥者、天池也。（北冥《ほくめい》に魚有り、其の名を鯤《こん》と為す。鯤の大いなる、其の幾千里なるかを知らざるなり。化して鳥と為るや、其の名を鵬《ほう》と為す。鵬の背、其の幾千里なるを知らざるなり。怒《ど》して飛べば、其の翼　垂天《すいてん》の雲の若し。是の鳥や、海運《めぐ》れば則ち将に南冥《なんめい》に徙《うつ》らんとす。南冥なる者は、天池《てんち》なり。）

北のはての暗い海に魚がいて、その名を鯤と言う。鯤の大きさはと言うと、何千里あるか分からないほどだ。鯤が変化して鳥になると、その名を鵬と言う。鵬の背中は、何千里あるのか分からないほどだ。鵬が勢いよく飛びたつと、その翼は天空に垂れこめた雲のようだ。この鳥は、海が大きくうねりはじめると、南のはての暗い海に移ってゆこうとする。南のはての暗い海とは、天の池である。

作り話であるが、この寓言によって、人間の固定的な視点は動揺してしまい、いきなり非日常の視野が広がる。この後、巨大な鵬の視点から地上を見下ろすとき、地上のこまごまとしたうごめきは境界をうしない、一様に青く見えると言う。さらに寓言はつづくが、それらを通じて、こまごまとした区別に悩んでいる人間の愚かさが見えてくる。こうして、固定された価値観にとらわれず、物事の根源に立ちかえってみれば万物は一体であるとする「斉同《せいどう》」の論へと進んでゆく。

『荘子』の寓言は、固定された認識の外へと、人間を連れだすものである。社会、国家、政治の内部で、その変革を唱える遊説家たちと異なり、それらの束縛をこえた絶対的な自由の境地に至ろうとするものだった。

### ◈自由な討議の文体

こうした様々な思想家が論争を通じて多彩な哲学、政治思想を展開した。墨家《ぼくか》は、無差別平等の愛「兼《けん》愛《あい》」を説き、逆に法家は、人間の本質的な利己性を重視し、強力な君主権のもとで法による支配を徹底することをめざした。いずれにしても、人間をどう理解し、世界の秩序をどう構築するかを深刻に考察した思想だった。

春秋・戦国時代は、多数の思想家が互いに論戦を交わす中で、中国思想がいっきに花ひらいた時代だった。これは、「世界観、人生観に関する自由な討議の精神があらわれ、さまざまな考え方の共存を許したためである」とされる（野田又夫『哲学の三つの伝統』岩波文庫、二〇一三年、四六頁）。文学の側から見れば、自由な討議の中でさまざまな文体が生みだされ、中国の散文の基礎が築かれた時代だったと言うことができる。

# 四――『楚辞』と屈原

## 1　南方の文学としての「楚辞」

### ◈「楚辞」の背景

戦国時代のなかばにあたる紀元前四世紀の末、南方の長江流域から新しい韻文が生まれてきた。これを「楚辞《そじ》」と言う。

「楚辞」は、中国南方の楚（湖北・湖南・江西・安徽等の省にまたがる国）の地域に生まれた独特の文学形式であり、屈原《くつげん》（前三四三？―前二七七？または前二八三？）と、その周辺の宋玉《そうぎょく》、景差《けいさ》らによって完成されたものとされる（文学形式として述べる場合は「楚辞」、作品集として述べる場合は『楚辞』と表記する）。

文学形式としての「楚辞」は、楚の巫祝《ふしゅく》（巫と祝。巫は、神がかりになって人間と神を媒介する人。祝は、神に仕える神官。両者は同一視されることも多い。シャーマン。shaman）が神とまじわるときに用いた語りの形式から発展したとされる。「辞」とは、朗誦形式を指す。「楚辞」は歌われたのではなく、巫祝が神と人のあいだに立って語るときの口調から生まれた独特の調子で語られたのである。その点において、歌謡である『詩経』の文学とは大きく異なっている。

「楚辞」が楚の地域で生まれたのは、この地域が中原から離れていて、南方の古い文化を色濃く残していたからである。楚は、言語も習俗も中原とは相当に異なり、北方の人々からは「荊蛮《けいばん》」と呼ばれ、野蛮人と見なされていた。特に楚に残されていた巫風（巫祝によって神と交感する呪術的な宗教文化）つまりシャーマニズム（shamanism）の伝統は、北方の国々から蔑視されていた。

春秋時代を通じて楚の国力は強まり、南方の大国というだけでなく、しだいに中原諸国をおびやかす強国に成長した。だが戦国時代に入ってからは、北方各国が国内改革を行なって富国強兵をめざしたのに遅れをとって、楚の国力はおとろえていった。とりわけ強力になってきた秦と国境を接していたため、しだいに領土を侵食されるようになった。楚は戦国時代に入っても「祭政一致」の社会構造と古い国家体制を改められず、巫風の文化も残ったままであった。祭政一致社会から脱却するためには、政治の場での巫祝の影響力を排除しなくてはならなかった。そのような危機をはらんでいた時代に、危機にさらされていた巫祝の集団の中から「楚辞」が誕生した。

### ◈屈原と『楚辞』

楚の国の危機の時代に生き、巫祝の語りをもととした「楚辞」の文学を確立したのが屈原である。屈原、本名は平《へい》。原は字《あざな》。楚の王家と祖先を同じくする名門の生まれである。懐王《かいおう》に仕えて重んじられたが、反対派の讒言《ざんげん》に遭い、排斥されてしまった。このとき、憂愁の思いにかられて代表作「離騒《りそう》」をつくったとされる。「離騒」とは楚の方言で、憂いに遭う意である。懐王の子の頃襄王《けいじょうおう》のとき三閭大夫《さんりょたいふ》（王家と同祖の昭・屈・景の三つの家柄を管理する役職）にとりたてられたが、また讒言により追放される。深い憂憤に苦しみながら、「九章」などの作品を残し、洞庭湖（湖南省）畔をさまよい、ついに汨羅《べきら》（湖南省湘陰県の川の名）の淵に身を投げて死んだ。屈原の弟子に宋玉・景差がいて、それぞれ「楚辞」の形式によって作品をつくった。
以上は、通説による屈原の略伝であるが、謎も多く、実在をうたがう説もある。今は、屈原を実在したものと考える。仮に実在をうたがうとしても、古くから楚の政治に関与してきた巫祝の集団がしだいに政治的に凋落していく時代に、多くの巫祝の悲劇的体験があったこと、彼らの代表として活動した屈原のような人物があったことなどは、想像することができる。巫祝の集団を中心に人々によって共同幻想され、共同幻想の中に実在し成長した人物像が屈原だったと言える。

屈原が創始したとされる「楚辞」の形式的特徴は、「兮《けい》」字を含む六言句、七言句を基本とする韻文という点にある。「兮」字は、意味を持たず音調をととのえるだけの助辞である。「楚辞」はこの「兮」字を句中・句末に用い、その他にも一句の中に接続詞等の助辞を含み、『詩経』の四言句中心の単純な形式にくらべて、内容も音調も複雑になっている。

「楚辞」形式の作品群を集めた作品集としての『楚辞』は、漢代になってから順次編集が行なわれた。前漢末期の劉向《りゅうきょう》(前七七―前六)は屈原から漢代までの作品を集め、自作もつけくわえて『楚辞』一六巻を編集した。後漢の王逸《おういつ》(八九―一五八?)は劉向のテキストに自作をつけくわえて注釈をほどこし、『楚辞章句《そじしょうく》』一七巻を編集した。そこには、屈原時代の作品として、以下の作品が収められている(括弧内は、王逸注で作者とされている名)。

離騒(屈原)・九歌(屈原)・天問(屈原)・九章(屈原)・遠遊(屈原)・卜居《ぼくきょ》(屈原)・漁父《ぎょほ》(屈原)・九弁《きゅうべん》(宋玉)・招魂(宋玉)・大招(屈原または景差)

右の一〇編のうち確実に屈原作と言えるのはどれかということになると、一定しないが、「離騒」と「天問」

の二篇は、屈原作とする説が有力である。また「九歌」は屈原以前の作品と位置付けられる。

## 2　降霊する神――「九歌」

### ◈「九歌」の神と人

「九歌」について、王逸は、南方の卑俗な旧曲に屈原が新しい歌詞を付けたものとしている。あるいは「神堂において巫覡により上演せられた一組の神舞歌劇の歌詞で、屈原が若年のころ旧曲により作詞したものであろう」（藤野岩友『楚辞』漢詩大系3、集英社、一九六七年、七五頁）という説、もともと夏（殷の前に存在したとされる王朝）の音楽で、楚の風俗をまじえ、楚の郊祀（天の神をまつる祭り）を行なったものとする説もある（姜亮夫「九歌解題」『楚辞学論文集』上海古籍出版社、一九八四年、二九〇頁）。いずれにしても「九歌」は、屈原以前の古い「楚辞」のすがたを残すものと言えるだろう。

「九歌」は、全体で一一篇の歌を含んでいて、題名からも分かる通り、歌曲だった。巫祝が神の降臨を祈る歌だったと考えられ、女巫の神への恋慕という形態をとるものが多い。二番目に置かれている「雲中君」を見る（末尾は省略）。

浴蘭湯兮沐芳　　蘭湯《らんとう》に浴し　芳《ほう》に沐《もく》し、
華采衣兮若英　　華采《かさい》の衣《ころも》　英《はなぶさ》の若し。
霊連蜷兮既留　　霊《れい》　連蜷《れんけん》として既に留まり、

爛昭昭兮未央　　爛《らん》　昭昭《しょうしょう》として未だ央《つ》きず。
謇将憺兮寿宮　　謇《ああ》　将に寿宮《じゅきゅう》に憺《やす》んぜんとして、
与日月兮斉光　　日月と光を斉《ひと》しくす。
龍駕兮帝服　　龍駕《りょうが》して帝服《ていふく》し、
聊翺遊兮周章　　聊《しばら》く翺遊《こうゆう》して周章《しゅうしょう》す。
霊皇皇兮既降　　霊　皇皇《こうこう》として既に降《くだ》り、
猋遠挙兮雲中　　猋《たちま》ち遠く雲中に挙《あ》がる。

(巫女は)ふじばかまの湯で湯あみし　よろいぐさの湯で髪を洗い、
華やかないろどりの衣が　まるではなびらのようだ。
(雲中君の)神霊は行きつもどりつして　やがて留まり、
光は明るく輝きわたり　尽きることがない。
ああ(神霊は)まさに祭りの宮に降り立ち安んじようとして、
太陽や月と光を等しくして輝いている。
龍を車につけて引かせ　天帝の服を身につけ、
しばらくおおらかに天空を飛び　あたりをめぐりゆく。
神霊はきらきらと輝き　やがて巫女の身に降ったが、
たちまち遠く雲の中に上り帰ってゆく。

冒頭の二句は、神の降臨を待つ巫女のすがたである。雲の神である「雲中君」は「連蜷」として天空に留まり、空中に輝きわたり、やがて巫女の身に「降」る。この時、巫女は神がかり（トランス。trance）の状態になったのである。だが神は、また忽ち空へと帰ってゆく。人間の日常の意識にもどった巫祝にとって、神がかりの時間は短いと感じられたのだろう。神の去った後、巫女は神を思慕しつづけるほかにない。

### ◈降霊する神

非常に幻想的な歌である。神の降臨を待つ巫女の幻想―神の降臨（トランス）―神の退去（人間の意識の回復）―神への巫女の思慕、という構成を持っている。こうした構成の中で最も重要なのは、第九句の「霊皇皇兮既降」（霊　皇皇として既に降り）という場面である。神霊がきらきらとひかり輝きながら巫女の身に降《お》りてくる。神は降りてくる、降霊する。人はそれを待つのである。

こうした神―巫祝―人間の関係は、シャーマニズムと呼ばれる。シャーマン（巫祝）によって神と人が仲介され、人の願いが神にとどき、神の言葉が人にとどくとする呪術・宗教である。ただそのシャーマニズムにもいろいろなタイプがあり、「雲中君」のように神が降りてくるタイプは、「憑霊型《ひょうれいがた》」（possession type）、あるいは「降霊型」などと呼ばれる。神霊が巫祝に寄りつき、その結果、巫祝が神がかりになって語る型のシャーマニズムである。「雲中君」の巫女は「蘭湯」「芳」で体を清め、「華采」の「衣」を着て、ひたすらに神の降臨を待つ。「雲中君」をはじめとする「九歌」の諸篇では、その待つ身の幻想、一瞬の神の降臨などが、幻想的な表現によって描かれている。

## 3 「離騒」の構造

### ◈「離騒」とその主人公

『楚辞』の中で最長の作品は「離騒」である。

「離騒」は、作者屈原を投影した主人公、正則《せいそく》、字は霊均《れいきん》によって語られる。霊均は、優れた血筋、優れた星の下に生まれた(めでたい年のめでたい月日に生まれた)。生まれついてずばぬけた才能を持ち、王(懐王)に仕えて、王を政治の場においてみちびいた。しかし讒言に遭い追放され、南に旅する。そして神に祈って「中正」の清浄な心を得て、自分を理解してくれる人(女性)を探し求め天空の神々の世界へと飛び立つ。二度目の天界旅行に旅立つため、龍に引かせた馬車に乗り、崑崙山《こんろんざん》のあたりから天界へと上ってゆく。しかしその中空で、霊均は故郷の楚国を見てしまう。すると忽ち馬車は上昇を止め、馬も御者もいつまでも故郷をふりかえり、中空で停止してしまう。物語はそこで終わるが、その後の「乱《らん》」(篇末に添えられる短い歌)で、古代の賢人の跡を追い、水に身を投げて果てることを予言して全篇を終える。

### ◈「離騒」冒頭

「離騒」の冒頭は次のように語られている。

帝高陽之苗裔兮　帝高陽《こうよう》の苗裔《びょうえい》
朕皇考曰伯庸　朕《わ》が皇考《こうこう》を伯庸《はくよう》と曰う

摂提貞于孟陬兮　　摂提《せってい》　孟陬《もうすう》に貞《ただ》しく
惟庚寅吾以降　　惟《こ》れ庚寅《こういん》に吾以て降れり
皇覧揆余于初度兮　　皇《ちち》　覧《み》て余を初度《しょど》に揆《はか》り
肇錫余以嘉名　　肇《はじ》めて余に錫《たま》うに嘉名《かめい》を以てす
名余曰正則兮　　余に名づけて正則と曰い
字余曰霊均　　余に字《あざな》して霊均と曰う

聖天子高陽氏（顓頊《せんぎょく》）の遠い子孫の、
我が亡き父君を伯庸と申し上げた。
木星が寅《とら》の方角にある年（寅年）の正月の、
さても　その庚寅《かのえとら》のめでたい日に　私は地上に降りたった。
亡き父君は私を見て　生まれた時の様子をはかり、
初めて私にめでたい名前を賜った。
私に名づけて　正則と言い、
私に字をつけては　霊均とされた。

主人公は自己の家柄を誇り、自己の才能に異様なほどの自信を持っている。選ばれた者の誇りと自信、そして責任感が「離騒」全篇の底に流れている。彼はこの後もくりかえしそれを語り、くりかえし香草を身につけることを語る。巫祝たちは、様々な香草を身につけ、重要な祭祀には香草の湯で身を清めるなどのことをしたと考えられる。彼らは、自分の心の清らかさ、つまり「徳」を守るために、香草を必要とした。香草は「徳」の比喩とされるが、単なる比喩ではなく、実質性を持っていた。霊均も、香草を身につけたそのいでたちからして、彼の出自が巫祝であることを示しているのである。その巫祝の出自を持つ主人公が、祭祀ではなく、政治の世界で活躍する。

### ◈「離騒」中間部

誇り高い主人公霊均は王のために全力で尽くし、政治に奔走するが、讒言に遭い、疎まれ追放される。巫祝は、戦国時代の競争社会には政治的な役に立たないと見なされるようになってきたのである。追放された霊均は南へと流浪し、聖天子なる帝舜《しゅん》、本名「重華《ちょうか》」の神霊の前で我が身の潔白と我が信念の変わらぬことを訴え、ついに天上に上ってゆく。

跪敷衽以陳辞兮　　跪《ひざまず》きて衽《じん》を敷きて以て辞を陳《の》ぶるに
耿吾既得此中正　　耿《こう》として　吾　既に此の中正《ちゅうせい》を得たり
駟玉虬以乗鷖兮　　玉虬《きゅう》を駟《し》として以て鷖《えい》に乗り
溘埃風余上征　　　溘《たちま》ち埃風《あいふう》により　余　上征す

ひざまずいて裳裾《もすそ》を敷いて（神霊に向かって）言葉を陳べると、
気持ちは明るくなり　私はやがてこの「中正」（過不足なき正しい心）を得た。
そこで私は美しいみずちを馬とし　鳳凰を馬車として、

立ち上る風に乗ってたちまちのうちに天空へと上っていった。

帝舜の神霊に祈った結果、霊均は天空へと「上征」(飛翔)してゆく。彼が突然、空を飛ぶことができるようになったのは、シャーマニズムの側から言えば、彼がトランスの状態になったからである。だが一方、「離騒」の表現から見れば、精神の「中正」を得たためである。「中正」とは、人間の雑然とした意識を抜け出た清浄で超越的な意識だったのだろう。シャーマニズムの構造としては、この瞬間に霊均は神がかりの状態となったのだが、文学としての「離騒」では、主人公が「中正」の心を得て、しかしあくまでも人間として天空を飛翔してゆくのである。

### ◈飛翔する人

「九歌」のシャーマニズムが憑霊型(降霊型)であったことを再度考えるなら、この「離騒」のシャーマニズムがそれとは大きく異なっていることは明らかである。ここでは、神の降臨を待つのではなく、人間が天空へ、神の世界へと飛翔してゆく。神がかりした巫祝が(肉体から分離した霊魂が)神々の世界に飛翔してゆくのは、「脱魂型《だっこんがた》」(ecstasy type)、あるいは「飛翔型」のシャーマニズムなどと呼ばれる。「九歌」と「離騒」では、依拠しているシャーマニズムが異なっているのである。

屈原の時代の楚には、様々な形態のシャーマニズムがあったと考えられる。重要なのは、「離騒」がシャーマニズムの発想を基底に持ちつつ、それを文学の発想・構想へと飛躍させていることである。「離騒」では、人間が天空へと飛翔する。人間は主体性を持ち、みずからの力を頼み、「玉虬」「鷖」を使役し、この後の部分では、太陽の御者たる「羲和《ぎか》」に命じて、太陽の運行さえ変えてしまう。「離騒」では、人間が大胆にも神々の世界に上昇し、卑位の神々を使役して行動する。人間の持つ異様な力への自覚が、こうした表現を生んだのだろう。

## 4　中空での停止――「離騒」の結末

### ◈中空での停止

「離騒」の主人公霊均は、一度天界から帰り、神巫の「吉占」を得て、再び天空への旅を決意する。龍に馬車をひかせ、雲の旗を立てて旅をし、ついに空へとまっすぐに上って行く。その末尾と「乱」（篇末に添えられる短い歌）を引く。

陟陞皇之赫戯兮　　皇《こう》の赫戯《かくぎ》たるに陟陞《ちょくしょう》し
忽臨睨夫旧郷　　忽ち夫《か》の旧郷を臨睨《りんげい》す
僕夫悲余馬懐兮　　僕夫《ぼくふ》は悲しみ　余が馬は懐《おも》い
蜷局顧而不行　　蜷局《げんきょく》として顧りみて行かず
乱曰　　乱に曰く
已矣哉国無人兮莫我知兮　　已《や》んぬるかな　国に人無く　我を知る莫し、
又何懐乎故都　　又　何ぞ故都を懐《おも》わん

既莫足与為美政兮　　　既に与《とも》に美政を為すに足る莫し
吾将従彭咸之所居　　　吾　将に彭咸《ほうかん》の居る所に従わんとす

光が強く輝きわたる中をまっすぐに上ってゆくと、
（中空で）私はふと　故郷の楚国を見下ろした。
すると我が御者は悲しみにくれ　我が馬は故郷を懐かしみ、
身をこわばらせたまま（楚国を）振り返り　もう進もうとはしなくなった。
乱（おさめ歌）に言う、
もはや終わったのだ　楚の国にまともな人は無く　私を理解してくれる人もいない、
これ以上　どうして故国を思い慕おうか。
既に　力をあわせてうるわしい政治を行なえる人はいない、
私はきっと古の賢人彭咸の居る所に行こう。（彭咸にならって身を投げよう。）

霊均は中空で停止する。そしてそのまま宙づりの状態で物語は終わる。人間の世界と神々の世界の中間で、「蜷局」として凝固してしまう。神々の世界への憧憬は消えていないが、人間の主体性や実力への自覚は強いものとなっている。そのような板挟みの中を生きた巫祝たちの苦しみが伝わってくる。「離騒」は、その板挟みの状況を生きた楚の巫祝たちの悲劇的な内面を、霊均という一人の人物に集約して語っている。神秘的信仰と論理的思考のはざまに立たされ、その矛盾を生きなければならなかったのが、屈原であり、屈原を代表とする南方楚の巫祝たちだったのである。

第二章

# 秦・漢時代の文学

# 一――秦漢帝国の出現

## 1　統一帝国の成立

### ◈秦帝国の成立と滅亡

春秋・戦国の混乱の時代も、秦が他国を次々に滅ぼし、ついに秦王政《せい》の即位二六年（前二二一）、秦が天下を支配するに至った。秦王政は、王という称号をやめ、天子の称号を「皇帝」とすることを決め、みずからを「始皇帝」とし、子孫は「二世皇帝」、「三世皇帝」のように称することとした。咸陽《かんよう》（陝西省）を都とし、そこに滅ぼした国々の宮殿を解体して、移築させた。秦による全国支配のあからさまな誇示だった。

始皇帝は周代の封建制をやめ、「郡県制」を施行した。全国を三十六の郡に分け、その下に県以下の行政単位を置き、中央から官僚を派遣して統治するシステムである。秦帝国の出現によって、中国全土を統一した中央集権国家が、はじめて登場した。始皇帝は中国各地を巡守（天子が各地を視察すること）し、絶対権力者としての皇帝の威信を中国全土に示そうとした。また、「焚書坑儒」（書物を焼きはらい儒者を穴埋めにすること）を行ない、皇帝の権威にさからう思想を弾圧した。その間、朔方（内モンゴル自治区のオルドス地方）に侵入していた匈奴《きょうど》（北方の強力な遊牧民族。蒙古高原を根拠地とし、しばしば北中国各地に侵入していた）を黄河の北においはらい、万里の長城を増築した。さらに、咸陽宮や阿房宮などの巨大宮殿をつくり、度量衡の統一、幹線道路網の整備も行なった。

しかし急激な中央集権化に対する人々の抵抗は大きく、労役や税負担への民衆の怨嗟も深かったため社会不安がひろがり、始皇帝が没すると(前二一〇)、秦帝国は民衆の反乱によって内乱状態となり、まもなく滅んでしまう。

## ◈漢帝国の成立と文化

民衆反乱と群雄の争いの中から勝ち残り天下を統一したのは、漢の高祖劉邦《りゅうほう》だった(前二〇六)。漢は基本的に秦の中央集権制をうけつぎ、郡県制を敷いたが、一気に中央集権化することを避け、一部に封建制を残した。社会の安定をはかったのである。だがその後、しだいに権力の集中をすすめ、第七代武帝(在位、前一四〇—前八七)のときには、ほぼ中央集権体制が確立していたとされる。

強大な漢帝国(前漢)のもとで、多彩な文化が花ひらいた。思想の世界では、武帝のとき、董仲舒《とうちゅうじょ》(前一七六?—前一〇四?)らがあらわれ儒学が帝国の正式の学問として公認される基礎をつくり、その後「儒教」と呼ばれるようになった。秦代には法家思想が帝国公認の思想だったため、儒家は弾圧され、おとろえていた。漢代になっても儒家は低迷していたが、しだいに陰陽五行説《いんようごぎょうせつ》(万物の現象を、陰と陽の二つの気、木・火・土・金・水の五つの元素の動きによって説明する思想)を取り入れたり、天人相関説《てんじんそうかんせつ》(天の意思と地上・人間界のできごとは互いに関係しているとする思想)を唱えたりして、勢力を強めた。董仲舒は、とくに天人相関説を理論化し、「儒教と国家との関係の理論化に務めた」のである(渡邉義浩『漢帝国——四〇〇年の興亡』中公新書、二〇一九年、七五頁)。

文学においては、「賦《ふ》」という長大な叙事文学が流行し、帝都の豪壮な景観、皇帝の大規模な狩猟のありさまなどが好んで描かれた。散文の分野では、前代の遊説者たちの弁論術をうけついだ論理的文章がつくられた。儒家と道家を折衷しようとした陸賈《りくか》の『新語』、儒家と道家の併用により独自の批判的論理を展開した賈誼《かぎ》（前二〇一？—前一六九？）の『新書』、道家思想を軸に諸子百家を統合しようとした淮南王《わいなんおう》劉安（？—前一二二）の『淮南子《えなんじ》』などがある。このように広大な視野を持った文学や思想がつぎつぎにあらわれたのが、漢という統一帝国の時代だった。

### ◈神話的発想と『山海経』

理念と合理性を重んじる儒教はもともと神話・伝説を好まなかった。『論語』述而篇には、「子不語怪力乱神」（子　怪力乱神を語らず）という言葉が残されている。「先生（孔子）は、怪奇なこと、異常な力、道理を乱すこと、神秘的なことなどを語らなかった」。だが儒教が国教化してゆく漢代初期に、それに反抗するように、神話的発想を秘めた『山海経《せんがいきょう》』一八巻があらわれた。『山海経』は、いつ頃成立したのか、誰が記したのか、はっきりとは分からない書物である。地理書の形をとっているが、その大半は架空の土地で、その地に住む神怪・妖獣・精霊の類が記され、神話の断片が残されている。その「海外北経《かいがいほくけい》」に「夸父《かほ》」の物語が見える。「夸父」は神話中の巨人族。

　夸父与日逐走。入日。渇欲得飲。飲於河渭。河渭不足。北飲大沢。未至、遂渇而死。棄其杖、化為鄧林。（夸父　日と逐走《ちくそう》す。日入る。渇《かつ》して飲むを得んと欲す。河渭《かい》に飲む。河渭も足らず。北のかた大《だい》沢《たく》に飲まんとす。未だ至らず、遂に渇して死す。其の杖を棄つるに、化して鄧林《とうりん》と為る。)

夸父は太陽と競争をした。太陽は(夸父より早く)地平線に入ってしまった。やぶれた夸父は、のどが渇いて水を飲もうと思った。そこで黄河と渭水まで行って、その水を飲んだ。だが黄河と渭水の水を飲みほしても、渇きは止まらなかった。そこで北の大湿地帯に行って、その水を飲もうとした。だがそこに行きつかないうちに、のどが渇いて死んだ。死のまぎわに、持っていた杖を投げすてたところ、それは大森林になった。

かなうはずのない相手である太陽と競争をして、西へ西へと走りつづけた巨人。それは滑稽であり、物悲しく、雄々しい。競争の最中に持っていた杖は、巨人の生命の象徴だった。壮大な死のまぎわに投げすてられた杖は、大森林となって生まれかわる。こうした異常なほどの力に満ちた雄大な物語が、古代には散在していたことが分かる。古代中国人は、世界を、こうした雄大な死と再生の物語として理解していたのである。漢帝国の統一という動きの中で、そこからはみだしてしまう神話的想像力が、『山海経』の中に残された。

## 2　漢代初期の文学

### ◈楚歌の流行

前二〇六年に秦が滅亡したときをもって漢王朝は発足したとされているが、前二〇二年の垓下《がいか》(安徽省霊璧県)の戦いで最大の敵である項羽《こうう》に勝利したとき、はじめて漢王朝が実質的に成立した。漢王朝創立の当初は、楚の歌謡である「楚歌」が流行した。

「楚歌」は、「楚辞」の伝統が色濃く残る楚の地方から生まれたもので、「兮《けい》」字を多用した短い歌謡である。抑揚の強い、激しい調子で歌われたと考えられる。「楚歌」の流行は秦代末期にははじまっていた。よく知られているのは、司馬遷の『史記』「項羽本紀」に記録されている項羽の「垓下歌」である。

『史記』「項羽本紀」によれば、楚の項羽は、漢の高祖劉邦との連年の戦いのすえ、ついに劣勢に立たされ、垓下のとりでに立てこもった。漢軍と同盟軍は、圧倒的な兵力で垓下のとりでを幾重にもとりかこんだ。その包囲軍の中から、夜半、「楚歌」が聞こえてきた。楚は項羽の故郷であるが、敵の軍勢の中から故郷の楚の歌が聞こえてきたことにより、項羽は自分が完全に孤立無援になったことを知る。「四面楚歌」として知られる事件である。項羽は、最後の宴会をひらき、その席で即興の歌を歌った。「楚歌」の形式によるものだった。この歌が、「垓下歌」(抜山蓋世歌《ばつざんがいせいか》)として知られている。

力抜山兮気蓋世　　力　山を抜き　気は世を蓋《おお》う
時不利兮騅不逝　　時　利あらず　騅逝《すいゆ》かず
騅不逝兮可奈何　　騅の逝かざる　奈何《いかん》すべき
虞兮虞兮奈若何　　虞《ぐ》や　虞や　若《なんじ》を奈何せん

我が力は山を引きぬくほどに強く　気力は世をおおいつくすほど激しい。
だが時の運命は私に利無く　我が愛馬騅さえも　もう進もうとしない。
騅の進まぬのを　どうすることができようか。

虞よ　虞よ　そなたをどうしたらよいのだろうか。

「騅」は愛馬の名。「虞」は、虞美人。項羽に寵愛されて、激戦の地にも同行していたという。その「虞」への呼びかけという形で、歌は結ばれている。この末句は、疑問形とも、反語形とも見える。「虞よ　そなたをどうしたらよいのか」という疑問の表現のようにも見えるし、「虞よ　そなたをどうすることもできない」という絶望の表現のようにも見える。その激しく揺れる心中が、「兮」字のくりかえしと「奈若何」という言葉によって表現されているのである。

「楚歌」は本来、南方で歌われた民謡だったと考えられる。こうした詩形で、激しい曲調によって歌われ、激動の時代を生きた人々の心情を描くものとなったのである。

### ◈勝利者の楚歌

一方、項羽をたおして天下を統一した劉邦も楚の文化圏から身を起こした人なので、彼が天下統一の後につくったとされる「大風歌」もやはり「楚歌」の特徴をそなえている。

大風起兮雲飛揚大風《たいふう》起こりて　雲飛揚《ひよう》す

威加海内兮帰故郷威《い》は海内《かいだい》に加わって故郷に帰る

安得猛士兮守四方安《いず》くにか猛士を得て四方を守らしめん
大いなる風が吹きおこり　雲は空を飛んでゆく。

我が威力は天下に加わり　いま私は故郷へと帰ってきた。
どこで猛き武士を手にいれ　天下の四方を守らせたらよかろうか。

天下を統一した後、故郷の沛《はい》（江蘇省沛県）に帰ったときの作と伝えられている。第一句と第二句は、雄大で鮮明な表現である。だが末句は、「猛士」を手に入れて天下を守らせたいという強い意志の表現のようにも見えるし、逆に、「猛士」を手に入れることができるだろうかという一抹の不安の表現のようにもみえる。帝王としての壮大な意志と、ふと心をよぎる不安の表裏した心中の表現と、解することができるだろう。勝利者の側の楚歌にも、こうした心の揺れが描かれているのである。

# 二――賦の隆盛

## 1　朗誦文学としての賦

### ◈舗陳の文学

「楚辞」の朗誦の伝統は、戦国時代の遊説家の弁論術、宮廷を活動の場とする職業的な文人の登場などの影響のもとに、漢代に入ってから「賦」という形式に発展した。

「賦」は、散文の部分と韻文の部分が混在する長編の文学であり、「辞賦《じふ》」とも呼ばれる。抒情的で比較的短く韻文的性質を強く持つものを「辞《じ》」、叙事的で比較的に長く散文的性質を強く持つものを「賦」と呼び、両方をあわせて「辞賦」と呼んだ。しかしまた、「辞」と「賦」の総称として「賦」と呼ぶことも多い。

「賦」は、首都など都市の景観、器物の形、自然の景観、天子の狩猟のありさまなどを、豪華・壮麗な表現で委曲を尽くして述べるものである。統一帝国の強大な力を背景に、壮大で力強い狩猟や都市の様子を描くことが「賦」の目標だった。そのため、その表現方法は対象を細大漏らさず描きつくすことを主眼としている。こうした表現方法を、「舗陳《ほちん》」(「鋪陳」)と呼ぶ。「舗陳」とは、「敷き連ねる」ことを意味する。どこまでも言葉を敷き連ねて、すべてを描きつくそうとする表現態度である。漢代の人々は、そうした表現を特に好んだため、賦は漢代を代表する文学形式となった。初期の著名な作家には、賈誼、司馬《しば》相如《しょうじょ》(前一七九―前一一七）がおり、前漢末には揚雄《ようゆう》（前五三—一八）、後漢には、班固《はんこ》（三二—九二）、張衡《ちょうこう》（七八—一三九）らが出た。

### ◈司馬相如の賦

前後漢を通じて、賦の作家として最もよく知られているのは、司馬相如（長卿）である。司馬相如は、蜀（四川省）の成都の人で、景帝に仕えたが辞職し、賦の作家だった鄒陽《すうよう》、枚乗《ばいじょう》らとまじわった。成都に帰り、富豪の卓王孫《たくおうそん》のむすめ卓文君《たくぶんくん》と駆け落ちをしたが、のちに「子虚賦《しきょふ》」をつくり、それが武帝に認められふたたび出仕した。

「子虚賦」（「子虚賦」と「上林賦」の二篇に分ける場合もある）は、子虚、烏有先生《うゆうせんせい》、亡是公《ぼうぜこう》という架空の人物の問答によって、各地の狩猟の華々しさが語られ、最後に天子の狩猟の隔絶した勇壮さを描いたものである。

於是乎、周覧泛観、縝紛軋芴、芒芒恍忽。視之無端、察之無涯。日出東沼、入乎西陂。其南則隆冬生長、湧水躍波。……其北則盛夏含凍裂地、渉氷掲河。（是においてか、周《あまね》く覧《み》泛《ひろ》く観れば、縝紛軋芴《しんぷんあつこつ》として、芒芒恍忽《ぼうぼうこうこつ》たり。之を視れども端無く、之を察《み》れども涯《はて》無し。日は東沼より出で、西陂《せいひ》に入る。其の南は則ち隆冬《りゅうとう》にも生長し、湧水　波を躍らす。……其の北は則ち盛夏にも凍《こおり》を含みて地を裂き、氷を渉《わた》りて河を掲《わた》る。）

こうして、上林苑（長安郊外にあった天子の御苑の名）のありさまをあまねく見渡すと、あらゆるものがびっしりとすき間もないほど詰まっていて、茫然として我を忘れてしまう。どんなに凝視しても端さえなく、どれほど見分けようとしても果てが分からない。日は（上林苑の）東の沼からのぼり、西の堤《つつみ》に沈む。その南では、真冬にも万物が伸び育ち、湧き水が波を躍らせてゆく。……その北では、夏の盛りにも氷が張って地面を裂き、（人々は）氷結した河を渡ってゆくのである。

亡是公が、天子の御苑たる上林苑の壮大さを語る部分である。「其南」（其の南は）、「其北」（其の北は）と、上林苑の途方もない描写がつづき、その描写の間に、上林苑に生息する動物の名前が羅列されてゆく。言葉を羅列してゆくことによって現実の物や事の充実感が喚起されてくる。誇大な表現は、現実の物や事をはるかにこえている。それは、これらの表現が事実をなぞるものではなく、むしろ事物の圧倒的な存在感、充実感の表現だったからである。

### ◈空を飛ぶ天子

「子虚賦」は、次に上林苑中の離宮などの壮大さ、天子の狩猟の超越的な規模を述べ、誇大な表現が「舗陳」される。そしてついに、天子は馬車に乗ったまま天空に浮かぶ。

然后揚節而上浮。凌驚風、歴駭猋。乗虚無、与神倶。（然る后《のち》節《せつ》を揚げて上り浮かぶ。驚風を凌《しの》ぎ、駭猋《がいひょう》を歴《ふ》。虚無に乗り、神と倶《とも》にす。）

その後、（天子は）旗印をあげて天空に浮かび、強風をしのぎ、つむじ風をこえてゆく。虚空を踏み、神霊とともにゆく。

天子は、虚空に上って猟をするのである。皇帝の超人的なイメージが示されている。平面的に広がる上林苑の壮大さと、垂直にのぼってゆく皇帝の超越的な力は、互いにせめぎあうようにして展開してゆく。だが、狩猟の後の宴会のさなかに、天子は突然みずからの「奢侈」（ぜいたく）に気づき、民衆のための政治を行なうよう命じる。こうした突然の転換の表現により、現実の皇帝を諫めようとしているのである。これを「諷諫《ふうかん》」（遠まわしに諫めること）と言う。

漢代の賦は「諷諫」を意図しているとされる。「子虚賦」でも、豪壮な狩猟や宴会の描写と、一転してその奢侈に気づく瞬間の落差が、皇帝に対する諷諫になっている。とはいえ、「子虚賦」のおもしろさは、誇大な描写そのものにある。作者の意図が諷諫にあったとしても、それを振り切るようにして、上林苑や狩猟のありさまの「舗陳」に意欲が向いてしまうのである。漢代には、言葉の呪術的な力への信仰は後景にしりぞいていたが、「舗陳」によって呼びおこされる世界の充実感の中に、それは形をかえて生きていたのである。漢代の人々の羅列への情熱は、舗陳によって事物の存在感がありありと立ちあがるという実感によるものだった。

## 2　後漢の賦

### ◈班固の賦

前漢は、外戚の王莽《おうもう》（前四五―二三）によって奪われ、西暦八年に一度滅び、新《しん》朝となった。しかし漢室の血筋の中から劉秀（光武帝。前六―五七）があらわれ、王莽以下、対立勢力を破り、二五年、漢王朝を再興した。これを後漢と呼ぶ。光武帝は洛陽に都をおき、儒教を重んじて学術をさかんにした。

後漢においても、賦はさかんにつくられ、長安(前漢の都)と洛陽(後漢の都)を比較するなど、題材は多様になった。班固(孟堅)の「両都賦」(「西都賦」「東都賦」の総称)は、後漢の賦を代表する作品である。班固は、明帝に認められて校書郎などを歴任し、前漢の歴史記録である『漢書』を著した。「両都賦」は、西都賓(西都の賓)と東都主人の二人の問答という形をとる。西都賓は、前漢の西都(長安)の豪華さをほこる。それに対して東都主人は、後漢の東都(洛陽)の、華美に走らず自然と調和したありさまを語る。

於是皇城之内、宮室光明、闕庭神麗。奢不可踰、倹不能侈。外則因原野以作苑、塡流泉而為沼。発蘋藻以潜魚、豊圃草以毓獣。制同乎梁鄒、誼合乎霊囿。(是《ここ》において　皇城の内、宮室光明にして、闕庭《けってい》神麗なり。奢《しゃ》は踰《こ》ゆべからず、倹は侈《おご》る能わず。外は則ち原野に因りて以て苑と作《な》し、流泉に塡《したが》いて沼と為す。蘋藻《ひんそう》を発して以て魚を潜め、圃草《ほそう》を豊かにして以て獣を毓《やしな》う。制は梁鄒《りょうすう》に同じく、誼《ぎ》は霊《れい》囿《ゆう》に合《かな》う。)

さて(洛陽の)皇城の中では、宮室は光り輝き、宮殿の庭は神々しい。だが豪奢のさまは常軌をこえず、質素さが奢侈に流れることはない。みやこの外では原野の地形に沿って苑をつくり、水の流れにしたがって湖沼をつくる。水草を育てて魚を住まわせ、草原をしげらせて動物をやしなう。その造りは、いにしえの聖天子の狩り場である梁鄒と同じで、その心は、庭園を民衆とともにした周の文王の霊囿にかなっている。

整然とした描写であり、おだやかな語り口と言える。その分、司馬相如の賦の「芒芒恍忽」とするような熱気にみちた充溢感は無い。ここにあるのは、現実の背後にある秩序への実感である。儒教を価値基準として確立し、それに従った秩序をつくりあげたことへの自信である。天子の庭苑の価値は、無際限の巨大さによって測られるのではなく、古代の聖天子の梁鄒に「同」じであり、文王の霊囿に「合」っていることによって測られる。

### ◈壮大さか秩序か

班固が「両都賦」で描きだそうとしているのは、壮大な美ではなく、秩序ある美だったと言える。賦の末尾に近く、東都主人は西都賓に対してこう述べている。

> 子徒習秦阿房之造天、而不知京洛之有制也。識函谷之可関、而不知王者之無外也。（子 徒《いたず》らに秦の阿房の天に造《いた》るに習い、而《しか》も京洛《けいらく》の制《せい》有るを知らざるなり。函谷《かんこく》の関《とざ》すべきを識《し》りて、而も王者の外無きを知らざるなり。）
>
> あなたは秦の阿房宮の天までとどくような壮大さばかりに慣れてしまって、洛陽の都の秩序正しさを知らない。函谷関が関中の地をとざし守れることは知っていても、後漢の天子にはそもそも外界が無い（全てを領有している）ことを知らないのである。

西都賓を「秦」の住人として描きだし、長安の壮大さを秦の阿房宮の壮大さに置きかえている。東都主人はそれに対して「京洛」には「制」があることを強調している。「制」は、秩序を指す。自然の秩序ではなく、人為的な制度としての秩序である。その「王者」の制度が、天下のあらゆる所に及んでいると彼は述べる。
後漢の賦には、誇大な表現、壮大な幻想が、前漢の賦に比べて、あまり見られなくなった。後漢は、しばしば儒教国家と言われるが、賦の表現にも、儒教の規範の力が及んでいると言える。班固の賦は、世界の秩序に対する自信を表現しているのである。

## 3　短編の朗誦形式――辞

### ◈抒情的な辞

「辞」は、「賦」に対して短い形式で、抒情的な要素の強いものである。しかし、朗誦形式であるという点では、両者は共通している。そのため、辞と賦をあわせて「賦」と総称することもある。辞では、しばしば感情の転変や抑揚が描かれる。漢の武帝に「秋風辞」の作がある。

秋風起兮白雲飛
草木黄落兮雁南帰
蘭有秀兮菊有芳
懐佳人兮不能忘
汎楼船兮済汾河
横中流兮揚素波

秋風起こりて　白雲飛ぶ
草木黄ばみ落ちて　雁　南に帰る
蘭《らん》に秀《しゅう》有り　菊に芳《ほう》有り
佳人《かじん》を懐《おも》いて　忘るる能わず
楼船《ろうせん》を汎《うか》べて　汾河《ふんが》を済《わた》り
中流に横たわりて素波《そは》を揚《あ》ぐ

簫鼓鳴兮発棹歌　　簫鼓《しょうこ》鳴りて　棹歌《とうか》発し
歓楽極兮哀情多　　歓楽極《きわま》りて　哀情多し
少壮幾時兮奈老何　　少壮幾時《いくとき》ぞ　老いを奈何《いかん》せん

秋風が吹きおこり　白雲が飛ぶ。
草木は黄ばみ落ち　雁は南へと帰ってゆく。
蘭には穂花《ほばな》があり　菊には香りよい花が咲き、
美しい人を思って　忘れることができない。
楼船を浮かべて汾河を渡りゆき、
流れの中ほどに船を横たえれば　白い川波がたつ。
簫《ふえ》と鼓が鳴りひびき　舟歌が歌われ、
楽しみが極まると　哀しみの思いが湧きおこる。
若くさかんな時はどれほどつづくのか　老いゆくことをどうすることができようか。

「楼船」は、やぐらを高く組んだ大きな船。天子の御座船である。それを汾河(汾水)に浮かべて川を渡ってゆく。川波は白くたち、簫や鼓がひびき、歌が歌われる。その楽しみの頂点で、ふいに悲しみが起こる。自分が老いることを思わずにいられなかったからである。

### ◈歓楽と哀情

「秋風辞」は、全体として歓楽の高まりを描きながら、そこから反転して、湧いてくる悲しみを語る。世界の支配者として、どのような望みもかなうのに、その同じ自分がどうすることもできないもの、つまり老いに気づいてしまう、その瞬間を語るのである。

こうした表現は、劉邦の「大風歌」の表現を意識したものと考えられる。しかしあくまでも「大風歌」は天下を支配する王者の感慨を歌う歌謡である。それに対して、「秋風辞」は、突然個人として「老」の前に立たされてしまった哀しみを語る朗誦の辞である。「歓楽極兮哀情多」(歓楽極りて　哀情多し)という微妙な心の動きを表現するとき、楚歌のような激情を歌う形式ではなく、辞という短編の朗誦形式が求められたと考えられる。歓楽から哀情へ、自己の心中の一瞬の転変を表現しようとするとき、「楚辞」以来の内面を凝視する伝統を持つ辞の形式がふさわしいものと意識され、「秋風辞」が生まれたのである。

## 三――司馬遷と『史記』

### 1　司馬遷『史記』の構成

#### ◈司馬談と司馬遷

中国は歴史記録を重んじる伝統を持っている。春秋時代の記録としての『春秋』、その注釈としての『左氏伝』（『春秋左氏伝』）、戦国時代の記録としての『戦国策』など、漢代には、すでに古代からの歴史記録の蓄積があった。漢は、統一帝国として歴史記録の体制を整備することが必要となったが、前漢の時代には、後世のように、国家事業として前代の王朝の歴史を制作するという考え方はなく、歴史記録を担当する史官は、個人の見識によって記録を行なう自由さを残していた。そうした時代的背景のもとに、一三〇巻という巨大な歴史書『史記』が、個人の手によって誕生した。

『史記』の著者は司馬遷（子長。前一四五―前八六？）である。司馬遷の父、司馬談は、漢王朝の太史令（天文・暦、及び国の歴史をつかさどる太史の長官）だった。父は、息子が見聞を広め史官にふさわしい人物に育つことを期待して、彼を中国各地に旅行させた。父は上古以来の歴史を総合的に記すことをくわだてていた。だが父談は、武帝の行なった国家的行事「封禅《ほうぜん》」（皇帝が天地をまつる祭祀）に参加することを許されず、『史記』太史公自序によれば、そのため「発憤《はっぷん》」（憤りを発する）して病床に臥してしまい、息子遷に歴史書完成を託して死ぬ。

司馬遷は、臨終の父に対して、歴史書の完成を誓った。なぜ談が封禅の行事への参加を許されなかったのか、はっきりした理由は分からないが、武帝と司馬談の間に軋轢があったことはまちがいない。さらにその背景には、歴史を記録するということをめぐって、皇帝権力と史官との間に対立が生じていたことがうかがえる。皇帝権力の側からすれば、皇帝の意向に反しても事実を記録しようとする史官は、うとましい存在になっていたと考えられる。

父の後をついで太史令となった司馬遷は、歴史書完成にむけて努力していたが、前九九年、李陵《りりょう》事件が起きる。漢の将軍李陵が善戦むなしく匈奴との戦闘にやぶれ、捕虜となった事件である。これに怒った武帝が李陵の留守家族を死刑にするという決定をしたとき、司馬遷は武帝にさからって、ただ一人で李陵を弁護した。そしてそのため宮刑《きゅうけい》（男性を去勢する刑罰。腐刑とも言う）に処せられる。以後司馬遷は、刑余の身の屈辱に耐えて『史記』を完成させた。

### ◈「発憤」の継承

宮刑をうけた後の司馬遷の心中を示すのは、友人の任安《じんあん》（少卿）にあてた手紙「報任少卿書」（任少卿に報ずる書）である。その中で司馬遷は宮刑をうけた我が身について、「重為郷党所笑、汚辱先人。亦何面目、復上父母之丘墓乎。……毎念斯恥、汗未嘗不発背霑衣也」（重ねて郷党の笑う所と為り、先人を汚辱す。亦た何の面目ありてか、復《ふた》たび父母の丘墓に上らんや。……斯の恥を念《おも》う毎に、汗　未だ嘗て背に発し衣を霑《うるお》さずんばあらず）と述べている。宮刑をうけた身は祖先をはずかしめたのだから、墓参りにさえ行かれず、うけた屈辱を思いだすたびに汗が背をながれる、と言うのである。にもかかわらず生きのびることを選んだのは、臨終の父に約束した歴史書を完成させるためだった。

手紙の別のところでは「詩三百篇、大抵賢聖発憤之所為作也」（詩三百篇、大抵《たいてい》賢聖発憤《はっぷん》の為作《いさく》する所なり）と述べている。『詩経』に収められた三百篇の詩は、ほとんど皆、古代の優れた人々が憤りを発してつくったものである、と言うのである。「発憤」こそがすぐれた著作を生むということを主張している。父の司馬談は「発憤」（激しく怒る）して死んだ。しかし司馬遷はその「発憤」（心を奮いおこす）を力にして、『史記』を完成させた。彼らは、親子二代にわたって現実の不条理にうちのめされたが、不条理への「発憤」を継承して、『史記』を完成させたのである。

### ◈紀伝体の視点

『史記』一三〇巻は、司馬遷の著した歴史書であるが、実際には父司馬談のくわだてた歴史記録の事業をうけついだものであり、父の書き残した部分もあったと考えられる。父の残したものを包摂した司馬遷独自の著作とすることができる。記録されたのは、太古の神話伝説の時代から前漢武帝の時代まで、つまりすべての時間の記録であり、かつ中国全土と周辺の異民族の住む地域を含む空間すべてを記録する、当時の意識における全世界史だった。もとは『太史公書《たいしこうしょ》』と言ったが、のちに『史記』と呼ばれるようになった。

『史記』の構成は「紀伝体」と呼ばれる。全体が次のような複数の部分から構成され、中でも本紀《ほんぎ》と列伝が中心になっているからである。

本紀　一二巻——歴代の帝王の事跡を年代順に記したもの。

表　一〇巻——事件を整理・対照した年表。

書　八巻――制度の変遷を分野別に記したもの。
世家《せいか》　三〇巻――諸侯や大きな影響力を持った勢力の記録。
列伝　七〇巻――重要な行為を行なった人物の伝記、及び外国等についての記録。

「紀伝体」の構成は司馬遷の独創によるものである。歴史を複数の眼で、複数の視点から見ようとする司馬遷の意図を具体化したものだった。

## 2　天への懐疑――「伯夷列伝」

### ◈伯夷・叔斉の軌跡

『史記』一三〇巻の過半を占めるのは、列伝七〇巻である。歴史を帝王のような権力の中心から見るのではなく、個人の側から見ようとするものだった。そのような視点自体が、権力との軋轢をはらんでいる。その列伝の冒頭に置かれているのが、巻六一「伯夷列伝」である。

伯夷・叔斉の兄弟は殷の末のころの人。孤竹国(河北省北部にあった国)の君主の息子だったが、互いに国を譲りあって出奔し、周の地に至る。折から周の武王が殷を討つため出発しようとしていた。主君を武力で討つのは正しくないと引きとめるが、結局武王は殷を攻め滅ぼす。伯夷・叔斉は周の天下を忌避し、首陽山《しゅようざん》(河南省の山名。西山《せいざん》とも言う)に隠れてついに餓死する。「伯夷列伝」には、その二人の臨終の歌というものが記されている。

登彼西山兮　彼《か》の西山に登りて
采其薇矣　其の薇《び》を采《と》る
以暴易暴兮　暴を以て暴に易《か》え
不知其非矣　其の非を知らず
神農虞夏　神農・虞《ぐ》・夏《か》
忽焉没兮　忽焉《こつえん》として没す
我安適帰矣　我　安《いず》くにか適帰《てきき》せん
于嗟徂兮　于嗟《ああ》　徂《ゆ》かん
命之衰矣　命《めい》の衰えたるかな

あの西山（首陽山）に登って、
その薇（のえんどう）を採って命をつなぐ。
（周の人々は）暴力によって（殷の）暴力にとってかわっただけなのに、
みずからの過ちに気がつかない。
聖なる神農も　虞舜《ぐしゅん》も夏禹《かう》も、
忽ちのうちに世を去ってしまった。
（だから）私はどこに行けばよいのか。
ああ　彼方《かなた》の地に行こう、
天命さえも衰えてしまったのだ。

この歌を歌って伯夷・叔斉の兄弟は死んでいったと記した後、司馬遷は、「由此観之、怨邪非邪」(此れに因《よ》りて之を観れば、怨《うら》みたるか非《あら》ざるか)と自己の疑問を述べる。「この歌によって考えてみると、伯夷・叔斉は怨みの思いを持っていたのだろうか、持っていなかったのだろうか」との疑問である。それは、この後の司馬遷自身の論述につながってゆく。そこには、伯夷・叔斉の行動の軌跡に触発された司馬遷の疑問が述べられている。正義とは何か、「天」あるいは「天道」は正義の根拠としての資格を持つのか、という疑問である。

## ◈天道は是か非か

司馬遷の論述の冒頭には、「天道無親、常与善人」(天道　親《しん》無く、常に善人に与《くみ》す)という『老子』第七十九章の言葉が引かれている。「天道はえこひいきをすることなく、いつでも必ず善人に味方する」と老子は言っている。「天道」はいつでも「善人」に味方するはずなのに、正しく行為した伯夷・叔斉が不幸だったのは、なぜか。司馬遷はさらに実例を列挙して、善人が不幸になり、悪人が幸福になるという不条理を、一々確認する。不条理は、「近世」になってことにひどくなっている。「若至近世、……非公正不発憤、而遇禍災者、不可勝数也」(若《も》し近世に至りては、……公正に非《あら》ずんば憤《いきどお》りを発せず、而も禍災《かさい》に遇《あ》う者、勝《あ》げて数うべからざるなり)と言う。「近世」において、正しい根拠に基づいて「発憤」したために禍に遇った人は数えきれない。こう言ったときに司馬遷が意識したのは、何と言っても父司馬談であり、自分自身だっただろう。

「伯夷列伝」の末尾に司馬遷は、次のように述べる。

余甚惑焉。儻所謂天道是邪非邪。(余 甚《はなは》だ惑《まど》う。儻《ある》いは所謂《いわゆる》天道は 是《ぜ》か 非《ひ》か。)
私はひどく惑う。いったい天道というものは、正しいのか、正しくないのか、と。

すでに儒教は漢帝国の重視する思想となり、「天」「天道」に対する疑問は排除されつつあった。「天道」は、儒家の学者らによって論理的に補強されて、絶対性を強めていた。その状況下で「天道是邪非邪」と問うことは、実際には儒教の論理への懐疑であり、「天」によって認められているという中央集権国家、ひいては武帝に対する疑問でもあった。

### ◈天の二つの顔

司馬遷は『史記』の中で、彼自身の言葉としても、登場人物の言葉としても、たびたび「天」「天道」に触れている。

司馬遷にとって「天」は二つの顔を持っていた。「屈原・賈生列伝」の中の司馬遷の言葉は、「天者人之始也。父母者人之本也」(天は人の始めなり。父母は人の本なり)というものだった。ここでは司馬遷は、「天」を「父母」との類比(アナロジー)でとらえている。「天」は「父母」のような存在である。「天」は、慈愛にみちた「父母」の顔を持っていた。

だが「天」は、別の顔を持ち、それが強い力を持つようになっていた。「項羽本紀」の中で項羽は「天之亡我」(天の我を亡ぼすに)と、くりかえし述べたが、このとき「天」は孤独な「我」との対比(コントラスト)においてとらえられている。「天」は、「我」を疎外して亡ぼす、冷酷な、あるいは無表情な顔を持っていたのである。

二つの顔を持つ「天」。中央集権国家を権威づけるにふさわしい強力な「天」が、国家の側から要請されていた。論理的体系を持つ威力にみちた「天」が、「父母」のような「天」のむこうがわにあらわれてきていた。「天道是邪非邪」（天道は 是か 非か）という問いは、時代の向きあっていた「天」の矛盾した相貌を、司馬遷が深刻にとらえていたことを示す。

## 3 『史記』刺客列伝

### ◈暗殺者たちの伝記

『史記』巻八六「刺客列伝」第二六は、紀元前七世紀から紀元前三世紀までに登場した五人の刺客、つまり暗殺者の伝記をまとめたものである。列伝は原則として個人の伝記であるが、「刺客列伝」のように、ある題目のもとに複数の人間をまとめて記録をするものを「類伝」と呼ぶことがある。「刺客列伝」は、圧倒的な力を持つ相手——多くの場合は権力者——に対して、唯一可能な対抗手段として暗殺を選んだ人間たちの記録である。失敗すればもちろん、成功しても生き残ることはできない暗殺という行為に人間が至った経緯を通じて、時代の深層を示そうとしたのだった。

五人の刺客は、曹沫《そうまつ》、専諸《せんしょ》、予譲《よじょう》、聶政《じょうせい》、荊軻《けいか》である。いま、三番目に登場する予譲の伝記を取りあげる。『史記』の予譲伝は、『戦国策』（漢の宮中につたわった戦国時代各国の記録。前漢末に劉向（前七七—前六）が編集した）趙策の記事に依拠している。それは、司馬遷が同書の記録を重視して『史記』の中に位置づけたことを物語るものである。また現行の『戦国策』と『史記』の記述の違いを見ることによって、司馬遷の意図を読みとることができる。

### ◈予譲と智伯

予譲は以前、大国晋の大臣である范氏や中行《ちゅうこう》氏に仕えたが、名前さえ覚えてもらえないありさまだった。そこでそれを見かぎって智伯に仕えたところ、智伯は彼を大切にし、信頼してくれた。ところが紀元前四五三年、晋は有力な大臣たちの内部抗争によって崩壊し、最大勢力だった智伯は滅び、韓・魏・趙の三国に分裂した。

及智伯伐趙襄氏、趙襄氏与韓・魏合謀滅智伯、滅智伯之後而三分其地。趙襄氏最怨智伯、漆其頭以為飲器。予譲遁逃山中曰、「嗟乎、士為知己者死、女為説己者容。今智伯知我。我必為報讎而死、以報智伯、則吾魂魄不愧矣。」（智伯の趙襄《ちょうじょう》氏を伐つに及び、趙襄氏　韓・魏と謀を合わせて智伯を滅ぼし、智伯の後を滅ぼして、その地を三分す。趙襄氏　最も智伯を怨み、其の頭に漆して以て飲器と為す。予譲山中に遁逃して曰く、「嗟乎《ああ》、士は己を知る者の為《ため》に死し、女は己を説《よろこ》ぶ者の為に容《かたちづく》る。今　智伯　我を知る。我必ず為に讎《あだ》を報《むく》いて死し、以て智伯に報ぜば、則ち吾が魂魄　愧《は》じざらん」と。）

智伯は、晋の大臣で、最高の実力者だった。彼は対立していた趙襄氏を滅ぼそうとしたが、趙襄氏は韓氏・魏氏と共謀して返り討ちにし、智伯とその後継ぎを皆殺しにした。趙襄氏は智伯を怨むあまり、その頭蓋骨に漆をかけて杯にし、それで酒を飲むというありさまだった。予譲は山の中に逃れて、「士為知己者死、女為説己者容」(士は己を知る者の為に死し、女は己を説ぶ者の為に容る)という当時の諺を引き合いに出し、復讐を誓う。予譲にとって重要なことは、智伯が自分を理解し評価してくれたこと、「知己」だったことである。

ところで現行の『戦国策』では、この部分の記述が簡単で、予譲は「士為知己者死」という諺を口にした後、すぐに「吾其報智氏之讎矣」(吾其れ智氏の讎を報いん)と述べただけである。それに対して『史記』の予譲は、「今智伯知我。我必為報讎而死、以報智伯、則吾魂魄不愧矣。」(今　智伯　我を知る。我必ず為に讎を報いて死し、以て智伯に報ぜば、則ち吾が魂魄　愧じざらん)と、長い言葉で自己の思いを語る。「今智伯知我」(今　智伯　我を知る)と、諺の「知己」を「知我」と言いかえている。智伯が他でもないこの「我」を知ってくれた、理解してくれたということが予譲にとって大きな意味を持っていたことを、『史記』は予譲自身の言葉によって示したのである。それは「我必為報讎而死」(我必ず為に讎を報いて死し)と、死を覚悟した行為につながるほど強烈なものだった。予譲は、見返りをまったく求めない暗殺に踏みだしたのである。

### ◈一度目の失敗

予譲は宮中で厠の壁を塗る囚人となって趙襄子をねらっていたが、趙襄子に気づかれてしまった。人々は彼を殺そうとするが、趙襄子は彼を許して解放する。「彼義人也」(彼は義人なり)、「此天下之賢人也」(此れ天下の賢人なり)と、むしろ彼をほめ、解放してやる。智伯の復讐をしたところで、予譲には何の利益も、見返りも無い。それでも復讐をしようというのは「義人」であり「賢人」であると、趙襄子は言う。つけねらわれている趙襄子が、つけねらっている予譲の行為の意味を理解し、尊敬しているのである。

予譲は予譲で、いわば筋を通して暗殺しようとする。体に漆をかけてただれさせ、炭を飲んで声を変え、物乞いに身をやつして趙襄子をつけねらう。

市場で出会った友人が予譲の変わりはてたすがたに涙をながし、「趙襄子に仕えて彼をねらえば、簡単に殺せるではないか」と忠告すると、予譲は、それは「懐二心以事其君也」(二心を懐きて以て其の君に事うるなり)と言って、拒否する。『戦国策』では記されていないが、『史記』では、「其友為泣曰」(其の友 為に泣きて曰く)として、忠告をしている。この友の忠告が善意に基づいていることを、『史記』は描きだす。そのうえで、予譲がその忠告を拒否したことを語り、拒否の重みを明らかにしている。

### ◈国士もて之に報ゆ

趙襄子が宮殿から出てくることになった日、予譲は橋の下に隠れて待ち伏せる。

趙襄氏の行列が橋にさしかかり、橋のたもとに伏せていた物乞いの男に気づき、それを捕らえてみると、予譲だった。再び趙襄氏と予譲のやりとりがはじまる。趙襄子が、「君は范氏や中行氏のためには復讐しないで、なぜ智伯のためにだけ復讐するのか」と聞くと、予譲は「范・中行氏皆衆人遇我、我故衆人報之。至于智伯、国士偶我。我故国士報之」(范・中行氏は皆 衆人もて我を遇せり。我 故に衆人もて之に報ゆ。智伯に至りては、国士もて我を遇せり。我 故に国士もて之に報ゆ)と答える。「国士」とは、一国に傑出した男、また一国を背負って立つ男の意。智伯は国士として私を扱ってくれたから、私も国士として智伯にこたえようとするのだ、と言う。主君からの信頼に対して、個的な誠意で応じようとする価値観があらわれている。このとき、皮膚がただれ声もつぶれた物乞いの男は「国士」という正体をあらわし、「国士」として趙襄子に語りかける。最も卑しい者が、最も尊い者だったことを、人々は知るのである。この言葉を語るとき、『戦国策』の予譲は、「臣」という謙譲の一人称を用いている。だが、『史記』では「我」という一人称を用いている。『史記』の予譲は謙譲語などを用いず、昂然として「我」と称している。

趙襄子は、予譲に対して「嗟乎、予子」（嗟乎《ああ》、予子）と呼びかける。「予子」とは、予譲殿という意。予譲に対して敬語を使っているのである。趙襄氏は、「予譲殿、もうこれ以上君を許すことはできない」と言い、「子其自為計」（子 其れ自ら計を為せ）とつづける。みずから最期を選ぶようにと言うのである。予譲を「国士」と認めたからであろう。

この言葉に対して、『史記』の予譲はここではじめて自己を「臣」と呼び、趙襄子を「君」と呼んでいる。予譲は、こう言う。

「前君已寛赦臣。天下莫不称君之賢。今日之事、臣固伏誅。然願請君之衣而撃之焉、以致報讎之意、則雖死不恨。」（「前《さき》に 君已に臣を寛赦《かんしゃ》す。天下君の賢を称せざるは莫《な》し。今日の事、臣 固《もと》より誅に伏せん。然れども願わくは 君の衣を請いて之を撃ち、以て讎を報ゆるの意を致さば、則ち死すと雖も恨みず」と。）

予譲もまた相手を称賛している。ねらいねらわれる二人の男が互いに相手を尊敬していることが、この最後の瞬間に明らかになる。予譲は、あなたの着物をもらいうけて、それに切りつけたいと願い出る。着物に切りつけることによって、仇討の意志だけでも実現しようとしたのである。趙襄子は「大義之」（大いに之を義とし）て着物をあたえる。予譲はそれに三度切りつけ、「吾可以下報智伯矣」（吾 以て 下 智伯に報ずべし）と一言述べて、みずから命を絶った。

### ◈司馬遷の視線

趙襄子は予譲の行為を「義」とした。人としての正しい道、正しい行動と認めたということである。そのような、行為に対する尊敬が生きていることが分かる。春秋時代の孔子においては「仁」が重要だったが、戦国時代に移行するころ、為し難い正義を為す「義」が重要になってきた。それを『史記』はとらえている。理念としての「仁」はもちろん重要なのだが、行動の原理としての「義」が重視されるようになってきたのである。思想家の孟子が仁とともに義を重んじ、「仁義」を主張するのは、この直後の戦国時代である。

司馬遷の『史記』は、中央集権体制の完成した漢帝国の最盛期にあらわれた歴史書である。歴史記録ではあるが、その描写力、表現力の高さから、優れた文学としても評価されている。そこには時代の実相が的確にとらえられているだけでなく、その時代のさまざまな分野で突出した意義を持つ人間の思考と行動が描きだされている。描かれた人間はかならずしも成功者や勝利者であるわけではないが、その行動と発言自体が、時代を代弁しているのである。

強大な漢帝国という体制のもとで、歴史記録という行為は、時に権力と衝突せざるを得なかった。皇帝が描かせたいように記録するのか、自己が真実と判断するところに従って記録するのかを、歴史記録者は常にみずから決定しなくてはならなかった。司馬遷は、そうした選択の場に立ちつづけながら、時代の真実と本質を自己の責任において見いだし、表現したと考えられる。

# 四――楽府と五言詩

## 1　新しい民間歌謡――楽府

### ◈楽府の誕生

紀元前六世紀末から前五世紀初頭のころに文字に記録された『詩経』の歌謡は、春秋・戦国時代の混乱によって楽曲の多くの部分がうしなわれてしまった。漢代に入ると、民間で新しい楽曲がしだいに生まれはじめ、特に西域との接触・交流がさかんになり西方の楽曲が流入してくると、新しい民間歌謡群としての「楽《が》府《ふ》」が誕生した。

「楽府」とは、もともと武帝の命によって開設された、音楽をつかさどる役所の名である。武帝は、古代にあったとされる「采詩の官」（周代、民間の詩歌を採集した官職。それによって民衆の思いや風俗を調べ、政治の参考にしたという）の復活を図り、当時民間で歌われていた歌謡の採集と保存を行なう役所「楽府」を設けた。そして、そこに集められた民謡をも「楽府」と呼ぶようになり、しだいに民謡全体を「楽府」と言うようになった。

### ◈民衆の哀歓

「楽府」は、民衆の生活に根ざした歌謡であり、恋の喜びやその破綻の悲しみ、戦争や労役への怨念、民間に伝承されてきた物語、素朴な教訓など、多種多様な主題が歌われている。そこには民衆の哀歓が見えるだけでなく、彼らの生活実感や、したたかさをも見ることができる（なお、「楽府」についての根本資料は宋代の郭《かく》茂倩《もせん》によって編集された『楽府詩集』一〇〇巻である。同書は古代から漢、三国・六朝のみならず、唐代までの歌謡・歌曲を収集し、体系的に分類・整理している）。「上邪」を見てみよう。

上邪　　　　　上《てん》よ
我欲与君相知　我　君と相い知り
長命無絶衰　　長命にして絶衰《ぜっすい》する無からんと欲す
山無陵　　　　山に陵《りょう》無く
江水為竭　　　江水《こうすい》　為《ため》に竭《つ》き
冬雷震震　　　冬雷震震《とうらいしんしん》として
夏雨雪　　　　夏に雪雨《ふ》り
天地合　　　　天地合すれば
乃敢与君絶　　乃ち敢えて君と絶たん

天よ（私はこう誓います）、
私は　あなた（夫、恋人）と愛し合ったから、
長く生きて　愛情が衰え絶えることのないようにします。
だが山のいただきが崩れ、

川の水がそのために枯れ尽き、
冬に雷が激しく鳴り、
夏に雪が降り、
天と地が一つになってしまったならば、
その時にはあえて　あなたと別れましょう。

「天地合」、天と地が一つになるというのは、世界の終わりを意味する。この世の終わりが来たら、その時はあなたと別れましょう——というのは、絶対に別れないという思いを示したものである。注目されるのは、「天地合」に至るまでの具体的なイメージである。山が崩れ、川がせきとめられ、冬に雷が鳴り、夏に雪が降り、と次々に具体的な映像が重ねられていく。そのように具体的な映像を一つ一つ呼びだして世界の終わりを肌身にうけとめ、確かめようとするところに「楽府」歌謡の特質がある。恐らくは女の歌——女の立場で歌われた歌——であろう。歌い手である女の激しい情熱が感じられる。

## 2　思いを絶つ歌

### ◈激しい情念

女性の激しさを物語る歌は、「楽府」の中にしばしば見いだせる。次の「有所思」(思う所有り)の例は、男を見かぎる女の強さと、心中の静まらない情念を描いたものである。

有所思　思う所有り
乃在大海南　乃ち大海の南に在り
何用問遺君　何を用《もっ》てか君に問遺《もんい》せん
双珠瑇瑁簪　双珠《そうしゅ》の瑇瑁《たいまい》の簪《しん》あり
用玉紹繚之　玉を用て之を紹繚《しょうりょう》す
聞君有他心　聞く　君に他心有りと
拉雑摧焼之　拉雑《らつざつ》し摧《くだ》きて之を焼かん
摧焼之　摧きて之を焼かん
当風揚其灰　風に当てて其の灰を揚《あ》げん
従今以往　今より以往
勿復相思　復た相い思う勿《な》からん
相思与君絶　相い思うこと　君と絶たん
鶏鳴狗吠　鶏鳴き狗《いぬ》吠ゆれば
兄嫂当知之　兄嫂《けいそう》当《まさ》に之を知るべし
妃呼豨　妃呼豨《ひこき》
秋風粛粛晨風颸　秋風粛粛《しゅくしゅく》として晨風颸《はや》し
東方須臾高知之　東方須臾《しゅゆ》にして高く之を知らん

思う人がいる、
大海の南にいる。
何によってあなたへの贈り物にしよう。
二つの真珠をつけた鼈甲《べっこう》のかんざし、
それに玉をめぐらしたのを贈ろう。
聞けば　あなたには二心があると。
ではこれをいっしょにして砕き焼いてしまおう。
砕いて焼いてしまおう。
そのうえ風に吹かせてその灰を飛ばすのだ。
今から後、
もう二度と思うのをやめよう。
あなたを思うことを　断ち切ろう。
(昔あなたがやって来て一夜を過ごしたとき)鶏が鳴き犬が吠えて、
兄と嫂が気づいたのではなかったかしら。
妃呼狶
秋風が厳しく吹き　朝風は冷たかった。
東方では日が高く上り　(兄と嫂は)私たちのことに気づいたに違いない。

二心を抱いた男への思いを断ち切ることを決意した女は、その決意をくりかえす。「勿復相思」(復た相い思う勿からん)と言いながら、すぐ後で「相思与君絶」(相い思うこと　君と絶たん)と、同じことを言うのである。そこに女の心の中にある躊躇と決意の両方が見える。

### ◈自覚されていない思い

女は、男への贈り物を「拉雑摧焼之」(拉雑し摧きて之を焼かん)と言いながら、つづけて「摧焼之」(摧きて之を焼かん)とくりかえし、さらに「当風揚其灰」(風に当てて其の灰を揚げん)と言いつのっている。ここにも、増してゆく心中の怒りと、過激な言葉を口にすることによって決意を固めようとする、女自身にも無自覚の思いが、見える。断ち切りがたい愛情を断ち切ろうとする女の、自覚されていない思いが、こうした表現のくりかえしを生んでいるのである。

「鶏鳴狗吠」(鶏鳴き狗吠ゆれば)以下は、男とのかつての逢瀬を思いだす場面と見ることができる。かつて男がしのびこんできて一夜のあいびきを楽しんだとき、夜が明けようとして「兄嫂」に気づかれそうになった、その思い出を語っていると考えられる。「妃呼豨」というのは、意味の無い一種の合の手である。愛情を断ち切ろうとする女は、逆にいつのまにか過去の甘美な思い出にひたってしまう。兄や嫂に見つかりそうだった朝、見つかりそうだったからこそ甘美だったのである。

この歌では合の手も含めて、抑揚の激しい、起伏に富んだ表現と、場面転換が重ねられている。句毎に字数(音節数)の異なる構成が、それを支えている。こうした形式は、「雑言体《ざつごんたい》」と呼ばれる。「楽府」はもともと多くの場合、雑言体であった。

## 3　五言詩の発生

### ◈最古の五言詩

楽府は、前漢、後漢を通じて民間でさかんに歌われた。また宮廷に採集された経緯からも分かるとおり、貴族層にも享受された。楽府は一句の長さがふぞろいの雑言体のものが多かった。だが、その雑言の中でも、五言句が多くなってきている。それによって、『詩経』以来の四言の形式にくらべて、表現の多様性が増した。

楽府において五言句の比重が増したのと同時に、楽府は音楽から離れ、単に口ずさまれる機会が多くなったと考えられる。ことに、楽府を歌曲として生活の場で歌うほかになかった民衆に対して、知識人層は音曲と歌詞を一体のものとしなくても享受することができた。彼らは文字を持ち、また「楚辞」や賦などの朗誦の文学を知っていたからである。そのため、楽府の歌詞は音曲からはなれる機会を多く持つようになった。こうして、楽府と境を接しながら、音曲を持たない「五言詩」が成立したと考えられる。

現存する最古の五言詩は、『文選』(梁の昭明太子蕭統によって六世紀初に編集された詩文集。当初は三〇巻だったが、のちに六〇巻とされた)巻二九におさめられている「古詩十九首」である。作者は分からないが、もともと民間で歌われていた歌曲をもとに、後漢に入ってから、下級官人層のあいだでしだいに五言詩としてつくりなおされた作品群だろう。

### ◈「古詩十九首」の世界

「古詩十九首」の内容はさまざまである。離別の悲しみ、時の流れへの焦燥、歓楽への没入など、楽府と重なる部分を持ちながら、それとは異なる要素も持っている。其一を見る。

行行重行行　行き行き　重ねて行き行く
与君生別離　君と生きながら別離す
相去万余里　相い去ること万余里《ばんより》
各在天一涯　各おの天の一涯に在り
道路阻且長　道路　阻《けわ》しくして且《か》つ長し
会面安可知　会面　安くんぞ知るべけん
胡馬依北風　胡馬《こば》は北風に依《よ》り
越鳥巣南枝　越鳥《えっちょう》は南枝《なんし》に巣《す》くう
相去日已遠　相い去ること日に已に遠く
衣帯日已緩　衣帯《いたい》　日に已に緩《ゆる》し
浮雲蔽白日　浮雲　白日を蔽《おお》い
遊子不顧返　遊子《ゆうし》　顧返《こへん》せず
思君令人老　君を思えば　人をして老いしむ
歳月忽已晩　歳月忽ち已に晩《く》れぬ

棄捐勿復道　棄捐《きえん》せらるるも復た道う《い》勿《な》からん
努力加餐飯　努力して餐飯《さんぱん》を加えよ
(夫)「歩いて歩いて　さらに歩きつづけてゆく。
お前とは　生きたまま別れてしまった。
二人のあいだは一万里もはなれてしまい、
それぞれ天の一方のはてで生きている。
ふるさとへの道は　けわしいうえに遠いから、
お前に会えるかどうか　どうして分かろうか。
だが　北の地に生まれた馬は北風に身をよせ、
南からきた鳥は南の枝に巣をつくるという。(私も　ふるさとを思っているのだ。)」
(妻)「二人のあいだは　日ごとに遠くなり、
私の着物の帯は　日ごとにゆるくなります。
浮き雲が太陽をおおいかくすように　何かがあなたの心をおおい、
旅に出たまま　あなたは帰ろうとしてくれません。
あなたを思うと　悲しみが私を年とらせ、
時は過ぎて　いつの間にか年も暮れようとしています。
あなたに棄てられたことを　もうくよくよと言いますまい。
どうか　つとめて食事をとってすこやかでいてください。」

前半の八句は旅をつづける夫の言葉、後半の八句はふるさとに残された妻の言葉と解釈できる。前半と後半は脚韻がかわっていて、内容のうえでも、大きな変化があると考えられるからである。夫が「相去万余里」と言うのに対して、妻は「相去日已遠」とうけている。夫は二人の距離を「万余里」と、確定したものとして数字で具体的に語るが、妻は「日已遠」と、日々変化し遠ざかるものとして感覚的に語る。「相去」という同じ事態を、二人が微妙に異なるうけとめかたをしているのである。

### ◈夫の思いと妻の思い

よりあざやかな対比は、それぞれの言葉の末句だろう。夫は「胡馬依北風、越鳥巣南枝」(胡馬は北風に依り、越鳥は南枝に巣くう)と、当時の諺を借りて望郷の思いを間接的に語る。対して妻は「棄捐勿復道、努力加餐飯」(棄捐せらるるも復た道う勿からん、努力して餐飯を加えよ)と、これからの孤独な生を直接的に語る。夫の曖昧な望郷の言葉に対して、妻はうらみごとを口にしないことを決心し、夫への配慮を持ちつづけよう、しかし思いを断ち切ろうとするのである。

古詩十九首は、もともと歌謡と接する場から生まれてきただろうが、其一から見てとれるように、楽府よりも意識的に構成されている。歌謡としての楽府は、あくまでも音楽を基礎としており、歌詞は聞き手にただちに理解され、共有されることが前提だった。古詩十九首は、音楽からはなれることを代償にして、言葉を対象化し、表現を意識的に構成する視点を手に入れた。

◈限られた人生

「古詩十九首」にはまた有限な人生に対する悩みを描いたものもある。其十五の前半には次のように言う。

生年不満百　生年　百に満たず
常懐千歳憂　常に千歳の憂えを懐《いだ》く
昼短苦夜長　昼は短く　夜の長きに苦しむ
何不秉燭遊　何ぞ燭を秉《と》りて遊ばざる
為楽当及時　楽しみを為すは当《まさ》に時に及ぶべし
何能待来茲　何ぞ能く来茲《らいじ》を待たん

人生は百年にも満たないのに、
いつも千年分の憂えを抱えて生きている。
昼は短く　夜の長いことに苦しみつづけるが、
それならどうして　灯火をともして夜も遊ばないのか。
楽しみを追い求めるなら　今この時を逃してはならない、
どうして来年を待っていられようか。

昼間はいくらでも遊べるが、夜は暗くて遊べない。だがどんなに費用がかかろうと、灯火をつけて夜も遊ぶべきだ。そのように言う語り手は、限りある人生に苦しんでいるのである。彼は、有限な時間しか生きることができない人間の宿命に焦燥感を抱きつづけている。こうした焦燥感は、当時、知識人の末端にあった人々が共有したものと考えられる。「何不秉燭遊」(何ぞ燭を秉りて遊ばざる)というのは、相手(自分)への強い勧誘である。そうすることが困難であることを知っていて、それをこえて無理にでも遊べという言葉である。時間への焦燥に駆られた後漢の人々の感覚を描きだした詩である。

なお、後漢末には作者の名の分かる詩があらわれてくる。その中で、女性の作として知られるものに、蔡琰《さいえん》(一六二―二三九?)の長編五言詩「悲憤詩」がある。彼女は後漢末の動乱で匈奴に捕らえられ、王の妾とされ二子を生む。のちに漢土にもどされるが、二子は匈奴の地に止められた。彼らとの別離の苦しみを「見此崩五内、恍惚生狂癡」(此《これ》を見て五内《ごだい》崩れ、恍惚として狂癡《きょうち》を生ず)と描く。自分にとりすがる我が子を見れば五臓も崩れ、我を忘れて狂気のようにとりみだす。そうした苦しみを中心に自己の運命を克明に描いた。後漢末から三国・魏にかけてあらわれた女性作家だった。

第三章

# 三国・六朝時代の文学

## 一——分裂と融合の時代

### ◈後漢の滅亡から三国・六朝時代へ

漢王朝は前後四〇〇年ものあいだつづいたが、さまざまな矛盾をかかえて不安定になり、ついに「黄巾《こうきん》の乱」(一八四)という農民層の反乱をきっかけに崩壊に向かった。黄巾の乱を鎮圧する過程で各地に実力者が自立し、その闘争の中で後漢は滅亡(二二〇)、魏《ぎ》・呉《ご》・蜀《しょく》の三国が分立することとなった。この時代を「三国時代」と呼ぶ。この時代については、西晋の陳寿《ちんじゅ》(二三三—二九七)が著した歴史書『三国志』六五巻によって知ることができる。

三国時代と、それにつづく六朝《りくちょう》時代は、長期にわたる分裂の時代だった。三国時代は、魏の後をうけた晋(西晋)によって統一される(二八〇)が、政権内部の抗争と北方異民族の侵入により崩壊し、南方に逃れた漢民族の晋(東晋)王朝と異民族の国家が南北に分かれて対峙する「南北朝時代」を迎えた(三一七)。文化の面では南朝が優勢だったため、江南の建康《けんこう》(南京市)に都を置いた南朝の王朝が六代つづいたことにより、この時代を「六朝時代」とも呼ぶ。六代の王朝とは、呉、東晋、宋、斉、梁《りょう》、陳《ちん》である。

## ◈分裂と融合

北方の地は複数の民族が入りみだれて覇権を争う「五胡十六国」の分裂状態がつづき、鮮卑族の北魏王朝が成立するまで統一されなかった。南朝と北朝はそれぞれに複雑な政権交代を経るが、最後は、隋によって統一された(五八九)。

この長い分裂時代は、後漢滅亡後の新たな国家、社会のあり方を模索した時代であり、異質な原理を持つ多数の集団を包摂してゆく時代だった。そのため、この分裂の時代は、もう一方で融合の時代と見ることもできる。北朝の北周(六世紀後半)において、「胡漢が融合、あるいは入り乱れて存在する状況があり、そうした状況を踏まえた中華の認識が存在した」と言う(川本芳昭『中華の崩壊と拡大——魏晋南北朝』中国の歴史5、講談社、二〇〇五年、二七六頁)。簡単に一つの原理に統一できなかったために分裂し、異質の原理がぶつかり合いつつ融合していった時代だった。そのような時代の様相は、文学にもさまざまな影を落とした。

# 二――三国時代の楽府と五言詩

## 1 建安文学の時代

### ◈建安文学

後漢末の動乱から三国鼎立の時代にかけて、文学には大きな変化があった。漢代に流行した賦（辞賦）は、正統的で公式な文学としての地位を保っていたが、文学の中心の位置からは退くようになった。かわって知識人の間で人気が高まり数多くつくられるようになったのは、楽府と五言詩である。楽府はもともと民間歌謡であり、特定の作者を持たないものだったが、後漢末から三国時代にかけて、知識人が楽府を創作するようになった。

また五言詩（一句が漢字五字でできている詩）は、後漢に入るころからつくられるようになっていたが、その作例は少なかった。三国時代に入ると、その五言詩が、急速に知識人の間で流行しはじめた。こうした文学は、後漢末の年号を取って「建安《けんあん》文学」と呼ばれる。

### ◈三曹と建安七子

建安文学は、魏の宮廷を中心にさかえた。魏王曹操《そうそう》（孟徳。魏武帝。一五五―二二〇）は、後漢末の傑出した英雄であり、自己の宮廷に多数の人材を集めた。その人々の中から優れた詩人があらわれ、一種の文壇が形成された。曹操自身も詩人であり、その文壇の中心的存在だった。また息子の曹丕《そうひ》（子桓《しかん》。魏文帝。一八七—二二六）、曹植《そうしょく》（子建。一九二—二三二）も優れた詩人だった。この親子三人を合わせて「三曹」と呼ぶ。

魏王の宮廷に出入りした詩人たちを中心に、当代を代表する詩人七人を「建安七子」（建安の七子）と呼んでいる。孔融《こうゆう》・陳琳《ちんりん》・王粲《おうさん》（一七七—二一七）・徐幹・阮瑀《げんう》・応瑒《おうとう》・劉楨《りゅうてい》の七人である。彼らの詩には、激しく現実とぶつかりあう情熱が表現されていて、「慷慨《こうがい》」（激しく心をたかぶらせること）の文学と呼ばれることもある。先の「三曹」と合わせて、建安文学のにない手を「三曹七子」と呼ぶ。

## 2　曹操と楽府

### ◈曹操の楽府

曹操（孟徳。一五五—二二〇）は、後漢末の動乱の中で優れた戦略と判断によってのし上がり、後漢最後の皇帝・献帝のもとで丞相となり、ついには魏王となった。二〇八年の赤壁《せきへき》の戦いに敗れて、江南の平定には成功しなかったが、中国北半を統一して強大な力を持った。魏王の宮廷では、さかんに詩文が制作され、新しい文化の生まれ出る場ともなった。曹操自身も優れた詩人であり、楽府の作者として時代に先駆けた。

曹操の楽府は、優れた人材を得たいという願望や抱負、自然の景観に接した感慨などを歌い、雄大で力強い作風である。「苦寒行」は、軍勢をひきい、氷雪を冒して太行山（山西・河南・河北三省にまたがる山脈）をこえてゆく苦難を描いた、五言・二十四句の歌である。歌の末尾には、次のように言う。

迷惑失故路　迷惑《めいわく》して故路を失い
薄暮無宿棲　薄暮《はくぼ》　宿棲《しゅくせい》する無し
行行日已遠　行き行きて日に已に遠く
人馬同時飢　人馬　時を同じくして飢《う》う
担嚢行取薪　嚢《ふくろ》を担《にな》い　行きて薪を取り
斧氷持作糜　氷を斧《き》り　持ちて糜《かゆ》を作る
悲彼東山詩　彼の東山の詩を悲しみ
悠悠使我哀　悠悠として我をして哀しましむ

あてどなく迷って　軍勢はもとの道を見うしない、
日が暮れて　もはや宿るところも無い。
歩きつづけて日ごとに故郷を遠ざかってきたのに、
今や　人も馬も時を同じくして飢えてしまった。
兵士らは　袋を背負い　林に入って薪を集め、
氷を斧でたち割って　粥をたいている。
周公《しゅうこう》の東征の苦しみを歌った「東山」の詩を思いおこせば、
その詩が　果てもなく　我が心を悲しませる。

行軍の苦難を、この歌は語りつづけている。そして最後に、周公が三年に及ぶ東征の苦難を経て帰国したことを歌う『詩経』豳風《ひんぷう》・東山の詩を思いおこし、いっそうの哀しみにとらわれる、と言う。「苦寒行」は、兵士とともに道に迷い、飢え、凍える行軍の中から、つまり兵士と共有する「苦寒」の側から、語られている。曹操はそのような視点と表現を、民謡としての楽府から得たと考えられるが、それを引きつぎながらも、『詩経』東山の詩を想起する知識人（士人）の視点に結びつけている。

### ◈知識人の楽府

楽府の側から見れば、楽府は、曹操という作者を得て民謡の枠組みをこえ、知識人（士人）の心中を表現する可能性を開いたと言える。

曹操の「蒿里行《こうりこう》」は、後漢末の動乱を嘆いたものだが、その最後には、こう言う。

白骨露於野　　白骨《はっこつ》　野に露《あら》われ
千里無鶏鳴　　千里　鶏鳴無し
生民百遺一　　生民　百に一を遺《のこ》すのみ
念之断人腸　　之を念えば人の腸《はらわた》を断つ

白骨が野ざらしになり、
鶏の鳴き声も無く、
人民は百人に一人しか生き残っていない。

それを思うと腸が断たれるようだ。

こうした凄惨な情景描写は、民謡としての楽府の伝統を取り入れているが、他方で、「念之断人腸」(之を念えば人の腸を断つ)と、凄惨な情景を見つめて苦しむ知識人の視点があらわれている。曹操によって、知識人の制作する楽府という新しい世界が開かれたのである。その表現は、楽府の荒々しさを残しながら、軍事や政事を背負う知識人の心中を語っている。

### ◈曹丕の五言詩

曹丕(子桓。一八七―二二六)は、曹操の長子である。弟の曹植とのあいだで王位継承をめぐる争いがあったが、最終的に曹丕が勝ち、曹操の後継者となった。父の死後、漢王朝から禅譲されるという形をとって、魏王朝を創始した。魏の文帝である。彼は、呉、蜀と対抗し、初期の魏王朝の礎をつくった。

曹丕の代表作の一つに「雑詩」がある。曹丕の「雑詩」二首の其一は、冒頭の情景描写の後に、自己が眠れぬまま悩んでいることが語りだされる。そして、末尾に次のように言う。

願飛安得翼　　飛ぶことを願えども安《いず》くんぞ翼を得ん
欲済河無梁　　済《わた》らんと欲するも河に梁《はし》無し
向風長歎息　　風に向かって長歎息し
断絶我中腸　　我が中腸を断絶す

曹丕は空を飛ぼうと願い、川をわたって行きたいと思うが、それはかなわない。そこで、「断絶我中腸」（我が中腸を断絶す）という苦しみが口をつく。

先に見た曹操の「蒿里行」では、民衆が百人に一人しか生き残っていないという凄惨な現実を見て「念之断人腸」（之を念えば人の腸を断つ）と語っている。対して曹丕の「雑詩」では、飛ぶことも川をわたることもできない自己を見て「断絶我中腸」（我が中腸を断絶す）と言う。曹操は世界を嘆き、曹丕は自己を嘆くのである。曹丕の詩は、美しい情景や自己への注目が強くなってきている。

## 3　曹植の文学

### ◈陳思王曹植

曹植（子建。一九二―二三二）は曹操の子で曹丕の同母弟である。曹丕と皇位継承権を争い、敗れた。人生の後半は兄（文帝）からの監視と圧迫に苦しみ、雍丘王《ようきゅうおう》などに封じられ、地方の小国を転々とした。文帝の死後、陳王となるが、四一歳で生涯を終えた。死後、「思《し》」という諡をあたえられたので、陳思王と呼ばれる。代表作の一つに「七哀詩」がある。旅に出たまま一〇年も帰って来ない夫を待ちつづける女との問答という体裁の詩である。その後半、女の言葉の末尾を引く。

願為西南風　　願わくは西南の風となり

長逝入君懐　長《とお》く逝《ゆ》きて君が懐《ふところ》に入らん
君懐良不開　君が懐　良《まこと》に開かざれば
賤妾当何依　賤妾《せんしょう》　当に何《いず》くにか依るべき

願わくは西南の風となり、
遠く吹いていってあなた(夫)の懐に入りたい。
あなたの懐がどうしても開かないなら、
賤しい私はどこに身をよせることができましょう。

「願為西南風」(願わくは西南の風となり)と言う。こうした言い方は、すでに先例がある。「古詩十九首」其五では、

願為双鴻鵠　願わくは双鴻鵠《そうこうこく》と為り
奮翅起高飛　翅《はね》を奮《ふる》い　起ちて高く飛ばん

と言い、「願為」(願わくは……と為り)という形で、愛情の成就を、ならんで飛ぶ鳥として想像し願望する。だが曹植の詩はその形は共有しているものの、ならび飛ぶ鳥という幸福の成就の形を願望するのではなく、風になって夫の懐に飛び入りたいと、悲しみを抱いたままの切迫した願望となっている。しかも最後の二句で、自分の願望が拒絶されたときの悲しみを想像して終わる。人間の内面に対する想像力のあり方をたえず広げ

てゆく姿勢が、曹植の詩の中には見られる。

### ◈曹植の悲風

曹植は、父曹操の亡き後、兄から迫害をうけ、孤独な後半生を生きた。その中で、自己の孤独のありさまを描いた詩が多い。「雑詩六首」其一の冒頭に、こう言う。

高台多悲風　高台　悲風多く
朝日照北林　朝日　北林を照らす
高殿にはいつも悲しい風が吹き寄せ、
朝日が　北の林を照らしている。

曹植の詩には、たびたび「悲風」（悲しい風）があらわれる。現実の側から吹き寄せる「風」をいつも感じながら、現実に対して何ら働きかけられない悲しみが、こうした表現を生んだ。「雑詩六首」其六の末尾に、

絃急悲声発　絃《げん》急にして悲声発す
聆我慷慨言　我が慷慨の言を聆《き》け

と言う。琴の音は高鳴り悲しい音が起こる、私の心のたかぶりの言葉を聞けと、聞き手に呼びかけるのであ

る。ここには「悲声」があらわれる。「慷慨」は、心がたかぶること。激動の時代の中で、知識人たちは行動への激しい意志を持った。「慷慨」は、その心のたかぶりを示す言葉である。曹植は行動の自由を持たなかった。そのために、いっそう「慷慨」の思いを鋭くしたのである。

## 4　建安七子の文学

### ◈王粲の体験と詩

建安文学の主なにない手は、「三曹」と「建安七子」だった。建安七子の中で、特に高く評価されているのは王粲である。王粲(仲宣。一七七―二一七)は、漢王朝の三公を幾人も出す名門の家柄の出身だったが、後漢末の動乱のため長安を離れ、荊州《けいしゅう》(湖北省)に身をよせた。その後、曹操に仕えて侍中となるが、建安二二(二一七)年、呉を征する軍中で死んだ。王粲は、若いころ、動乱の長安を逃れて荊州におもむいたが、そのときの体験をふまえてつくられたと考えられるものに「七哀詩」がある。現在、三首が残されていて、其一は二十句でできている。その一部、旅立ちの場面を引く。

親戚対我悲　　親戚　我に対して悲しみ
朋友相追攀　　朋友　相い追攀《ついはん》す
出門無所見　　門を出《い》ずるに見る所無く
白骨蔽平原　　白骨　平原を蔽《おお》う

路有饑婦人　路《みち》に饑《う》えたる婦人有り
抱子棄草間　子を抱きて草間に棄つ
顧聞号泣声　顧みて号泣の声を聞き
揮涕独不還　涕《なみだ》を揮《ふる》いて独り還らず
未知身死処　未だ身の死する処《ところ》を知らず
何能両相完　何ぞ能く両《ふた》りながら相い完《まった》くせん
駆馬棄之去　馬を駆り之を棄てて去る
不忍聴此言　此の言を聴くに忍《しの》びず

親戚たちは私に向きあって悲しみにくれ、
我が友たちは　追いすがって別れを惜しむ。
長安の城門を出るとき　見えるものは無く、
（城門を出ると）白骨が平原をおおっている。
さらに進んでゆくと　道端に飢えた女がいて、
我が子を抱いて　それを草むらに棄てていた。
女は　我が子の号泣の声を聞いてふりかえったが、
涙をぬぐって　どうしてももどろうとしない。
そして言うには、「まだ私自身がどこで死ぬかも分からないのに、
どうして　お前と一緒に生きながらえることができよう」と。

私は馬を駆って　これを棄てて立ち去った、
女の言葉を聞くのに堪えられなかったのだ。

凄惨な現実である。見わたすかぎり白骨におおわれた平原の描写は、曹操の「蒿里行」などに似た表現があるが、長安の城門を出て最初に目に入る光景として、より衝撃的に描きだされている。そして、草むらに我が子を棄ててゆく母親。救いようのない崩壊がある。

### ◈王粲の視点

この詩には、三度「棄」という文字があらわれる。まず語り手が「中国」を、次に「饑婦人」が「子」を、最後に語り手がこの場全体を、「棄」てて「去」る。現状から逃れ、「棄」てて「去」るしかない人間のすがたが描かれている。そのような種類の人間とは、流民である。安定した日常、すべての社会的つながりが崩壊し、これまでの生活の場をうしない逃れるほかにない流民の視点が、この詩の中にはある。それだけでなく、その流民と同じように行動するほかにない語り手(自己)をも描いている。詩の語り手は、子を棄てる母を棄てて去ってゆく。それが、流民のさらされた現実であり、語り手はその現実の中に生きている。

だが、語り手を含むこの現実を、さらに見つめている作者王粲がいる。過酷な現実と、その中で生きる語り手(自己)のあり方を、厳しく問う姿勢が見られる。このように建安文学は、それぞれの作者が自己の過酷な体験をふまえ、現実を見つめる視点を育てていったのである。

## 5　竹林の七賢と正始文学

### ◈魏王朝の末期

三国の抗争の中で、最強の勢力を持っていたのは、魏だった。だが、その魏の政権も必ずしも安定していなかった。魏の王室がしだいに求心力をうしなっていったのに対して、実力者司馬懿《しばい》(一七九—二五一)とその一族が実権を握るようになった。司馬懿は、二人の息子たちとともにしだいに魏の王室を圧倒してゆく。そして司馬懿の孫にあたる司馬炎《しばえん》(世祖・武帝)に至って、魏の禅譲をうけるという形をとって晋(西晋)王朝を開くこととなった(二六五)。蜀はその二年前(二六三)に魏によって滅ぼされていたが、晋王朝となった後、呉も晋によって滅ぼされ(二八〇)、六〇年ぶりに中国は統一される。

魏王朝の末期、司馬懿とその息子司馬昭(司馬炎の父)らは、魏の王族を圧迫する一方、司馬氏の専権に抵抗する者たちを弾圧しようとした。司馬氏は儒教の庇護者としてふるまい、儒教道徳の遵守を人々に強要し、特に、社会的に影響力の大きい知識人の自由な言論に圧力を加えた。

しかし、漢帝国の動揺と滅亡は、儒教の権威を失墜させていた。儒教は漢帝国の国教のような地位にあったからである。これに対して、しだいに知識人の間で支持されるようになっていたのは、老荘思想だった。すでに後漢末期から老荘思想は評価されつつあったが、魏の後期には、司馬氏の専権に抵抗する人々の思想的拠りどころとして、強く支持されるようになった。老荘思想に基づいた哲学的談論は「清談」と呼ばれ、知識人たちの間で流行していた。それは一方で儒教の権威から離れた世界観を追求する営みだった。またもう一方で、儒教の権威をふりかざして政権奪取に利用しようとする司馬氏への抵抗でもあった。このような

「清談」を好み、司馬氏の専権に抵抗した七人の人々を「竹林七賢」(竹林の七賢)と呼ぶ。「竹林七賢」は、魏末の司馬氏による政治支配に抵抗し、自由に生きようとした人々を指す。阮籍《げんせき》(二一〇—二六三)・嵇康《けいこう》(二二三—二六二)・山濤《さんとう》・向秀《しょうしゅう》・劉伶《りゅうれい》・阮咸《げんかん》・王戎《おうじゅう》の七人である。

「竹林七賢」は、伝説によれば、竹林に集まって「清談」に日を送り、音楽を好み、酒を愛した人々だったとされる。彼らは司馬氏の専横を嫌い、世俗と距離を置き、みずからの発言に注意しつつ、酒と音楽を楽しみ、韜晦《とうかい》(自分の才能や思想を包み隠すこと)の中に生きた。「竹林七賢」を中心に、みずからの困難な心中の営みを描いた文学は、当時の年号をとって、「正始文学」と呼ばれる。

### ◈阮籍の生き方と詩

「正始文学」を代表するのは、阮籍の「詠懐」詩である。

阮籍(嗣宗)は、陳留(河南省開封市)の人で、建安七子の一人阮瑀の子である。阮氏は名門で一族は群居していたが、阮籍の家系には反俗的な人が多かったという。阮籍は容貌雄偉で教養深く、はやくから司馬氏の専横に反感を持っていた。彼は歩兵の厨房で美酒がつくられると聞き、みずから求めて歩兵校尉の官職に就いた。そのため、「阮歩兵《げんほへい》」と称される。こうした韜晦によって権力者からの追及を避けた。暗い時代を嘆きながら、清談と飲酒にひたり、礼法を無視しながらも、他人の過失をあげつらうことなく、慎重な言動を守って生きた。誠実な人間には「青眼」(黒い目)で対し、権力に媚びへつらう低俗な人間には「白眼」(白い目)で対したという「青眼白眼」のエピソードなど、多くの故事が伝えられている。散文の著作に「大人先生伝」「達荘論」など、賦に「東平賦」「清思賦」などがある。

現存する阮籍の詩作品は、すべて「詠懐」と呼ばれ、五言詩の「詠懐」が八二首残されている（ほかに、四言詩の「詠懐」も残されている）。「詠懐」（懐を詠ず）というのは、「懐」つまり心中の思いを歌うということであるが、普通何らかの形で示される詩の具体的な背景を一切示さない。心中の奥底を語ろうとするものである。阮籍「詠懐」詩の第一首とされている作品を見る。

夜中不能寐　　夜中《やちゅう》　寐《い》ぬる能わず
起坐弾鳴琴　　起坐《きざ》して鳴琴《めいきん》を弾《ひ》く
薄帷鑑明月　　薄帷《はくい》に明月鑑《て》り
清風吹我衿　　清風　我が衿《えり》を吹く
孤鴻号外野　　孤鴻《ここう》　外野《がいや》に号《さけ》び
翔鳥鳴北林　　翔鳥《しょうちょう》　北林に鳴く
徘徊将何見　　徘徊《はいかい》して　将《まさ》に何をか見んとする
憂思独傷心　　憂思　独り心を傷ましむ

夜中になっても眠ることができない。
そこで起きあがり座りなおして琴をかなでる。
薄いカーテンに明るい月の光が照り、
清々しい風が　私の襟元に吹き寄せる。
群れからはぐれた鴻《おおとり》が遠くの野原で叫ぶように鳴き、

空をかけめぐる鳥たちは北の林のあたりで鳴いている。
うろうろと歩き回って　私はいったい何を見るのだろう。
憂いの思いが　ただ心を傷ませる。

眠れない語り手は、夜半に起きて琴を奏でる。すると、しばしの安らかな時が流れる。月の光と清らかな風に満たされた安らかな時間。しかしそれは一瞬のうちにかき消される。夜半に鳴く鳥の声によって、たちまちあたりは不気味で異様な緊張感に包まれる。

第七句の自問に対する答は飲み込まれていて、何の答も無いまま、第八句「憂思独傷心」（憂思独り心を傷ましむ）につづいている。口を閉ざすしかない現実と向きあいつづける日常、その中でくりかえされる煩悶、それが「詠懐」詩の特徴を形づくっている。世俗の権力を蔑視しながら、現実においては無力な自分を知っている。だが現に、権力はさまざまな圧力をかけてくる。その状況の中で権力に抗し、世に処して生きなければならない。「詠懐」詩には、そういう緊張した心の世界が描かれるのである。

### ◈嵆康の詩

「竹林七賢」を代表するもう一人の人物は、嵆康（叔夜）である。嵆康は銍《ちつ》（安徽省宿県）の人。堂々とした風采で、老荘思想を好み、山沢に遊ぶことを楽しんだ。魏の王室と姻戚関係にあり、中散大夫《ちゅうさんたいふ》となった。そのために、司馬氏との関係は阮籍以上に困難だった。誣告《ぶこく》された友人呂安《りょあん》の無実を証するために裁判に出たところ、嵆康に怨みを持っていた鍾会《しょうかい》に讒言され、彼自身も罪を問われ処刑された。獄中にあって代表作「幽《ゆう》憤詩《ふんし》」をつくり、処刑に際しても神色自若としていたという。散文の作として「養生論」「与山巨源絶交書」（山巨源《さんきょげん》に与《あた》えて交わりを絶つ書）などがある。

「幽憤詩」は四言・八十六句の長編で、自己の人生をふりかえり、その生き方の拙《つたな》さをみずから責め、獄中につながれた苦しみ、はらし得ない憤りを語るものである。その中ほどに、こう言う。

咨予不淑　　咨《ああ》　予《われ》淑《よ》からず
嬰累多虞　　累《るい》に嬰《かか》りて虞《おそれ》多し
匪降自天　　天より降るに匪《あら》ず
実由頑疎　　実《まこと》に頑疎《がんそ》に由る
理弊患結　　理は弊《やぶ》れ　患は結び
卒致囹圄　　卒に囹圄《れいご》を致す
対答鄙訊　　鄙訊《ひじん》に対答して
縶此幽阻　　此の幽阻《ゆうそ》に縶《つな》がる

ああ私は善き徳を持たず、
罪に陥っておののいている。
だがそれも天から降ってきたものではなく、
自分の頑迷さによるのだ。
道理は破れ災いが起こり、

ついに獄につながれた。
獄吏の卑しい訊問に応対し、
奥深い牢獄につながれている。

この長編詩で語り手は、くりかえし自己の至らぬところを嘆く。自分の頑迷さによって、牢獄につながれたまま「鄙訊」（卑しい訊問）に応答しなくてはならない。権力の暴力に身をさらさなくてはならない現実が、描かれている。だがそこには、自己の「頑疎」に対する誇りが、逆説的に語られている。自己の理想を頑固に守りつづけていることへの誇りと、自由への切実な願望が、切迫した調子で描かれた詩である。

## ◈友情の理想

「幽憤詩」よりも前につくられた「贈秀才入軍」（秀才の軍に入るに贈る）五首の其五後半には、次のように言う。

仰慕同趣　　仰ぎて同趣を慕う
其馨如蘭　　其の馨《かお》り　蘭の如し
佳人不存　　佳人《かじん》　存せず
能不永歎　　能く永歎《えいたん》せざらんや

題名に言う「秀才」は、州郡から官吏として推薦された人。誰をさすか、諸説がある。その秀才が従軍することとなったので、贈った詩である。「心を同じくする彼の人を慕う、その人の香りは蘭のようだ。佳《よ》き人はもういない、長いため息をつかずにいられようか。」と言う。こうした表現から、この詩の友情は、理想化され過ぎていると見ることもできる。

しかしそこに、不信の渦巻く現実に対して、友情という理想を守ろうとする嵆康の姿勢があらわれている。信頼というものが成立しがたい時代に、友情を理想化して描くのは、暗い現実への対抗である。嵆康は阮籍と同様に慎重な言動を守った。しかし、自己の理想については、非妥協的な態度を持っていた。友人呂安を守るために弁護に出かけ、処刑されるに至ったのも、嵆康のそうした資質によるものだった。彼は、詩の表現においては、貴族主義的な厳しい美しさを求めた。この詩にも、嵆康の厳しい内面と美意識が、鮮やかに見える。

動乱の時代を生きる知識人層の激しい情熱を描いたものが建安文学だったとすれば、正始文学は、阮籍や嵆康のように、自由な発言のできない暗い時代を生きる人間の内省を描くものだった。

# 三――西晋・東晋から宋へ

## 1　西晋時代の文学

### ◈西晋から五胡十六国・東晋の時代へ

司馬懿の孫にあたる司馬炎（世祖・武帝）は、魏の禅譲をうけるという形をとって、晋（西晋）王朝を開いた（二六五）。二八〇年、晋によって天下が統一されると、一時的ではあるが、政治的安定が実現した。

しかし永康元（三〇〇）年、王族のあいだの確執から内乱（「八王の乱」）が生じ、権力者がめまぐるしく変わった。さらに、晋王朝の混乱に乗じて、北方から次々に異民族が中国本土に侵入をはじめ、永安元（三〇四）年、匈奴の劉淵が自立して漢を建国した。以後、北中国では「五胡」と呼ばれる匈奴、羯《かつ》、鮮卑《せんぴ》、氐《てい》、羌《きょう》の諸民族が国を建て（漢民族の建てた国も一部含まれる）、「五胡十六国」時代と総称される。

建興四（三一六）年、愍帝《びんてい》が匈奴に降り、晋王朝は一度滅んだ。かわって、皇族の一人、司馬睿《しばえい》が江南で即位し、都を建鄴《けんぎょう》（建康。現在の南京市）に定めた。洛陽に都を置いていた晋王朝を「西晋」と呼び、これ以後の建鄴（建康）に都を置いた晋王朝を「東晋」と呼ぶ。北中国では五胡十六国の分立がつづき、南中国は東晋王朝が支配するという大分裂の状態になったのである。

### ◈西晋の文学

西晋の統一によって、短期間ではあるが、相対的な安定が実現した。三国時代以来の豪族・貴族層は、文化面で指導的な役割をはたすことになった。特に文学の面で顕著な活躍をするようになり、太康（二八〇—二八九）年間には多数の詩人があらわれた。梁の鍾嶸《しょうこう》の文芸批評書『詩品《しひん》』は、太康年間に「三張二陸、両潘一左」が活躍したと述べる。張華と、張載《ちょうさい》・張協の兄弟、陸機《りくき》・陸雲の兄弟、潘岳《はんがく》と一族の潘尼《はんじ》、及び左思《さし》を言ったものである。このように、太康年間を中心に多くの詩人があらわれ、急速に修辞技巧が発達した。潘岳と陸機がその中心だった。

潘岳（安仁。二四七?—三〇〇）は、滎陽《けいよう》・中牟《ちゅうぼう》（河南省開封市付近）の人。幼少のころから賢く、詩文の才に恵まれていた。そのため人々から妬まれ、長く人前に出なかった。のちに黄門侍郎となり、実力者賈謐《かひつ》に仕え、その一党と見なされるようになった。皇族の一人趙王《ちょうおう》司馬倫が朝廷の権力を握るに及んで、賈謐らとともに殺された。

潘岳の代表作に「悼亡詩《とうぼうし》三首」がある。「悼亡」とは、亡くなった妻を悼むことを言う。妻をうしなった潘岳が、喪のあけるのにともない、故郷から都に帰る直前の様子を描いている。其一の九句以下を引く。

帷屏無髣髴　　帷屏《いへい》　髣髴《ほうふつ》たる無く
翰墨有余跡　　翰墨《かんぼく》　余跡《よせき》有り
流芳未及歇　　流芳《りゅうほう》　未だ歇《や》むに及ばず
遺挂猶在壁　　遺挂《いけい》　猶《な》お壁に在り

悵怳如或存　悵怳《ちょうきょう》として或いは存する如く
周遑忡驚惕　周遑《しゅうこう》として忡《うれ》えて驚惕《きょうてき》す
如彼翰林鳥　彼《か》の林に翰《はね》うつ鳥の如く
双栖一朝隻　双栖《そうせい》するも一朝にして隻《せき》たり
如彼遊川魚　彼の川に遊ぶ魚の如く
比目中路析　目を比《なら》べしも中路にして析《せき》たり
春風縁隟来　春風　隟《かべあな》に縁《よ》りて来たり
晨霤承檐滴　晨霤《しんりゅう》　檐《のき》を承《う》けて滴《したた》る
寝息何時忘　寝息《しんそく》　何《いず》れの時にか忘れん
沈憂日盈積　沈憂《ちんゆう》　日に盈積《えいせき》す
庶幾有時衰　庶幾《こいねが》わくは時に衰《おとろ》うる有りて
荘缶猶可撃　荘缶《そうふ》　猶お撃つ可《べ》きを

（亡き妻の部屋に入ると）カーテンにも屏風にも　妻のかすかな影さえ浮かばないが、
紙の上には妻の書き残した文字が　くっきりと残っている。
妻の移り香も　まだ消えずに残っていて、
残された着物は　今も壁の衣架《いか》にかかっている。
一瞬　妻がそこにいるかのように感じて　呆然とし、
うろたえ　憂え　そして驚く。

あの　林に羽うつ鳥のように、
共に住んでいたのに　ある朝突然　私は一人になってしまった。
あの　川に遊ぶ魚のように、
並んで泳いでいたのに　命の半ばでひきさかれてしまった。
春風は　壁の隙間から吹き入り、
朝露は　ひさしからしたたり落ちてくる。
二人がこの部屋で眠りやすんだことを　いつの日に忘れようか、
深い憂えは日ごとに積もり重なっていく。
願わくは　いつかこの憂えが衰え、
荘子が妻の死にも憂えず　缶《ほとぎ》を打って祝ったのにならえる日のくることを。

「荘缶」は、荘子が妻の死にも動揺せず、妻が存在の本源に帰っていったと缶を打って祝ったこと。荘子は生死を超越する道を説き、死を恐れない生き方を主張した。そのような悟りの境地にたどり着きたい、と潘岳は言う。それは実は、決して荘子のような境地にたどり着けない自己の表現である。

「如彼翰林鳥」（彼の林に翰うつ鳥の如く）以下の隔句対は強い印象をあたえる。幸福から絶望への急転を、巧みに描きだしている。その急転による煩悶が表現された後に、「春風縁隟来」（春風　隟に縁りて来たり）という現実のささやかな光景が、よみがえってくる。どのような喪失感に苦しもうとも、気がつけば壁のすき間から春風は吹き入り、軒端からは朝露がしたたり落ちてくる。そこに人間の本源的な悲しさがある。妄執と煩悶の中に入り込んでしまう意識と、現実にひきもどされる時間とのせめぎあいが描かれているのである。

### ◈陸機の詩

陸機（士衡《しこう》。二六一—三〇三）は、呉郡（江蘇省蘇州）の人。三国呉の名門の出身だった。祖父は、名将として知られる陸遜《りくそん》であり、父も名将で呉の大司馬にまで至った陸抗《りくこう》だった。呉が滅んだとき（二八〇）、陸機は二〇歳だったが、それから一〇年間、故郷に閉居したという。一〇年の後、晋の都洛陽におもむき、才能を認められた。太子洗馬、尚書郎などを経て、趙王倫の参軍となった。その後、成都王穎の兵乱に関係したと告発されて殺された。『陸士衡集』一〇巻がある。賦の形式で文学論を展開した「文賦」、呉の興亡を論じた散文「弁亡論」など、詩以外の形式の作品も数多く制作している。

「赴洛道中作二首」（洛に赴《おもむ》く道中の作　二首）は、敗戦国呉の貴族として、晋の都洛陽におもむく道中での感慨を描いたものである。其二の五句以下を引く。

夕息抱影寐　夕《ゆうべ》に息《いこ》いては影を抱きて寐《い》ね
朝徂銜思往　朝《あした》に徂《ゆ》きては思いを銜《ふく》みて往《ゆ》く
頓轡依高巖　轡《たずな》を頓《ひ》きて高巖《こうがん》に依《よ》り
側聴悲風響　悲風の響きを側聴《そくちょう》す
清露墜素輝　清露　素輝《そき》を墜《お》とし
明月一何朗　明月　一《いつ》に何ぞ朗《あき》らかなる

撫几不能寐　几《き》を撫《ぶ》して寐《い》ぬる能わず
振衣独長想　衣を振《ふる》って独り長く想う

夕暮に休むときには　我が影を抱いて眠り、
朝旅立つときには　思いを胸に秘めて行く。
轡《たずな》をとどめて高い巖に寄り添って休み、
悲しい風の音を　耳をそばだてて聞く。
清らかな露は　白い光を落とし、
明月は　何と明るいことか。
几《ひじかけ》を撫でて　いつまでも眠ることができず、
着物を振って起きなおし　長く一人物思いにふける。

晋の都洛陽にのぼるということは、晋によって滅ぼされた呉の貴族にとって、大きな不安をともなうことだった。その道中の、不安にみちた孤独な心中が描かれている。語り手は、一貫して沈黙の中にいる。それは、「夕息抱影寐、朝徂銜思往」(夕に息いては影を抱きて寐ね、朝に徂きては思いを銜みて往く)の対句に描かれる。夜は「抱影」(影を抱き)して眠り、朝は「銜思」(思いを呑みこみ)して行く。孤独の深さだけでなく、沈黙を余儀なくされていることが伝わってくる。敗者であり亡国者である語り手が、全ての思いを沈黙の中に包みこんで旅する、険しい道中が見える。亡国の運命を背負った人間の重い悲しみがにじんでいるのである。そうした内面を表現するために、陸機は対句表現への意識的な注意をはらっている。

## 2　東晋の文学

### ◈東晋王朝の成立

八王の乱以後、膨大な数の人々が北方から、安全な江南に移動した。西晋王朝が滅び、元帝が江南に東晋王朝を開いた後も、移動はつづいた。その際、各地の有力豪族が人々を率いて南下し、そうした豪族集団は江南に定着、有力貴族となった。

北中国を支配する異民族の政権と、南方を支配する漢民族の政権が対峙する「南北朝時代」（「六朝時代」）がはじまった。

思想の世界では、儒教の権威は相対的に低くなり、老荘思想がもてはやされるようになった。貴族たちの自由奔放な行動を支える思想として重視されたのだった。

後漢の初期にインドから伝来した仏教は、六朝時代に中国社会に定着し、隆盛をきわめた。五胡十六国の乱を終息させた北魏では、大同《だいどう》（山西省）郊外の雲崗《うんこう》や、洛陽郊外の龍門《りゅうもん》に石窟寺院が開鑿され、巨大な仏像群が出現した。その仏教芸術は「北魏様式」と呼ばれ、飛鳥時代の日本に大きな影響を及ぼした。南朝でも仏教は国家の庇護をうけ、首都建康には壮麗な寺院が甍《いらか》をならべた。

文学の分野では、圧倒的に南朝が優勢だった。南朝においては、門閥貴族の力が強かったため、前代以来の貴族文学の傾向がさらに強まった。修辞の美が重視され、六代の王朝が交代しても、貴族層の好みに基づく華麗な文学の伝統が継承された。

東晋においては、老荘思想が流行し、また仏教哲学を伝統的な老荘思想のテクニカルタームで解釈する

「格義《かくぎ》仏教《ぶっきょう》」がさかんになった。それを背景として、老荘思想を難解な哲学用語をそのまま使って表現した「玄言詩《げんげんし》」が流行した。主な作者として、郭璞《かくはく》（二七六―三二四）、孫綽《そんしゃく》（三一四?―三七一）がいる。孫綽の「贈温嶠詩」（温嶠《おんきょう》に贈る詩）第一章冒頭には、こう言う。

大樸無像　　大樸《たいぼく》は像《ぞう》無く
鑽之者鮮　　之を鑽《きわ》むる者は鮮《すくな》し

「大樸」（大いなる素質。世界の根源である道）は「像」（形）が無いので、それを究明する者は少ない、という意だが、こうした表現は、老荘哲学の思想をそのまま詩語にしたものと言える。広大な領地を持ち、皇帝権力に対しても独立性を保っていた貴族層は儒教の束縛を嫌い、老荘思想の超俗性を好み、その表現として玄言詩を求めた。その結果、目の前の自然の中に、目には見えない摂理を見いだす感覚を、玄言詩は開いた。

## ◈田園詩人・陶淵明

貴族的「修辞主義」の潮流と、玄言詩の流行という状況の中で、そのような文学をふまえながら、それに同調しない者があらわれた。陶淵明《とうえんめい》である。

陶淵明（三六五―四二七）は、本名は陶潜《とうせん》、淵明は字である（別説もある）。長江中流の潯陽《じんよう》（江西省）郊外柴桑《さいそう》に生まれ育った。若くして博学、文才があり、儒学と老荘思想の両方を学んだと考えられる。家が貧しかったため官吏となるが、束縛の多い職務に耐えられず辞職する。官職に就いてはみずから辞めて郷里に帰ることをくりかえした。最後に彭沢県《ほうたくけん》の令（知事）となるが、督郵《とくゆう》（地方の行政監督官）に頭を下げることを不本意としてすぐに辞職。妹の死も理由だったという。以後、郷里で農事にはげみ、後半生を田園で生きた。このため陶淵明を「田園詩人《でんえんしじん》」と呼ぶ。世俗との交わりを絶って生きたため、「隠逸詩人《いんいつしじん》」とも呼ばれる。その詩は、田園で生きる喜びを基調とし、生活の苦しみ、自然の美しさへの感慨、人生についての洞察等を表現するものだった。また、王朝の簒奪をくわだてる実力者劉裕《りゅうゆう》への憤懣があった、とする説もある。「帰園田居」（園田の居に帰る）五首は、四一歳で彭沢県令を辞職し、郷里に帰った直後の作と考えられる。其一は、冒頭で「自分の本性は山水を愛していたのに、まちがって「塵網《じんもう》」（汚れた網。自分を束縛する官僚世界）におちいり年月が経ってしまった」と述べ、後半で次のように言う。

開荒南畝際　荒《こう》を開く　南畝《なんぽ》の際
守拙帰園田　拙《せつ》を守りて園田に帰る
方宅十余畝　方宅《ほうたく》　十余畝《ほ》
草屋八九間　草屋《そうおく》　八九間《けん》
楡柳蔭後簷　楡柳《ゆりゅう》　後簷《こうえん》を蔭《おお》い
桃李羅堂前　桃李　堂前に羅《つら》なる
曖曖遠人村　曖曖《あいあい》たり遠人《えんじん》の村
依依墟里烟　依依《いい》たり墟里《きょり》の烟《けむり》
狗吠深巷中　狗《いぬ》は吠ゆ　深巷《しんこう》の中

鶏鳴桑樹顚　鶏は鳴く　桑樹《そうじゅ》の顚《いただき》
戸庭無塵雑　戸庭《こてい》　塵雑《じんざつ》無く
虚室有余間　虚室　余間《よかん》有り
久在樊籠裏　久しく樊籠《はんろう》の裏《うち》に在りしも
復得返自然　復た自然に返るを得たり
私は　南の畑の向こうで荒れ地を開墾しようと心に決め、
自分の拙《つたな》い生き方を大切に守って　田園に帰ってきた。
我が家の宅地は　わずか十余畝、
草葺きの家には　八つか九つの部屋があるばかり。
楡《にれ》と柳が　家の後ろのひさしをおおい、
桃と李《すもも》が　座敷の前に連なっている。
世間から遠く離れた村は　おぼろにかすみ、
村里の煙は　おだやかにただよっている。
狗は　村の小道で吠え、
鶏は　桑の木のいただきで鳴く。
戸口にも庭先にも塵一つ無く、
何も無い部屋には豊かなゆとりがある。
長いあいだ籠の中（官僚世界）に閉じ込められていたが、

もう一度　私の自然なすがたに帰ってくることができた。

長い年月、自分のあり方に疑問を感じながら「塵網」の中で生きてきた。うまく官僚社会で立ち回ることもできず、ましてや出世もできず、拙い生き方だった。だが今、その拙さを大事にして、故郷の「園田」に帰ってきた。自分の世渡りの拙さを逆に大切にして、「守拙」(拙を守る)して、郷里の田園に帰る。自分の「拙」の中にこそ自分の本質があると、とらえなおしたのである。

この詩では、帰ってきた田園の美しさ、そこでのおだやかな心の中が、溢れるような対句の連なりによって描かれている。前代以来の修辞の伝統をふまえているのだが、その対句は華麗な語彙を用いてはいない。田園にある喜びを、居宅と周辺のありふれた景物を描くことで物語っている。特に、『老子』第八十章の「小国寡民」(小さな国　寡《すくな》き民)を理想とする文章の「隣国相望、鶏犬之声相聞、」(隣国《りんごく》相い望み、鶏犬《けいけん》の声相い聞こゆ)をふまえて、おだやかな心の世界が描かれているのである。

## ◈陶淵明の酒

田園の生活も生活であるかぎり、陶淵明もそれに悩むことがあった。そういうとき、彼の心をおだやかにしてくれたのは、酒だった。それを描いたものが「飲酒二十首」である。其五を引く。

結廬在人境　　廬《いおり》を結んで人境《じんきょう》に在り
而無車馬喧　　而《しか》も車馬《しゃば》の喧《かまびす》しき無し

問君何能爾　君に問う　何ぞ能く爾《しか》ると
心遠地自偏　心遠ければ　地　自《おの》ずから偏《へん》なり
採菊東籬下　菊を採る　東籬《とうり》の下《もと》
悠然見南山　悠然《ゆうぜん》として南山《なんざん》を見る
山気日夕佳　山気《さんき》　日夕《にっせき》に佳《よ》く
飛鳥相与還　飛鳥　相い与《とも》に還《かえ》る
此中有真意　此の中《うち》に真意《しんい》有り
欲弁已忘言　弁《べん》ぜんと欲すれば已《すで》に言を忘る

粗末な廬を結んで　私は人里に住んでいる。
だが　訪れる車や馬の喧しさは無い。
君に聞こう「どうして　そんなことができるのか」と。
（私は答える）「心が俗世を離れていれば　その土地はおのずから田舎になるのだ」と。
私は菊を採る　東側の垣根の下で、
そして悠然とした心で　南山（廬山《ろざん》）を眺める。
山の気は　夕日の中に美しく澄み、
飛ぶ鳥たちが連れ立って帰っていく。
この中にこそ　この世の真実がある。
だがそれを言葉にしようとすると　もう言葉をうしなってしまう。

「真意」は、「この世の真実」。言葉を超越した真理を、この瞬間、いま眼前にある光景の中に、陶淵明は直感した。この田園の風景、特に夕日に照らされた山々、翼をならべて帰っていく鳥たちのすがた、そこに「真意」を見いだした。この田園の光景の中にこそ真理があるという発見だった。しかしそれは直覚されるだけで言葉をこえている。だから「弁ぜんと欲し」た瞬間に言葉をうしなってしまうのである。ただそれは「認識のためのことばの外、すなわち詩の内部へ、という意味」であり、「ことばの限界性につきあたったことによって獲得しえた豊かさと同義」であると、大上正美『思索と詠懐』（小学館、一九七五年、一四頁）は言う。陶淵明は、田園生活の中でつかむことのできた高い境地を、平易な語彙で表現した。儒教や老荘思想、仏教が衝突しあい、東晋から宋へ移り行く時代の中で、田園で生きる意味を独自につかみとったのだった。

## 3　宋代の文学

### ◈宋初の詩人　謝霊運

東晋は、各地の農民反乱などにより衰退した。その反乱鎮圧において頭角をあらわした軍人劉裕が実権を握り、ついに宋王朝をひらいた（四二〇）。宋代には、自然詩人として知られる謝霊運《しゃれいうん》（三八五―四三三）、顔《がん》延之《えんし》（三八四―四五六）、独自の創作楽府を追求した鮑照《ほうしょう》らがあらわれた。

陶淵明の後の世代で、東晋に生まれ、宋代初期に活動した詩人の代表は、謝霊運だった。謝霊運は、東晋の英雄謝玄《しゃげん》の孫にあたり、南朝きっての名門の出身である。しかし王朝が東晋から宋に代わると朝廷の枢要の地位からは遠ざけられ、憤懣の思いを持つようになった。永嘉《えいか》郡（浙江省）の太守に任じられ、その地の山水の美しさを愛し多数の「山水詩《さんすいし》」（山水自然の美しさを描く詩）をつくった。このため、後世、謝霊運を「山水詩人」と呼ぶ。だが憤懣は消えず、最後は広州（広東省）に移され、ついに反乱を企てて処刑された。叙景表現に優れ、中国における自然詩人の祖とされる。永嘉郡に赴任する途中、始寧の別荘を訪れた際の詩「過始寧墅」（始寧《しねい》の墅《しょ》に過《よぎ》る）詩の十一句から十六句までを引く。始寧の広大な別荘（荘園）の山水を描いた部分である。

山行窮登頓　　山行　登頓《とうとん》を窮め
水渉尽洄沿　　水渉《すいしょう》　洄沿《かいえん》を尽くす
巖峭嶺稠畳　　巖峭《いわおけわ》しくして嶺稠畳《みねちゅうじょう》し
洲縈渚連綿　　洲《す》縈《めぐ》りて渚連綿《なぎされんめん》たり
白雲抱幽石　　白雲　幽石《ゆうせき》を抱き
緑篠媚清漣　　緑篠《りょくしょう》　清漣《せいれん》に媚《こ》ぶ

前の四句の、「山歩きをし、水をわたって行けば　巖はけわしく　渚はどこまでもつづく」という巨大な景色をとらえた描写をうけて、「白雲抱幽石、緑篠媚清漣」（白雲　幽石を抱き、緑篠　清漣に媚ぶ）の描写があらわれる。「白い雲は　谷川の崖の石を抱きしめるように浮かび、緑の篠竹《しのだけ》は　清らかなさざ波に媚びるように揺れている」。「白雲」と「緑篠」の鮮やかな色彩の対比、「幽石」と「清漣」の触覚をも呼びさますような景物の対比、いずれも自然の持つ自立した美に触れる表現である。

始寧の別荘に帰って後の作に、「石壁精舎還湖中作」（石壁精舎《せきへきしょうじゃ》より湖中に還る作）があり、その中で、「意愜理無違」（意愜《かな》えば理違《たが》うこと無し）と言う。山水によって心が満ち足りていれば真理にそむくことはない、という意である。山水は、その美しさ自体に価値があるだけでなく、謝霊運に安らぎをもたらし、この世界の理法と一体になることを可能にするものだった。

### ◈鮑照

鮑照（明遠。四二一？—四六五）は、下級貴族だったために、高い官職に就くことができなかった。謝霊運のような名門の貴族は「清流《せいりゅう》」と呼ばれたのに対し、鮑照のような下級貴族は「寒門《かんもん》」と呼ばれ、官僚社会においては差別されていた。文章の美をもてはやされたが、仕えていた臨川王の謀反に際し殺された。鮑照はことに楽府において優れ、卑位にある者の悲しみと憤りを描いた。「擬行路難十八首」（行路難《こうろなん》に擬《ぎ》す十八首）其四を引く。楽府「行路難」に擬した（なぞらえた）歌である。「行路難」は、人生行路の苦難を歌ったもの。

瀉水置平地　　水を瀉《そそ》いで平地に置けば
各自東西南北流　　各おの自《おのずか》ら東西南北に流る
人生亦有命　　人生も亦た命《めい》有り
安能行歎復坐愁　　安《いず》くんぞ能く行きては歎《たん》じ　復た坐しては愁《うれ》えん
酌酒以自寛　　酒を酌《く》みて以て自《みずか》ら寛《ゆる》くし
挙杯断絶歌路難　　杯を挙げ断絶して路難《ろなん》を歌わん

心非木石豈無感　心は木石《ぼくせき》に非ず　豈　感無からんや
呑声躑躅不敢言　声を呑み躑躅《てきちょく》して敢えて言わず

水を平地にそそげば、
それぞれ勝手に東西南北に流れてゆく。
人生にもそれぞれの運命があるのだ。
だから（こんな運命でも）歩いては嘆き座っては憂えたりしていられようか。
酒を酌んでみずからくつろぎ、
杯をあげて腸の絶たれる思いで「行路難」を歌おう。
私の心は木や石ではないのだからどうして感慨を持たずにいられようか。
だが声を呑み行きつ戻りつして敢えて何も言わないのだ。

身分制社会の中で、寒門出身者は、どのようにもがいても高位に上ることはできなかった。水は運命によって、東西南北に分かれて流れる。人は運命によって、清流や寒門に分かれて生きる。だから「人生亦有命」（人生　亦た命有り）と自己の運命を受け入れようとする。そして酒を飲むのだが、出てくる歌は「行路難」である。歌い手は運命を、実は受け入れていない。「心非木石」（心は木石に非ず）という言葉が、歌い手の抑えきれない悲しみと憤りを強く示している。鮑照は、疎外されながらも貴族層に依存しなければならない寒門の苦しみを描いた。「呑声」して行きつ戻りつしつづける寒門の知識人のありさまが、六朝貴族社会の底流にひそんでいた矛盾を示している。

# 四——斉・梁・陳と北朝の文学

## 1　六朝時代後半の文学

### ◈韻律美の追求

六朝時代の後半、斉(四七九―五〇二)・梁(五〇二―五五七)・陳(五五七―五八九)の三代は、みな短命な王朝だった。この時代に貴族層の文化は爛熟し、文学、特に詩においては韻律の美を定型化しようとする動きが急速に進んだ。表現技巧は多様になり、綺麗とか艶麗と評される傾向が強まった。

斉代には韻律美を定型化しようとする動きが顕著になった。斉の永明年間(四八三―四九三)、謝朓《しゃちょう》(四六四―四九九)、沈約《しんやく》(四四一―五一三)らによって音韻に対する研究が行なわれ、詩の韻律の定型化が試みられた。その結果生みだされた詩を、年号をとって「永明体《えいめいたい》」と呼ぶ。

「永明体」成立の背景には、仏教盛行とともにインドから伝来した音韻学「悉曇《しったん》」(サンスクリットの音韻学。Siddham)の影響があった。その影響によって、中国語(漢語)の音韻についての分析が行なわれ、みずからの言語の音韻が自覚されるようになった。こうした背景のもとに、韻律の美しさを志向する貴族文学の求めに応じて生まれたのが、「永明体」だった。

「永明体」は、漢語の大きな特徴である四声《しせい》(漢語に固有の四種類の声調《せいちょう》。声調は、音程の高低。トーンアクセント)

に注目し、その四声を規則的に配列することによって、耳から聞こえる韻律の美しさを定型化したものである。「永明体」の理論は、「四声八病説《しせいはっぺいせつ》」と呼ばれる。四声の調和を追求し、八つの避けるべき事項を定めたのである。

## ◈梁・陳代の動き

謝朓・沈約らは「四声八病説」に基づいて詩の制作を行なったが、あまりにも煩雑な規則だったために、しだいに「平仄《ひょうそく》」の調和の追求へと移行していった。「平仄」は、四声を平声《ひょうせい》と仄声《そくせい》の二つに大きく分け、その調和を求めたものである。斉代には永明体が流行したが、六世紀の梁・陳代になるとしだいに「平仄」の調和へと移行した。この「平仄」の調和を求める試みは、後に七世紀の唐王朝に入ってから定式化され、「近体詩《きんたいし》」(今体詩)が成立することとなった。

「四声八病説」の理論は煩雑だったため細部は忘れられ、詳しくは伝わらなかった。だが、我が国の空海《くうかい》(弘法大師。七七四―八三五)が『文鏡秘府論《ぶんきょうひふろん》』の中にそれを記していたために、同書を手がかりに解明することができるようになった。

一方、詩の題材においては、宮中の事物を描く「詠物詩」や「題詠詩」が増え、孤独な女性の思いを描く「閨怨詩《けいえんし》」も、貴族の男性によって数多くつくられた。特に梁代になると、宮中の女性の姿態を艶めかしく描く「宮体詩《きゅうたいし》」が流行し、それは陳代までつづいた。

## 2　斉代の詩

### ◈謝朓の詩

斉は、わずか二一年で滅んだが、その永明年間には「永明体」の詩が生まれ、貴族層によって支持された。その中心になったのは、竟陵王蕭子良《きょうりょうおうしょうしりょう》のサロンに集まった文人たちだった。王融《おうゆう》、謝朓《しゃちょう》、范雲《はんうん》（四五一—五〇三）、任昉《じんぼう》、沈約《しんやく》、陸倕《りくすい》、蕭琛《しょうしん》、蕭衍《しょうえん》（後の梁の武帝。四六四—五四九）の八人がよく知られ、「竟陵八友」と呼ばれた。

竟陵八友の一人である謝朓（玄暉）は、謝霊運と同じ陳郡陽夏（河南省）を本籍とする謝氏の一族。自然を描く詩を得意としたが、謝霊運よりもおだやかでしずかな自然詠が多い。特に、宣城太守となって宣城郡に赴任していたときに同地の自然を愛し、多くの作品を残したので、「謝宣城」と呼ばれる。「遊東田」（東田《とうでん》に遊ぶ）の後半を見る。ここには、繊細な対句が重なりあっている。「東田」は、謝朓の別荘があった都の郊外の地。

遠樹曖阡阡　　遠樹《えんじゅ》　曖《あい》として阡阡《せんせん》たり
生煙紛漠漠　　生煙《せいえん》　紛として漠漠《ばくばく》たり
魚戯新荷動　　魚戯《たわ》れて　新荷《しんか》動き
鳥散余花落　　鳥散《さん》じて　余花《よか》落つ
不対芳春酒　　芳春の酒に対せず
還望青山郭　　還《かえ》りて青山の郭《かく》を望む

おだやかな自然が対句で描かれる。「遠くの木々は豊かに茂り、景色の中に靄《もや》が広がっている。魚が池の中で戯れて蓮の葉は揺れ、鳥の飛び去った後に散り残りの花が散ってくる。私はかぐわしい春の酒にも向きあわず、かえって城郭のようにつらなる緑の山々をながめる」。全てが対句である。

### ◈謝朓の対句表現

遠くかすむ景色が描かれると、ふいに近くの池や花が歌われる。見えているのは「新荷」の動きと散り落ちる「余花」だけなのだが、その向こうに、見えない「魚」と「鳥」の存在を見るのである。こうした繊細な感覚が、謝朓の特徴である。他にも、「送江兵曹・檀主簿・朱孝廉還上国」（江兵曹・檀主簿・朱孝廉の上国に還るを送る）には、次のような対句がある。

香風蕊上發　香風　蕊上《ずいじょう》に発し
好鳥葉間鳴　好鳥　葉間《ようかん》に鳴く

上の句では「香」が、下の句では鳥の「鳴」き声が描かれている。臭覚と聴覚が対になっているのである。こうした異なる感覚を対句にしたものがしばしば登場する。宋代にはこうした対句が工夫されていたが、斉・梁・陳の時代になると、謝朓の詩のように、それが多彩になり数多くなった。

## 3　梁・陳の詩

### ◈美意識の深まり

梁朝は、竟陵八友の一人だった蕭衍(武帝)によって開かれた王朝である。蕭衍自身が優れた詩人だったため、梁朝の貴族社会ではことに詩文がさかんになり、多くの詩人があらわれた。北朝の北魏との緊張関係はつづいていたが、北魏内部に混乱が起こり、その後、東魏・西魏に分裂(五三四)したため、梁朝は北方からの軍事的圧力をあまりうけなくなった。そのためいっそう文化的な繁栄が可能となり、貴族文学は最盛期を迎えた。また、武帝が熱心な仏教崇拝者だったため、仏教文化もさかえた。

梁の初期には、沈約、任昉など、斉代に竟陵八友として知られていた詩人たちが活動していた。なかでも、斉代から名の知られていた詩人に范雲《はんうん》(四五一—五〇三)がいる。その「別詩」(別れの詩)は、五言四句の短い作だが、深い情感にみちている。

洛陽城東西　　洛陽城の東西に
長作経時別　　長く　時を経《ふ》る別れを作《な》せり
昔去雪如花　　昔去るとき　雪　花の如きに
今来花似雪　　今来たれば　花　雪に似たり

洛陽城の東と西に、
長く　時を経る別れをした。

昔　二人が立ち去るとき　雪が　花のように舞っていたが、
今　一人で来てみれば　花が　あの日の雪のように散っている。

特定の別れではなく、別れの情感を描いたものである。別れたときは「雪」が花のように舞っていた。その場所に今、「花」が雪のように散っている。別れたまま長い時間が経ってしまったこと、春の光の中で二人の別れと関係なく花が散りつづけていることが、分かる。別離の悲しみが、華麗な美しさによって表現されている。貴族階級によって言語表現と美意識が研ぎ澄まされてきたのである。

### ◈宮体詩の流行

梁王朝の中期にさしかかるころ、皇太子（昭明太子《しょうめいたいし》）だった蕭統《しょうとう》（五〇一―五三一）が『文選《もんぜん》』（もと三〇巻。後に六〇巻とされる）を編集し、古代からの代表的な詩文を収録して、表現の美しさと表現内容の充実の両方を求める立場を示した。

だが当時の文学は、修辞の美しさだけを過度に重んじるものとなっていた。蕭統の急逝によって皇太子となった蕭綱《しょうこう》（後の簡文帝《かんぶんてい》。五〇三―五五一）のもとには、庾肩吾《ゆけんご》、徐摛《じょち》、彼らの子である庾信《ゆしん》（五一三―五八一）、徐陵《じょりょう》（五〇七―五八三）らが集い、宮体詩のにない手となった。徐陵は蕭綱の命をうけて『玉台新詠《ぎょくだいしんえい》』を編集し、宮体詩を中心に、男女の恋情を歌った古くからの詩を集大成した。

宮体詩の中心になったのは、蕭綱である。「詠内人昼眠詩」（内人《ないじん》の昼眠《ちゅうみん》を詠ずる詩）の後半には、こう言う。

夢笑開嬌靨　夢みる笑みは嬌《なま》めかしき靨《えくぼ》を開き
眠鬟圧落花　眠れる鬟《わげ》は落花を圧す
簟文生玉腕　簟文《たんぶん》は玉腕に生じ
香汗浸紅紗　香汗《こうかん》は紅紗《こうさ》を浸《うるお》す
夫胥恒相伴　夫胥《ふしょ》　恒《つね》に相い伴《とも》なえば
莫誤是倡家　誤《あやま》つ莫《な》かれ　是れ倡家《しょうか》なりと

「内人」は、宮中の妓女。昼寝をする妓女のなまめかしさがこまやかに描かれている。敷物の紋様は玉のように白い腕にうつり、かぐわしい汗は紅のうすぎぬに染み入る。彼女には決まった夫がいるのだから、ここを娼家とまちがえてはならないと言うのだが、それは妖しいなまめかしさを「内人」が漂わせていることの強調に他ならない。こうした艶やかで華麗な表現を追い求めたのが、蕭綱だった。蕭綱らの詩風は「艶麗」と評されるが、題材と表現内容は単調なものとなった。

### ◈陳朝の詩

梁朝は、五四八年に起きた侯景《こうけい》の乱(東魏から梁に寝返ってきた将軍侯景の起こした反乱)によって壊滅的な打撃をうけ、五五四年には、その混乱に乗じた西魏の来寇によって当時都としていた江陵《こうりょう》(湖北省)を占領され、まもなく崩壊した。その後をうけて陳覇先《ちんはせん》が陳朝を建てた(五五七)が、長江以北の土地や巴蜀(四川省)の地域はすべて北朝に奪われ、北朝の力が圧倒的に強まっていた。陳朝の後半になると、政治の面では放漫と奢侈が強まり、文学の面では耽美的で不安のかげりを持つものが多くなった。陳は、五八九年、北周《ほくしゅう》の後をうけた隋《ずい》によって滅ぼされ、南北朝時代が終わった。このため、陳朝の文学は「亡国の音《おん》」と言われた。詩人として著名なのは、陰鏗《いんこう》、江総、陳叔宝《ちんしゅくほう》(陳の後主《こうしゅ》。五五三—六〇四)らである。陳叔宝の「玉樹後庭花《ぎょくじゅこうていか》」は、彼自身が作詞・作曲をした歌曲である。その後半を引く。暗示的に宮中の女性のすがたを「玉樹」にたとえたものである。

映戸凝嬌乍不進　戸《こ》に映じ嬌《きょう》を凝《こ》らして乍《しばら》く進まず
出帷含態笑相迎　帷《い》を出で態《たい》を含んで笑って相い迎う
妖姫臉似花含露　妖姫《ようき》の臉《かんばせ》は　花の露を含むに似て
玉樹流光照後庭　玉樹の流光《りゅうこう》　後庭を照らす

(宮女のすがたは)扉に映えてなまめかしく暫くは進もうとせず、カーテンを出ても媚態を包んでほほえみながら私を迎える。妖しい宮女の顔は露を含んだ花に似て、玉のように美しい樹を輝かせる月の光は後宮の庭をいつまでも照らしている。

陳叔宝は、皇太子のころから酒色におぼれ、即位してからも変わらなかったという。そうした日常に発する詩だが、「映戸」、「凝嬌」、「含態」のような、対象それ自体を描くのではなく、対象の反映や対象が含み包んでいるものを描こうとする表現は、梁・陳の時代に洗練されたものであり、陳叔宝もその流れに乗っていたのだった。

## 4　北朝の詩

### ◈北人の詩

五胡十六国の分立を統一した鮮卑族の北魏が成立してからは、北朝でも仏教文化をはじめ、儒教、道教などの学術も発展した。それにともない散文の発達は見られたが、詩などの韻文においては、南朝の後を追いかけることが多かった。そのような中でも力強い表現の詩も見られた。そうした作風は、主に北朝で生まれ育った漢民族の人々に見られる。彼らをしばしば「北人」と呼ぶ。これに対して、南方から亡命してきた人々や、虜囚として北へ連行されてきた人々は「南人」と呼ばれ、彼らのつくる詩は南朝の繊細・華麗な詩風を伝えながら、同時に屈折した思いを暗示するものが多かった。

北魏で生まれ育った「北人」の中で知られていたのは、温子昇《おんししょう》（生卒年不詳。五三〇年前後に高官となっている）である。その「擣衣」（衣を擣《う》つ）は、秋の夜、砧《きぬた》で衣を擣つ「佳人」を描いたもの。その末尾にこう言う。

蠮螉塞辺逢候雁　　蠮螉塞辺《えつおうさいへん》　候雁《こうがん》に逢い
鴛鴦楼上望天狼　　鴛鴦楼上《えんおうろうじょう》　天狼《てんろう》を望む
北の蠮螉塞のあたりで　出征した夫は南に渡る雁に出会っておられるだろう。
長安の鴛鴦楼の上で　私はただ一人　戦を告げる天狼星を望み見る。

遠く離れた夫を慕う孤独な女の思いを描く「閨怨詩」である。「蠮螉塞」は、夫のいる塞《とりで》。その不気味な名前が、夫の苦しみにみちた日々を暗示する。妻は、優しい名の「鴛鴦楼」にのぼって、戦を予言する天狼星を仰ぎ見ている。「蠮螉塞」にいる夫の身を案じる妻の心中が見える。女性の心の動きをとらえる南朝風の詩だが、それを、緊張感のある語彙で描いている。

### ◈庾信の生涯

北朝では、北人の詩は必ずしも優勢ではなかった。南朝から入ってきた人々、つまり南人の詩の方がむしろ影響力を持った。

そうした時代に登場した詩人の一人が、庾信(子山。五一三―五八一)である。庾信は庾肩吾の子として梁王朝に生まれ、皇太子蕭綱に仕え、宮廷詩人として成功をおさめた。その頃流行していたのは、「宮体詩」であり、庾信自身もそのつくり手として名を知られた。「侯景の乱」(五四八)が起きたとき、庾信は首都建康を守る一部隊を任されたが敗退し、後に都は陥落、武帝をはじめ多くの人々が殺されるという事態になった。侯景に占領された宮廷で蕭綱が即位するが(簡文帝)、結局侯景に殺され、その弟の蕭繹《しょうえき》(元帝)が反乱を平定したため、庾信は元帝に仕える。そして国使として北朝の西魏に赴くが、その間に西魏が梁に攻め入り、当時の都江陵(湖北省)は陥落、元帝は殺された(五五四)。帰るべき国をうしなった庾信は、北朝の西魏、北周に仕えて生きた。

### ◈庾信の詩

侯景の乱と西魏の来寇に対処できなかったこと、その結果の重大さ、それが庾信を一生苦しめた。自分という存在への不信と、自分の失態によってうしなわれた命の重さが庾信をさいなんだ。「擬詠懐二十七首」（詠懐に擬《なぞら》う　二十七首）の其十八を見る。

尋思万戸侯　万戸《ばんこ》侯《こう》を尋思《じんし》すれば
中夜忽然愁　中夜　忽然《こつぜん》として愁う
琴声遍屋裏　琴声　屋裏《おくり》に遍《あまね》く
書巻満牀頭　書巻《しょかん》　牀頭《しょうとう》に満つ
雖言夢蝴蝶　蝴蝶《こちょう》を夢みたりと言うと雖《いえど》も
定自非荘周　定《さだ》めて自らは荘周《そうしゅう》に非ず
残月如初月　残月《ざんげつ》は初月《しょげつ》の如く
新秋似旧秋　新秋は旧秋に似たり
露泣連珠下　露泣《つゆな》きて連珠《れんじゅ》下り
螢飄砕火流　螢飄《ほたるひるがえ》って砕火《さいか》流る
楽天乃知命　天を楽しみて乃《すなわ》ち命《めい》を知る
何時能不憂　何《いず》れの時にか　能く憂えざらん

漢のころ　国のために大功をたてて万戸侯になった人のことを思うと、
夜半に　突然　私は愁いにしずむ。
琴《こと》の音《ね》は　部屋中に満ち、

書物は　寝床のまわりにまで積まれている。
蝶になった夢を見たとはいえ、
私はその夢から哲学をひらいた荘周ではない。
有明の月は　いつか見た三日月のように空にかかり、
今年の秋は　まるで去年の秋のようだ。
露が泣いて　つらなった珠《たま》がしたたり落ち、
螢がひるがえって　くだけちった火が流れてゆく。
天の法則を楽しんでこそ　運命が分かると言うが、
私は　いつ憂いを持たずに生きてゆけるのか。

魏の阮籍の「詠懐」詩を意識し、それに「擬」した（なぞらえた）作品である。「連珠」（つらなった玉）のように泣いている「露」は戦乱で横死した人々の涙であり、「砕火」（くだけちった火）のように流れてゆく「螢」は横死した人々の霊魂だったのだろう。自分の責任で横死した人々の涙や鬼火が、ずっと心を離れなかったのである。また、泣いている「露」は自分の涙であり、「螢」のくだけちった火は自分の霊魂だとも考えられる。自分の体を離れてしまった自分の魂、つまり自分の遊離魂を自分で見ている。そのようにも読める。

### ◈庾信の精神世界

庾信には「擬連珠」という特殊な韻文の四四首の連作があり、その第十六首には、

営魂不反　営魂《えいこん》反らず
燐火宵飛　燐火《りんか》宵に飛ぶ

という言葉も見える。「死者のさまよう霊魂が故郷に帰れず、鬼火が夜の闇の中に飛ぶ」という意である。「燐火」は、鬼火のこと。庾信は、横死した人々や自分の帰れぬ霊魂がさまよい、「螢」の火や「燐火」となって飛ぶ世界に生きていたのである。

「擬詠懐二十七首」の其二十四には、こうある。前半四句のみ引く。

無悶無不悶　悶《もだ》え無からんか　悶えざるは無し
有待何可待　待つ有らんか　何をか待つべけんや
昏昏如坐霧　昏昏《こんこん》として霧に坐するが如く
漫漫疑行海　漫漫《まんまん》として海を行くかと疑う

悶えないということがあろうか　いや悶えないときは無い。
待つものがあるだろうか　いや待つべきものなど何も無い。
どこまでも暗く　霧の中に座りつづけるかのようであり、
果てしもなく　海の上を進み行くかのように思われる。

救いの無い心の世界が語られている。自分で提示した疑問を自分で否定しつづけるような、また霧に閉ざされた暗黒の海を行くような、異様な世界である。彼はそういうイメージに満たされた世界から抜けだせなかった。

庾信は、文学の営みにおいて、自己の苦しみにくりかえし立ちかえり、六朝末の惨憺たる時代と、その中を生きる人間を見つめた。

## 5 南北朝の民間歌謡

### ◈南朝の歌謡

南北朝時代を通じて、庶民の間で好まれたのは、やはり歌謡だった。俗語をまじえて歌われた歌謡は、南朝においても北朝においても流行し、民衆の哀歓や気風を伝えている。

南朝では、軽やかな日常的な感情を描く歌謡が好まれ、男女の恋愛の情緒を歌う歌曲が多くつくられた。特に都の建康を中心とした呉の地域において「呉歌」と呼ばれる歌謡が流行した。その中に「子夜歌」がある。同題の歌曲は、晋から斉のころまで数多くつくられ、曲調を変えた「子夜四時歌」などが生まれた。「子夜四時歌」は、恋の情緒を四季に分けて歌ったもの。その「夏歌」の一つを引く。

青荷蓋淥水　　青荷《せいか》　淥水《りょくすい》を蓋《おお》い
芙蓉葩紅鮮　　芙蓉　紅鮮《こうせん》を葩《はな》ひらく

郎見欲采我　郎《ろう》は見て　我を采《と》らんと欲し
我心欲懐蓮　我は心に　蓮《れん》を懐《いだ》かんと欲す
緑の蓮の葉は　澄んだ水のうえをおおい、
蓮の花は　あざやかな紅い花びらを開いた。
あなたは私を見て　私を摘みとろうとし、
私は心の中で　蓮(恋)を抱こうとしている。

男を俗語で「郎」と呼ぶ。男は私を「采」ろうとする。声をかけてくる男の軽薄さが、よく見える。そんな男に恋心を懐いてしまう女の心は、「蓮」を抱くと表現されている。「蓮《れん》」は「恋《れん》」の掛詞として用いられている。恋の情緒を、こうした言葉遊びを含んだ歌詞で軽やかに描いたものが、「子夜四時歌」だった。

### ◈北朝の歌謡

北朝では、五胡十六国の分立と戦乱がつづき、また北方民族の気風の影響もあったため、やや荒々しい骨ばった歌が多く歌われた。その一つ、「勅勒歌」を引く。「勅勒歌」は、北魏から北斉にかけて歌われたもので、もともと鮮卑《せんぴ》語だった歌詞を漢語に翻訳したものと考えられる。本来鮮卑族の歌謡だったのである。

勅勒川　勅勒《ちょくろく》の川
陰山下　陰山《いんざん》の下

天似穹廬　　　天は穹廬《きゅうろ》に似て
籠蓋四野　　　四野《しや》を籠蓋《ろうがい》す
天蒼蒼　　　　天は蒼蒼《そうそう》
野茫茫　　　　野は茫茫《ぼうぼう》
風吹草低見牛羊　　風吹き草低《た》れて　牛羊《ぎゅうよう》見《あら》わる

勅勒の川のほとり、
陰山山脈のふもと、
大空はパオに似て、
原野をおおっている。
大空は青く、
原野は果てしない。
風が吹き　草がなびくと　牛や羊たちがあらわれてくる。

「勅勒」は、バイカル湖の南から陰山山脈の北に居住したトルコ系部族の名だが、ここでは彼らの住んだ地を指す。「陰山」は、内モンゴル自治区の山脈。「穹廬」は、北方部族の住むドーム型のテント、パオ。天が、そのドームに似ているというとらえ方は、遊牧民族の生活実感に即した素朴な表現である。風が吹いて草がなびくと、今まで見えなかった牛や羊が次々にあらわれてくるという表現も、大平原で生きた北方民族の雄大な感性を伝える。

# 五——南北朝の文章と文学論

## 1　三国時代の文章

### ◈三国時代前期の文章

三国時代から六朝時代にかけて、辞賦や散文を含む文章は、美文への傾斜を強くしていった。文章とは、もともと美しさを求めた辞賦や散文の総称であり、詩を含むこともある。三国・六朝時代は、文章が極端に美文化していった時代だった。とはいえ、動乱のただ中にあった三国時代は、そういう動きがまだ顕在化していなかった。

三国時代の散文は、飾りけのない、率直な調子のものが多かった。よく知られているのは、蜀の諸葛亮《しょかつりょう》(孔明。一八一—二三四)の「出師表」(出師《すいし》の表《ひょう》)である。諸葛亮は、若くして劉備《りゅうび》の軍師となり、蜀漢の建国を実現して丞相に任ぜられ、劉備(先主・昭烈帝)の死後は息子の劉禅《りゅうぜん》(後主《こうしゅ》)をささえて魏と対決した。「出師表」は、蜀の建興五(二二七)年、軍勢をととのえて魏を征討するにあたり、後主劉禅にたてまつった上表文である。漢朝復興の志を明らかにし、成都に残る若い後主に公平な政治を行なうべきことを説く。その冒頭を引く。

臣亮言。先帝創業未半、而中道崩殂。今天下三分、益州疲弊。此誠危急存亡之秋也。然侍衛之臣、不

懈於内、忠志之士、忘身於外者、蓋追先帝之殊遇、欲報之於陛下也。誠宜開張聖聴、以光先帝遺徳、恢弘志士之気。（臣亮言《もう》す。先帝 創業未だ半《なか》ばならずして、中道に崩殂《ほうそ》す。今 天下三分して、益州《えきしゅう》疲弊《ひへい》す。此れ誠に危急《ききゅう》存亡《そんぼう》の秋《とき》なり。然れども侍衛《じえい》の臣、内に懈《おこた》らず、忠志の士、身を外に忘るる者は、蓋し先帝の殊遇《しゅぐう》を追い、之を陛下に報《むく》いんと欲すればなり。誠に宜《よろ》しく聖聴《せいちょう》を開張《かいちょう》し、以て先帝の遺徳を光《かが》やかし、志士《しし》の気を恢弘《かいこう》すべし。）

臣亮が、申し上げます。先帝（昭烈帝）は建国の事業がまだ半ばに至らぬうちに、道途中にして崩御されました。今、天下は三分し、益州は疲弊しております。これは誠に、危急存亡のときです。しかし（そのような状況にあっても）、陛下のお身近くに仕える臣下が、朝廷の中で怠ることなく任務にはげみ、忠義の志を持つ士が、朝廷の外で我が身を忘れて働いておりますのは、思うに、先帝の殊遇を慕い、陛下に対してそのご恩を返そうと考えているからであります。誠に陛下は尊い耳を広く開かれ（人々の意見をよく聴き）、もって先帝のご遺徳をいっそう輝かし、志を持つ士の気力を奮いおこしてください。

率直で、論旨の鮮明な文章である。この文章は「先帝」とともにしてきた漢朝復興の志を最初に明示している。「先帝」という語のくりかえしによって、諸葛亮が深く劉備の恩顧にこたえようとしていることが分かる。また「宜」という語も特徴的である。臣下が主君に申し上げるというより、父親がむすこを諭すような口調である。諸葛亮が後主の父親に代わる立場だったこともあるが、それ以上に、最も大切なことを父に代わって伝えようとする強い思いが伝わる。

## ◈三国時代後期の文章

三国時代の後期にさしかかった正始のころの文章は、竹林の七賢を中心に、内省と韜晦にみちた複雑な作品が多くなる。司馬氏の専横が進む中で、鋭い現実認識を持ちながら屈折した表現をするほかない苦渋が、彼らの散文や辞賦ににじみ出ている。

嵆康の「与山巨源絶交書」（山巨源《さんきょげん》に与えて交わりを絶つ書）は、竹林の七賢の一人である山濤《さんとう》（巨源）にあてて書かれた絶交書である。山濤は嵆康の親しい友だったが、官僚として成功した人である。選曹郎に嵆康を推薦したが、嵆康はこれを知って怒り、この書を送った。嵆康が怒ったのは、自分が官僚になることを避けているのに、山濤がそれを理解していなかったからである。そして、自分が官僚に向かない理由を次々に挙げてゆく。特に、二つの「甚不可者」（甚《はなは》だ不可なる者。甚だよくないこと）を挙げて、自分が官僚になれない（ならない）理由を示す。

又毎非湯武而薄周孔。在人間不止此事、会顕世教所不容。此甚不可一也。剛腸疾悪、軽肆直言、遇事便発。此甚不可二也。以促中小心之性、統此九患。不有外難、当有内病。寧可久処人間邪。（又毎《つね》に湯《とう》・武《ぶ》を非《そし》りて周・孔を薄《うす》んず。人間《じんかん》に在りて此の事を止《や》めずんば、会《かなら》ず世に顕《あき》らかなる教えの容《い》れざる所ならん。此れ甚だ不可なるの一なり。剛腸《ごうちょう》にして悪を疾《にく》み、軽肆《けいし》にして直言し、事に遇《あ》えば便ち発す。此れ甚だ不可なるの二なり。促中小心《そくちゅうしょうしん》の性を以て、此の九患を統《す》ぶ。外難有らずんば、当に内病《ないへい》有るべし。寧《いずく》んぞ久しく人間に処《お》るべけんや。）

また私は、いつも殷の湯王《とうおう》や周の武王などの聖天子の悪口を言い、周公や孔子などの聖人を軽んじています。世間(官僚社会)でこのことをやめなければ、必ず世の中で明らかな儒教の教えから許してもらえないでしょう。これが甚だよくない点の第一です。私は気が強く悪を憎み、かるはずみで歯に衣着《きぬ》せぬものいいをし、何かことがあるとすぐにその性格があらわれてしまいます。これが甚だよくない点の第二です。気短かで狭量の性質でありながら、この九つの欠点(七つのがまんできないことと二つの「甚不可者」)をかかえているのです。もし外からの災難が無いとしても、きっと自分の内部からの憂えが出てくるに決まっています。どうして長く世間で生きてゆけるでしょう。

儒教を中心とする「人間」(世間。ここでは官僚社会を暗に指している)の固定観念に従えないことを述べている。あくまでも自分の欠点を語っているが、それを通じて偽善的な官僚社会、ひいては司馬氏の専権体制を批判してもいるのである。特に「非湯武而薄周孔」(湯・武を非りて周・孔を薄んず)という発言は、儒教道徳の庇護者としてふるまっていた司馬氏にとって見過ごすことのできないものだった。こうした発言が、後に嵇康が処刑される遠因になった。にもかかわらず重要なことは、嵇康が自己を公的な場に押しだしている点である。書簡は、中国においては、必ずしも私的なものではなかった。山濤にあたえたこの手紙も、公的な意思表示という性格を持っていた。公的な場は、ほとんど司馬氏によって支配されていたが、書簡の表現を通じて、嵇康は公的な場にみずから出ていっている。韜晦しながらも、「剛腸疾悪」(剛腸にして悪を疾む)というような表現を介して、ぎりぎりの政治批判を行なっている。この絶交書は自己への批判という構成を持っているが、それが公的な権力批判に重なっている。そこに、緊張感にみちた表現が生まれたのである。

## 2　南北朝時代の文章

### ◈東晋の文章

南北朝時代になると、貴族層の審美的な文章が数多くあらわれた。三国時代の争乱以来、貴族層のかかえていた潜在的な不安は深かったが、それがかえって華麗な美を追求させることとなった。

西晋時代から、詩と軌を一にして、文章も装飾性を増していった。東晋の陶淵明はそうした流れに同調せず、自然で平易な文体を生みだした。

装飾性を求める時代の動向が前提として存在していたために、それと対峙しつつ、陶淵明はその平易な文体を生みだした。陶淵明の代表作「帰去来兮辞」（帰去来の辞）は、彼が彭沢県令の職を辞して故郷の田園に帰ったときにつくられた。

帰去来兮　　帰りなんいざ
田園将蕪胡不帰　　田園将《まさ》に蕪《あ》れんとす　胡《なん》ぞ帰らざる
既自以心為形役　　既に自ら心を以て形の役《しもべ》と為す
奚惆悵而独悲　　奚《なん》ぞ惆悵《ちゅうちょう》として独り悲しむ
悟已往之不諫　　已往《いおう》の諫《いさ》められざるを悟り
知来者之可追　　来者《らいしゃ》の追うべきを知る
実迷途其未遠　　実《まこと》に途《みち》に迷うこと其《そ》れ未だ遠からず

覚今是而昨非　　今の是《ぜ》にして昨《きのう》の非なるを覚《さと》る
さあ　帰りゆこう、
田園は荒れようとしている　どうして帰らずにいられようか。
これまでみずから　自分の心を肉体のしもべにしてきた、
どうしていつまでもそれを嘆いて　ひとりで悲しんでいるのか。
過ぎ去ったことは　諫めようもないと悟り、
将来の時間は追いかけられるということを　知った。
まことに道に迷ったが　まだそれほど正道からはずれてはいない、
今の私が正しく　昨日までの私がまちがっていたことを覚ったのだ。

「帰去来兮」(帰りなんいざ)というのは、自分への呼びかけである。自分の心の葛藤を乗りこえて今の決断に至り、決断の正しかったことを自分に確かめながら、田園に帰ってゆく作者の心の動きが見える。最後の部分で、次のように言う。

登東皐以舒嘯　　東皐《とうこう》に登りて以て舒嘯《じょしょう》し
臨清流而賦詩　　清流に臨みて詩を賦《ふ》せん
聊乗化以帰尽　　聊《いささ》か化《か》に乗じて以て尽《つ》くるに帰《き》し
楽夫天命復奚疑　　夫《か》の天命を楽しみて　復た奚《なに》をか疑わん

東の岡にのぼってゆったりと歌をくちずさみ、
清らかな流れに臨んで詩をつくろう。
ともかくも変化の摂理に従って死へと帰りゆき、
あの天からあたえられた定めを楽しみ　また何を疑おうか。

表現は平易ではあるが、自分のあり方を決断する厳しさを、鮮やかに描きだしている。「復奚疑」（復た奚をか疑わん）というのも、「帰去来兮」（帰りなんいざ）という冒頭の自分への呼びかけと呼応している。さまざまな葛藤を持ちながらも、「天命」を受け入れて生きようという決断が語られている。「田園」で生きる決意を固めた陶淵明の、心の飛躍が見える。

### ◈斉・梁の文章

六朝時代を通じて、散文はしだいに定型化していった。斉・梁時代に確立するこうした散文の形式を「四《し》六駢儷文《ろくべんれいぶん》」と呼ぶ。四六駢儷文は、一句を主に四言（四文字）または六言（六文字）で構成し、文章の基本部分は対句で表現し、典故を多用する、という原則を持つ形式である。また、韻律にも留意することが求められた。「駢儷」とは、対句を意味する。四六駢儷文は、略して「駢文」、「四六文」などとも呼ばれる。四六駢儷文は、散文でありながら韻律への配慮を行なうなど、韻文に近いものとなったと言うこともできる。

一方、韻文の一種である賦も四六駢儷文に近いものとなった。斉・梁の賦は、短編のものが多くなり、四六駢儷文と同様の規則を持ち、全体に韻を踏む点が四六駢儷文と違っているに過ぎないというものが増えた。こうした賦を、「駢賦《べんぷ》」と呼ぶ。梁の江淹（四四四—四九七）の「別賦」（別れの賦）の一部を引く。

或春苔兮始生、乍秋風兮蹔起。是以行子腸断、百感悽惻。風蕭蕭而異響、雲漫漫而奇色。舟凝滞於水浜、車逶遅於山側。（或いは春苔《しゅんたい》始めて生《しょう》じ、乍《たちま》ち秋風蹔《しばら》く起く。是《ここ》を以て行子《こうし》腸断え、百感悽惻《せいそく》す。風は蕭蕭として響きを異にし、雲は漫漫《まんまん》として色を奇《き》にす。舟は水浜《すいひん》に凝滞《ぎょうたい》し、車は山側《さんそく》に逶遅《いち》す。）

ある人々は春の苔が生えるころや、急に秋風が吹きそめるころに別れてゆく。そこで旅人ははらわたも絶たれ、さまざまな思いが起こり悲しみにくれる。風は物悲しく常ならぬ音をたて、雲は果てしなく流れて不思議な色に輝く。舟は水辺に滞り、車は山ぎわでためらう。

特定の人との別れではなく、別れというものの一般を描く作品である。大部分が対句で表現され、別れのさまざまな様子が繊細で鮮やかな対句によって語られている。「風」に「雲」が対比されるが、同時に「響」と「色」とが対比されている。聴覚と視覚が対比されているのである。詩の分野で発達したこの視聴対《しちょうつい》などの対句の技巧は、賦の分野においても数多く用いられた。

### ◈北朝の文章

南朝の散文や賦の展開に対して、北朝では質朴な文体が長く主流だった。だが、六世紀後半になると、南方から北朝に流入してくる士人が増えてきた。そのため、北朝の文学全体に南朝からの影響が見られるようになってきた。

北朝に流寓して大きな影響をあたえた南朝文人の代表的存在は、庾信だった。庾信は、代表作「哀江南《あいこうなん》賦《ふ》」において、動乱と亡国の体験を大規模な叙事体で描きだし、自己の人生をふりかえり、抱えこんだ悲哀を描いた。「哀江南賦」序文の冒頭を引く。

粤以戊辰之年、建亥之月、大盗移国、金陵瓦解。余乃竄身荒谷、公私塗炭。華陽奔命、有去無帰。中興道銷、窮於甲戌。三日哭於都亭、三年囚於別館。（粤《ああ》 戊辰《ぼしん》の年、建亥《けんがい》の月を以て、大盗《だいとう》 国を移し、金陵《きんりょう》 瓦解《がかい》す。余は乃ち身を荒谷《こうこく》に竄《ざん》し、公私 塗炭《とたん》す。華陽に奔命《ほんめい》し、去ること有りて帰ること無し。中興の道は銷《つ》き、甲戌《こうじゅつ》に窮まる。三日 都亭に哭し、三年 別館に囚《とら》わる。）

ああ 戊辰《つちのえたつ》の年（五四八）、建亥の月（陰暦一〇月）、大いなる盗賊侯景が国を盗み、金陵（建康。現在の南京）の都は瓦解した。私は我が身を荒谷（楚の地）に隠し、朝廷も民衆も塗炭の苦しみにおちいった。江陵（湖北省）で再興された朝廷の命により、北朝に使者として赴いたが帰国することはできなかった。国家中興の道は滅び、甲戌《きのえいぬ》の年（五五四）に尽き果てた。私は三日間、北方長安の都亭で旧国のために声をあげて哭き、三年間、使者の館の隣の建物に捕らえられた。

梁王朝の滅亡の過程と自分が北方に流寓した過程は、切りはなせないものだった。「哀江南賦」は、それを壮大な規模で語るのだが、この序文冒頭の表現は、賦の内容を予告するように厳しい。歴史的事件を語るために、冒頭から年月を明示し、「公私塗炭」の過程を事実に即して語るという姿勢を示している。同時に重要なのは、それが四六駢儷文で記されていることである。洗練された美意識の表現として発達してきた四六駢儷文を、壮大で且つ自省的な叙事の賦に用いているのである。美文の形式を用いたことは南朝出身の文人の宿命であるが、同時にそれは、こうした美文の形式に厳しい緊張の美を加え、四六駢儷文の世界を一挙に拡大することとなったのである。

### ◈勝者と敗者の対話

他にも庾信は、形式上は南朝風の駢賦でありながら、自己の体験をふまえて悲嘆や内省を描いた新しい賦を残している。その作の一つに、「竹杖賦」がある。短編の駢賦で、虚構の作品である。荊州（江陵）を占領した桓温《かんおん》は、地元の老いた士人楚邱先生《そきゅうせんせい》に一本の杖をあたえて召し抱えようとする。それに対して楚邱先生は、杖をもらうことを拒否して、次のように言う。

先生笑而言曰、中国明於礼義、闇於知人。心之憂矣、惟我生民。雖復疏條剄柘、促節貞筠、杖端刻鳥、角首図麟、豈能相予此疾、将予此身。（先生　笑いて言いて曰く、「中国は礼義《れいぎ》に明るきも、人を知るに闇《くら》し。心　之《こ》れ憂う、惟れ　我は生民なり。復《ま》た疏條《そじょう》の剄柘《けいしゃ》、促節《そくせつ》の貞筠《ていいん》の、杖端《じょうたん》に鳥を刻み、角首に麟《りん》を図《えが》くと雖も、豈に能く予が此の疾《やまい》を相《たす》け、予が此の身を将《たす》けんや。」と。）

楚邱先生は笑って言った、「中国の方《かた》（桓温）は礼や義には明るいが、人間を理解することはできないらしい。私は（荊州が占領されたために）心が憂えに沈んでいるのです。そもそも私は生民（生きている人間）なのです。枝のない柘《やまぐわ》の杖や、節《ふし》のつまった竹の杖、先端に鳥を彫刻した杖や、（動物の）角《つの》でできた杖頭に麒麟《きりん》を描いた立派な杖であっても、どうして私のこの心の病を救い、私のこの老いた体を支えることができましょうか」と。

敗北者である楚邱先生は、征服者である桓温の善意と配慮をこばむ。その際、征服者を「中国」の人と呼んでいる。逆に楚邱先生は、自分を「中国」の人ではない周辺の存在ととらえていることが分かる。被征服者はいつでも周辺の存在である。先生はさらに、周辺の存在である自分を、「人」、「生民」と語っている。生きている普通の人間として、自分をとらえなおしているのである。それはまた、「生民」という言葉のとらえなおしでもあった。征服者の善意を拒否する誇りたかい存在として「生民」をとらえたのである。圧倒的な力を持つものに対して、生身の人間が持つ尊厳を描きだしたのだった。

庾信の後には、顔之推《がんしすい》(介。五三一―五九一?)や宇文招《うぶんしょう》(豆盧突《とうろとつ》。北周趙王。五四六?―五八〇)があらわれ、それぞれ独特の文章をつくった。顔之推は梁王朝に生まれ、西魏の侵攻によって北方へ連行され、辛酸をなめた。『顔氏家訓《がんしかくん》』二〇巻を残した思想家として知られる。彼の「観我生賦」(我が生を観る賦)は自己の一生をふりかえり、自己の生の意味を見いだす過程が描かれている。北周の趙王宇文招は鮮卑族の皇族で、北地に流寓してきた庾信に学んだ。仏教を信仰し、兄武帝による廃仏令(五七四)の後、仏教再興の動きの中で「道会寺碑文《どうかいじひぶん》」を著し、「苦海」(苦しみにみちた現世)を生きる意思を示した。彼の文章は中国本土ではうしなわれ、日本の正倉院に伝わる聖武天皇宸翰『雑集《ざつしゅう》』の中にのみ伝存している。

## 3　文学論の時代

### ◈曹丕「典論」論文篇

三国・六朝時代は、文学論の時代でもあった。漢代以来、多くのジャンルで作品が次々につくられ、それらを全体として評価することが求められるようになってきたため、文学論や文学批評がきざしてきたのだった。特に、建安時代には、賦だけでなく楽府と五言詩が多数つくられるようになり、そうした気運を理論として位置付けることが必要になった。

建安文学の実作からの要請にこたえて、文学の位置づけについて初めて明瞭に語ったのは、魏の文帝曹丕の「典論《てんろん》」論文篇である。これは曹丕がまだ魏王の太子だったころ、魏の領域に疫病が流行し、建安七子の過半が死んだ建安二二(二一七)年以後に制作されたと考えられる。その中で、次のように言う。

蓋文章経国之大業、不朽之盛事。年寿有時而尽、栄楽止乎其身。二者必至之常期、未若文章之無窮。(蓋《けだ》し　文章は経国《けいこく》の大業《たいぎょう》にして、不朽《ふきゅう》の盛事《せいじ》なり。年寿は時有りて尽き、栄楽《えいらく》は其の身に止まる。二者は　必ず至るの常期にして、未だ文章の無窮なるに若《し》かず。)

思うに　文学は国家を経営するのに不可欠の偉大な事業であり、永遠に朽ちることのないさかんな事業である。人の寿命は時がくれば尽きるものであり、栄華の楽しみもその人の一身に止まるものでしかない。この二つのもの(寿命と栄華)は必ず定まったときに終わりがやってくるのであり、文学が永遠に伝わってゆくのに及ぶことはできない。

「文章」（文学）というものの価値を特に論じようとすること自体、その大きな価値を認めていたことを示している。ただその価値は「経国大業」という言葉で表現されている。そこには、もっとも偉大な事業は「経国」であるという意識が、見える。文学の価値を語るために、政治の偉大さを借りているのである。とはいえ文学の価値を、政治とならぶものとして語ったところに、大きな意味がある。

漢代までの文学観は、文学を儒教の政治哲学に従属するものとして位置づけるものだった。これに対して、曹丕の文学論は、「経国」を価値基準としながらも、それと同等の価値を「文章」に見いだすものだった。それは、文学の価値の巨大さを語るという点で革新的だったが、価値基準としての政治を前提にするという点で伝統的だった。しかし文学の「不朽」性を強調して文人たちを励ますことによって、文学の価値を重視する時代の動きを加速することとなった。

### ◈陸機「文賦」

西晋時代、文学の作者の内面にたちいって創作の過程を分析したのが、陸機の「文賦《ぶんぷ》」だった。「文賦」は、韻文である賦の形式によって文学理論を語る、特異なものだった。

「文賦」の本文冒頭には、「佇中区以玄覧、頤情志於典墳」（中区に佇《たたず》みて以て玄覧《げんらん》し、情志を典墳《てんぷん》に頤《やすな》う）と言う。世界の中央に立ち心の玄妙な奥深いところから万物を見て、感情や意志を古典によって養う、それが文学創作の前提だった。創作活動のはじまりは、こう描かれる。

其始也、皆収視反聴、耽思傍訊。精騖八極、心游万仞。其致也、情曈曨而弥鮮、物昭晢而互進。傾群言之瀝液、漱六芸之芳潤。（其の始めたるや、皆 視《し》を収《おさ》め聴《ちょう》を反《かえ》し、耽《ふか》く思い傍《あまね》く訊《たず》ぬ。精は八極に騖《は》せ、心は万仞《ばんじん》に游ぶ。其の致れるや、情は曈曨《とうろう》として弥《いよ》いよ鮮やかに、物は昭晢《しょうせき》として互いに進む。群言の瀝液《れきえき》を傾け、六芸《りくげい》の芳潤《ほうじゅん》に漱《すす》ぐ。）

創作のはじめにおいては、視覚と聴覚をすべて心の中におさめ、思いを深め広く心に問う。すると精神は世界の果てにまで馳せてゆき、心は万仞の彼方にまで遊ぶ。やがてイメージが具体的になってくると、心はしだいに夜が明けるように鮮明になってゆき、対象となるものははっきりと互いに形相をあらわしてくる。そこで、無数の言葉のしたたりを傾け、経書の香り豊かな言葉を口にしてみる。

深く自分の内面に意識を集中し、イメージが具体的になってくると、膨大な言葉によって、そのイメージに形をあたえてゆく。しだいに具体的になりつつあったイメージは、言葉と出会うことによって、はっきりとした形を結ぶ。こうして、言葉が内容を獲得して、文章が生まれる。興膳宏「文学理論史上から見た「文賦」」（『中国の文学理論』筑摩書房、一九八八年）によれば、「作家の内部における作品生成の過程をこのような形で理論化しようとした例は、陸機以前にはまったく見られない」（四七頁）。

「文賦」には、「課虚無以責有、叩寂寞而求音」（虚無《きょむ》に課《か》して以て有《ゆう》を責め、寂寞《せきばく》を叩《たた》きて音《おん》を求む）と、無から言葉を生みだす過程は描かれるが、その方法は語られない。創作を行なう精神のはたらきを、「天機《てんき》」という言葉であらわしているが、「天機」がどう働くかということは問題にされていない。一種の天才主義であり、貴族主義である。

「文賦」では、文学創作は神秘的な秘儀のように位置付けられている。それは、文学の超越的な価値の承認を前提としている。少なくとも、「文章経国」というような、政治の持つ価値を比喩とする必要が無くなったのである。そのため文学の多彩なジャンルは、それ自身の特徴によって意味付けられるようになった。「文賦」は、詩と賦のジャンルについて、「詩縁情而綺靡、賦体物而瀏亮」（詩は情に縁《よ》りて綺靡《きび》、賦は物を体《たい》して瀏亮《りゅうりょう》たり）と言う。「詩は人間の感情によりそって美しく華やかに、賦は万物を体現して清らかにはっきりとしていることが重要だ」。これは詩と賦の特徴であると同時に、その目標でもある。文学のジャンルは、それぞれの特徴がそのまま目標であり、価値となった。文学の本格的な自立は、「文賦」によって実現したと言うことができる。

### ◈劉勰『文心雕龍』

斉・梁代になると、体系的で明確な原理を持った文学理論書があらわれた。劉勰《りゅうきょう》（彦和《げんわ》。四六六？―五二二？）の『文心雕龍《ぶんしんちょうりゅう》』一〇巻・五〇篇である。

『文心雕龍』の全体構成は、前半五巻と後半五巻にはっきりと分けられている。前半では文学全体をつつむ原理、経書を尊ぶ立場が述べられ、ジャンルごとに古来の作品を批評し、その文体の原則を示している。後半では文学創作の原理、文章の構成法、修辞のあり方など、創作にかかわる理論をくりひろげている。

『文心雕龍』は四六駢儷文で記され、各篇の最後に「賛《さん》」（文章の後につけくわえる評論や要約の短い韻文）を置いて、内容をまとめるという形式をとっている。著者劉勰は、儒教、仏教、老荘思想のいずれにも深く通じていた。『文心雕龍』は、儒教の経典を手本として典雅な文学をめざすべきことを述べながら、仏教の影響ものぞかせる。それは劉勰の教養の広さと、儒仏を並行して重んじた彼の思想によるものと言える（興膳宏「『文心雕龍』と『出三蔵記集』――その秘められた交渉をめぐって――」興膳宏前掲書）。

『文心雕龍』巻一は「原道」篇からはじまっている。その冒頭を引く。

文之為徳也大矣。与天地並生者何哉。夫玄黄色雑、方円体分、日月畳璧以垂麗天之象、山川煥綺以鋪理地之形。此蓋道之文也。（文の徳たるや大なり。天地と並び生ずるは何ぞや。夫れ玄黄《げんこう》色雑《まじ》わり、方円体分《ほうえんたいわ》かれ、日月璧《へき》を畳《かさ》ねて以て麗天《れいてん》の象《しょう》を垂れ、山川綺《き》を煥《かが》やかせて以て理地《りち》の形を鋪《し》く。此れ蓋《けだ》し道《みち》の文《ぶん》なり。）

文章のはたらきというものは偉大である。（その文章が）天地とともに生まれたのは、何故だろうか。そもそも、天の玄《くろ》い色と大地の黄色い色がまじわり、四角い大地とまるい天空が分かれると、太陽と月は璧玉《へきぎょく》を重ねたように天空に美しくかかり、山と川はあやぎぬを輝かせて大地の上に美しい形をしきつらねた。思うにこれは（宇宙の）道理がこの世にすがたをあらわした文章（美しい模様）なのである。

宇宙を動かす原理「道」の顕現が「道之文」である。太陽と月、山や川、それらのすべてが秩序をもって存在しているのは、全てが宇宙の原理のあらわれだからだ。劉勰は、文学の根拠について論じるにあたって、「文」という言葉の原義である「美しい模様」に立ちかえり、しかもそれを「道」の現前として位置づけた。

ではその「道之文」が、何故、どのようにして人間の文学になるのか。その問題について、次のように言う。

為五行之秀、実天地之心。心生而言立、言立而文明、自然之道也。旁及万品、動植皆文。（五行の秀たり、実《まこと》に天地の心なり。心生じて言立《げんた》ち、言立ちて文明《ぶんあき》らかなるは、自然の道なり。旁《あまね》く万品に及ぼせば、動植《どうしょく》皆《みな》文あり。）

（人間は）木・火・土・金・水の五つの元素の秀でたものが集まった存在で、まことに天と地の心（中心）である。心が生まれると言葉が立ちあがり、言葉が立ちあがると文章があらわれるのは、自然の道理である。これを広く万物に推し及ぼすなら、動物にも植物にもすべて文章があるのだ。

劉勰は、人間は天地とならぶ存在で、すべての元素の秀でたもの「五行之秀」が集まったものであると述べる。だから人間は「天地之心」である。「心」は、中心を意味し、同時に精神のはたらきを意味する。人間は天地の真中にいるがゆえに、天地の精神のはたらきを体現するのである。だから、「心」が生まれれば「言」が立ちあがり、その言語が秩序ある美しさ「文」を持つのは「自然」なのだと言う。劉勰はこのようにして天地と人を一貫させ、「道之文」と人間の文学とを一貫させた。

劉勰の壮大な論理は、結論として、秩序ある美を重視することとなった。『文心雕龍』は、表現においては、「温雅」（おだやかで優雅）を尊んだ。

### ◈鍾嶸『詩品』

『文心雕龍』に少し遅れてあらわれた『詩品《しひん》』三巻は、鍾嶸《しょうこう》（仲偉。四六六?—五一八?）のあらわした文学批評書である。対象を詩（五言詩）にしぼり、歴代の詩人を「上品」、「中品」、「下品」に分けて評価したものである。それぞれの詩人の源流を指摘し、具体的に論評をくわえている。その評価基準は、強い気力と激しい情熱を持った真率な表現を重んじるものであり、その基準を「風力」とか「骨気《こっき》」などと呼び、その基準に照らして一二三人の詩人たちをランクづけしている。その序には、こう言う。

気之動物、物之感人。故揺蕩性情、形諸舞詠。照燭三才、暉麗万有。霊祇待之以致饗、幽微藉之以昭告。動天地、感鬼神、莫近于詩。（気は物を動かし、物は人を感ぜしむ。故に性情《せいじょう》を揺蕩《ようとう》し、諸《これ》を舞詠《ぶえい》に形《あらわ》す。燭《しょく》を三才に照らし、麗《れい》を万有《ばんゆう》に暉《かがや》かす。霊祇《れいぎ》は之を待ちて以て饗《きょう》を致し、幽微《ゆうび》は之を藉《か》りて以て告《こく》を昭《あき》らかにす。天地を動かし、鬼神《きしん》を感ぜしむるは、詩より近きは莫《な》し。）

宇宙にみちる気（エネルギー）は万物を動かし、万物の動きは人間を感動させる。そこで人間は心情を揺り動かし、その心情を舞踊や詩詠にあらわす。詩は、天地人の三才をともしびで照らし、うるわしい天体を万有の上に輝かせる。神霊には詩によって饗応をいたし、幽界には詩によって明らかな言葉を伝える。天地を動かし、鬼神を感動させるには、詩以上のものは無いのだ。

全体の出発点になっているのは「気」である。気は、宇宙にみちている一種のエネルギーだが、それによって万物が動き、人間の「性情」も動く。その性情の活動を表現した詩によって世界は輝き、神霊も鬼神も感動する。

劉勰の『文心雕龍』が論理の出発点に「道」を置いたのに対して、鍾嶸『詩品』は「気」を置いた。その「気」

の動きによって詩の価値が成立することを説いたのだった。そのため強い気力にみちた詩が高く評価され、装飾的な詩は厳しく批判された。装飾的な表現に傾斜していた当時の文学を批判するものだった。

### ◈『文選』と『玉台新詠』

多種多様な詩や文章が制作され、その量も膨大になってくると、古典的価値を持つ作品を選んでまとめ、閲覧や学習に役立てようとする動きが出てきた。またもう一方では、現在流行している作品をまとめて享受しようとする動きもあらわれた。前者を代表するものが『文選』であり、後者を代表するものが『玉台新詠』である。

『文選』三〇巻（後に六〇巻）は、梁の蕭統（昭明太子。五〇一―五三一）によって編集された、古代から梁代までの詩文集である。賦・詩・騒《そう》・七《しち》・詔・冊《さく》・令《れい》等々の多様な文体毎に、古典的価値を持つと判断される作品を集めている。こうした編集方針は『文心雕龍』からの直接的な影響を示している。『文選』は優れた古典を集大成した詩文集として高い評価を得て、唐代以後の中国において尊重され、多数の注釈が加えられた。それだけでなく、東アジア全体に広まり、日本でも尊重された。

『文選』の序文には、歴史書の中の論讃や序の優れたものは採録したことを述べ、その基準として、「事出於沈思、義帰乎翰藻」（事は沈思《ちんし》より出《い》で、義《ぎ》は翰藻《かんそう》に帰《き》す）という語をあげる。描かれることは深い思索から出てきて、内容は美しい表現に帰着する。そのような文章であれば、採用したと言うのである。ここには明らかに劉勰『文心雕龍』からの影響が見られる。『文心雕龍』の典雅な美と深い内容を重んじる立場は、『文選』の「沈思」と「翰藻」を重んじる立場に継承され、東アジア全体に影響を及ぼした。

これに対して、当時流行した宮体詩を中心に、流行の文学観に基づいて編集されたのが『玉台新詠』(『玉台新詠集』とも言う)である。『玉台新詠』一〇巻は、梁の蕭綱(簡文帝。五〇三―五五一)の命をうけて、徐陵(五〇七―五八三)が編集した詩集であり、漢代からの恋愛詩の代表作を集め、特に梁代流行の宮体詩を主としている。

『玉台新詠』の序文は、「無怡神於暇景、惟属意於新詩」(神《しん》を暇《か》景《けい》に怡《よろこ》ばす無く、惟だ意を新詩に属《そそ》ぐ)と言う。心をのどかな景色で楽しませることなく、思いを新しい詩に寄せるのである。「新詩」、新しい流行の詩というのは、つまり宮体詩にほかならない。『玉台新詠』の文学観は、『文選』の典雅で公平な文学観をうちやぶり、強烈に艶麗な表現を追求しようとするものだった。それは描かれる内容への顧慮を棄てるという危険をおかしてまでも、ひたすらに表現の可能性を追求することを選ぶものだった。

# 六——志怪小説の誕生

## 1　志怪小説

### ◈街談巷語の世界

「四六駢儷文」のような散文は「文章」に属し、「雅」なる文学と意識された。

他方、そうした「雅」なる「文章」とは全く違う分野として、三国時代（三世紀）以後、「小説」が誕生してきた。「小説」は散文ではあるが、「俗」の世界の文芸で、中国の伝統的な認識では、文章（文学）の中には入らないものであった。小説は、「街談巷語《がいだんこうご》」（街角で語られる話）とも呼ばれ、おもしろおかしいうわさ話、奇妙な事件の伝聞、不思議ないいつたえなどの総称だった。儒教を信奉する官僚・知識人は、そのような性格を持つ「小説」を軽蔑し忌避してきた。

だが、漢帝国が崩壊し、戦争と混乱の三国時代に入ると、儒教の権威は低下し、逆に「小説」への関心が高まった。こうして三世紀以後、急速に広まった小説は、特に「志怪小説《しかいしょうせつ》」と呼ばれる。「志怪小説」とは、文字通り「街談巷語」を記録したもので、不思議ではあるが事実と考えられていたエピソードの記録だった。そこには明瞭な虚構の意識はうすく、建前としては事実の記録だったのである。fiction（虚構）としての小説は、七世紀以後の唐代において登場してくることになる。

### 鬼の小説

志怪小説の最大の特徴は、主人公が人間ではなく、「鬼《き》」(死者の霊魂)だったことである。志怪小説に記されたエピソードの多くは、幽鬼、神怪、妖精などにまつわる話であり、荒唐無稽なストーリーであることが多い。三国・六朝時代には、こうした荒唐無稽な話を事実として信じ、それに強い関心を持つ精神的態度が広まっていたのである。志怪小説は事実の記録と考えられていたので、そこには作者というものが存在せず、それを伝え聞いて文字に留めた記録者、多くの場合はそれらを集めて一書とした編集者がいるだけだった。

「志怪小説」を記録した作品集は、三国時代魏の文帝(曹丕)の『列異伝《れついでん》』など早くからあったが、散逸して部分的に残存するに過ぎない。その中で、東晋の干宝《かんぼう》(生没年未詳)編『捜神記《そうしんき》』は、当初の原形そのままではないが、多数の作品を現在まで伝えており、六朝志怪小説の根本資料と言える。

干宝は、東晋の歴史家である。自己の体験した不思議な事件から世の中の怪異に関心を持つようになり、当時伝えられていた怪異にまつわる話を集め、『捜神記』を編集した。『捜神記』は当初、三〇巻だったが散逸し、明代になってから、様々な書物に記録されていた『捜神記』の逸文を集め再編集した二〇巻本が刊行され、現在に至っている。

## 2　小説と史実――「復活」の物語

### 死と再生

小説として記録された物語の中には、歴史書にも記されているものがある。史実と小説の境界は、現代の目から見ると、曖昧だった。その中から、『捜神記』巻一五の「復活」(「河間郡男女」)の物語を見る。
晋の武帝の時代(二六五―二九〇)、河間郡(河北省)に、ひそかに愛し合い、結婚する約束までしていた男女がいた。まもなく男は兵隊に取られて、そのまま何年たっても帰ってこなかった。女の家では、この女を別の男の所へ嫁がせようとした。女は別の男の所に嫁に行くのをいやがった。だが両親は、無理強いした。そこで仕方なく女は嫁に行ったが、まもなく病気になり、死んでしまった。
やがて、婚約していた男が、国境のとりでから帰ってきた。女の家に行ってその所在を聞くと、両親は事情を話した。そこで男は、女の墓に行った。

乃至冢、欲哭之尽哀、而不勝其情。遂発冢開棺、女即蘇活。因負還家。将養数日、平復如初。後夫聞、乃往求之。其人不還曰、「卿婦已死。天下豈聞死人可復活耶。此天賜我。非卿婦也。」(乃ち冢《つか》に至り、之を哭《こく》して哀《あい》を尽くさん欲すれども、其の情に勝《た》えず。遂《つい》に冢を発《あば》き棺《かん》を開くに、女即ち蘇活《そかつ》す。因りて負《お》いて家に還る。将養《しょうよう》すること数日、平復《へいふく》すること初めの如し。後夫《こうふ》聞き、乃ち往《ゆ》きて之を求む。其の人 還さずして曰く、「卿《けい》が婦《つま》は已に死す。天下 豈に死人の復た活くべきを聞かんや。此れ天の我に賜うなり。卿が婦に非ざるなり」と。)

そこで男は女の墓に行き、女のために泣いてやり、悲しみを尽くそうとしたが、悲しみの情に耐えきれなくなった。ついに男は墓をあばき棺のふたを開いてしまったが、すると女はすぐさま息をふきかえしたのであった。そこで男は女を背負って家に帰った。男が数日の間、女の世話をしたところ、女はかつてのように全くもとどおりになった。やがて、(女が心ならずも嫁いだ)後の夫がそのことを聞きつけ、とうとう男の家に行って女を（返せと）要求した。その男は女を返さずにこう言った、「あなたの妻はもう死んだのです。この天下に、どうして死人がまた生き返るなどという話を聞いたことがあるでしょうか。この人は、天が私に下さったのです。あなたの妻ではないのです」と。

そこで「後夫」（女が心ならずも嫁いだ夫）は役所に訴え出たが、地方の役所では判断ができず、ついに都の朝廷で審議されることになった。

### ◈事実との境界

すると、秘書郎《ひしょろう》の王導《おうどう》が発言した。

秘書郎王導奏、「以精誠之至、感于天地。故死而更生。此非常事。不得以常礼断之。請還開冢者。」朝廷従其議。（秘書郎王導　奏《そう》す、「精誠《せいせい》の至《し》を以て、天地を感ぜしむ。故に死して更《あらた》めて生く。此れ非常の事なり。常礼《じょうれい》を以て断ずるを得ず。請う　冢を開く者に還せ」と。朝廷　其の議に従う。）

（朝廷ではこの件につき審議したところ）秘書郎（天子の書物や宮中の記録などをつかさどる官）の王導が天子に上奏してこう申し上げた、「（婚約をしていた男は）最も純粋で誠実な心によって、天と地の神を感動させたのです。だからこそ（女は）死んでまた改めて生きかえったのです。これは非常の出来事です。通常の法律によって判断することはできません。どうか、墓をあばいた男に（女を）返していただきたく存じます」と。

朝廷では、その（王導の）意見に従うことに決した。

物語の最後の段階で、秘書郎の王導（二六七—三三〇）という実在の政治家が登場し、朝議をリードしている。このエピソードが「事実」であることを伝え保証する部分と言える。少なくとも、当時の人々にとってそう理解されていた部分と言えるのである。実際この物語は、『晋書』巻二九「五行志」に、基本的に同じ内容の文章で記載されている。

とはいえ、史実と小説の間には、些細なようだが重要な違いがある。『晋書』「五行志」には、「男女」の間の愛情関係については明記されていない。小説には、「私悦」と、二人がひそかに愛し合っていたことを明示しているのに、『晋書』にはそれが記されず、二人はすでに結婚していたとされている。これに対して小説では、「男女」は「許相配適」（相い配適せんことを許す）と記されていて、二人の関係が婚約の段階だったこと、従って不安定な関係だったこと、だからこそ逆に愛情だけが二人を支えていたことが分かるのである。二人の関係を、そのようなもの——個人的愛情のみに支えられた婚約関係——だったと想像し伝承した多数の人々がいたのだった。そこに、小説を自立させていく根本的な力の高まりを見ることができる。

## 3　桃源郷

### ◈「桃花源記」の世界

『捜神後記』一〇巻は、題名が示すとおり、『捜神記』の後をうける立場で編集されたと考えられる志怪小説集である。編者は、東晋の陶淵明とされている。しかし、陶淵明の死後のエピソードまで含まれているので、彼を編者とすることには問題が残る。

その中で、陶淵明自身によって記されたことが確かで、彼の文集にも載せられている物語がある。「桃花源記」である。類似の物語は他にもいくつか見られるので、伝承をもとに陶淵明が創作したものと考えられる。前半を引く。

> 晋太元中、武陵人捕魚為業。縁渓行、忘路之遠近。忽逢桃花林夾岸。数百歩中無雑樹。芳華鮮美、落英繽紛。漁人甚異之。復前行、欲窮其林。林尽水源、便得一山。山有小口、髣髴若有光。便捨船従口入。初極狭、纔通人。復行数十歩、豁然開朗。土地平曠、屋舎儼然。有良田、美池、桑竹之属。阡陌交通、鶏犬相聞。其中往来種作、男女衣著、悉如外人。黄髪垂髫、並怡然自楽。（晋の太元《たいげん》中、武陵《ぶりょう》の人 魚を捕うるを業と為す。渓《たに》に縁《そ》いて行き、路《みち》の遠近を忘る。忽《たちま》ち桃花の林の岸を夾《はさ》むに逢う。数百歩の中 雑樹無し。芳華《ほうか》 鮮美《せんび》、落英《らくえい》 繽紛《ひんぷん》たり。漁人《ぎょじん》 甚だ之を異《い》とす。復た前行し、其の林を窮めんと欲す。林 水源《すいげん》に尽き、便ち一山を得たり。山に小口有り、髣髴《ほうふつ》として光有るが若し。便ち船を捨てて口より入る。初め極めて狭く、纔《わず》かに人を通すのみ。復た行くこと数十歩、豁然《かつぜん》として開《かい》朗《ろう》す。土地 平曠《へいこう》、屋舎 儼然《げんぜん》たり。良田、美池《びち》、桑竹《そうちく》の属有り。阡陌《せんぱく》 交通し、鶏犬 相い聞こゆ。其の中に往来種作《しゅさく》する、男女の衣著《いちゃく》、悉く外人《がいじん》の如し。黄髪《こうはつ》 垂髫《すいちょう》、並びて怡然《いぜん》として自から楽しむ。）

晋の太元年間（三七六―三九六）、武陵（湖南省）に一人の漁人（漁師）がいた。ある日、谷川を船でさかのぼって行くうち、どこまで来たのか分からなくなった。ふいに桃の花の林が両岸に数百歩ほどつづく所に出た。花は鮮やかに美しく、花びらがはらはらと散っている。漁師は不思議に思い、さらに行くと、桃の林は水源のあたりで終わっていて、一つの山があった。山には小さな洞穴が口をあけていて、ほんのりと光がさしているように見えた。そこで漁人は船を乗りすてて、洞穴の入り口から入っていく。初めはひどく狭かったが、そのまま数十歩進むと、からりとあたりが開けた。土地は広々と広がり、家々が厳かに立っている。よい田畑、美しい池があり、桑や竹などが植えられ、鶏や犬の声が聞こえてくる。往来し畑をたがやしている男女の着物は、みな「外人」(外の人)と同じようだった。髪の黄色くなった年寄りも、垂れ髪の子どもたちも、皆にこやかで楽しそうだ。

その後、村人は「漁人」を見かけて驚き、彼を家に招いてもてなした。そして、「先祖が秦のときの戦乱を避けて、村人をつれてこの絶境に逃れてきて、それからは外に出ず、「外人」(外の人)と隔たってしまったのです」と言う。そのため彼らは、漢王朝も魏も晋も知らないのだった。そこで漁人が聞き知っていることを話すと、村人たちは驚きなげいた。数日が過ぎ、漁人が帰ろうとすると、村人たちは、「ここのことは、「外人」には言わないでください」と言う。漁人はもとの道を帰り、道々目印をつけておいた。帰ると役所に出かけ、太守にことの次第を申し上げた。太守は人をやってさがしに行かせたが、とうとう桃源郷への道を見いだせなかった。

### ◈内と外の逆転

「漁人」が、「桃花林」のどこまでもつづく谷川を行くことによって、異界への入口の洞穴に出会う。そこを通って「豁然」とあらわれた空間は、後に「桃源郷」と呼ばれるが、しかしそれほど奇異な場所でなく、豊かで美しい村という風情である。特にそれを象徴しているのが、村人たちの衣服が「外人」のようだという事実である。「外人」は、桃源郷の外の人、つまり日常世界の人を指す。

たびたびくりかえされる「外人」という言葉から、桃源郷の村が「内」であり、日常・現実の世界が「外」になっていることが分かる。日常の意識では、国家によって支配されている現実の中国が「内」で、中心である。だがここでは、それが逆転している。そのため現実の世界から異界を見るという普段の構造は逆転され、現実の世界が、異界から見られる側になっている。

この桃源郷という異界は、外の世界（現実世界）と大きく違わない世界だった。ただ桃源郷と現実世界とのあいだには、大きな違いが、一つだけある。漁人をもてなした村人は、漁人に、「今是何世」（今は是れ何の世ぞ）と聞いている。つまり彼らには、王朝の存在が実感として分からない。桃源郷には国家が無いからである。しかも、桃源郷の村人から見ると、その王朝の存在の方がむしろ不可解なことだったのである。漁人が現実の歴史、つまり王朝交代の歴史を話して聞かせると、村人たちは驚き嘆いた、「歎惋《たんわん》」したという。

漁人は、村のことを口外しないよう頼まれていたにもかかわらず、村の存在を役所に訴え出る。役人は村を探すが見つからない。いずれも、欲にかられた人間の不道徳性を露呈している。それが「外人」のすがただった。外人のそのような不道徳性と、外人の世界である王朝国家を「外」なるものとして描きだし、その存在のいかがわしさを明るみに出している。そしてそれとの対比の中で、国家の無い村、桃源郷の豊かさを示しているのである。

## 4　『世説新語』

宋代には、王族である劉義慶《りゅうぎけい》（四〇三―四四四）によって、『世説新語《せせつしんご》』三巻が著された。『世説新語』は志怪小説とは異質であるが、小説に分類され、ときに「志人《しじん》小説」などとも呼ばれる。この書が、後漢から東晋にかけての実在人物の逸話を集めたものだからである。全体は、徳行・言語・政事・文学など三六門に分けられ、貴族、名士たちの言葉や行動が記されている。彼らの言行は、しばしば奇矯で過激であるが、そこには独自の倫理観や誇り、美意識などがうかがえる。梁の劉孝標《りゅうこうひょう》が詳細な注釈をつけ、本文と相まって貴族らの具体的なすがたを克明に伝えている。魏、晋のころからの「清議」、「清談」の伝統をうけつぎ、人間の会話と行動への関心、人物評価への強い興味が、簡潔な文章の中にこめられている。徳行第一から引く。

後漢末の動乱で、華歆《かきん》と王朗《おうろう》の二人が賊難を避けて、船に乗って逃げた。一人の人が、自分も船に乗せて連れていってほしいと頼んできた。華歆は、難色を示した。だが王朗は、「幸尚寛、何為不可」（幸いに尚《な》お寛《ひろ》し、何為《なんす》れぞ可ならざらん）、幸いにもまだ余裕があるから、いいじゃないか、と言って、その人を乗せてやった。ところが賊が追いついてくる。

後賊追至。王欲捨所携人。歆曰、「本所以疑、正為此耳。既已納其自託、寧可以急相棄邪。」遂携拯如初。世以此定華王之優劣。（後賊追い至る。王　携《たずさ》うる所の人を捨てんと欲す。歆《きん》曰く、「本　疑いし所以《ゆえん》は、正《まさ》に此れが為のみ。既に已に其の自《みずか》ら託するを納《い》る、寧《なん》ぞ急を以て相い棄つるべけんや」と。遂に携《たずさ》え拯《すく》うこと初めの如し。世　此れを以て華・王の優劣を定む。）

その後、賊が追いついてくると、王朗は船に乗せてやった人を見すてようとした。華歆は言う、「もともと私がためらったのは、こういう事態を予想したからだ。けれど一度その頼みを受け入れたからには、事態が危急になったからといって、どうして見すてることができようか」と。そして、そのまま今までどおり船に乗せて助けてやった。世間の人々はこの話で華歆と王朗の優劣を決めた。

依拠すべき道徳的規準をうしなった後漢末以後の人々は、みずからそれをつくらなければならなかった。華歆と王朗も、追いすがる賊から逃げ延びなければならない極限的な状況の中で、他人を助けるか否かという選択をしなければならなかった。そうした厳しい問いと答えがくりかえされた時代だった。三国六朝の人々の議論好きと人物批評への関心は、そのせいである。彼らは自分の行為と言葉によって、具体的に道徳的基準を生みだし表現しなくてはならなかった。そういう時代の空気を、華歆と王朗の物語は如実に語っている。

『世説新語』は、貴族知識人層の言行を記すことによって、時代の空気と課題を描きだした。そこには、不安定な現実に対処しなくてはならなかった三国・六朝時代の人々の精神世界が浮きでている。

# 第四章

# 唐代の文学

# 一　隋・唐帝国と文学

## 1　隋・唐帝国の成立

### ◈隋による統一

隋の高祖・文帝（楊堅）は、開皇元（五八一）年に即位し、新しい「律令」（開皇律令《かいこうりつりょう》）をさだめた。さらに「選挙《せんきょ》」制度をつくり、皇帝に直属する官僚を、身分を問わず、試験によって採用することとした。これは唐代に入ってから、「科挙《かきょ》」と名をかえて定着した。開皇二（五八二）年には漢魏以来の長安城の東南に新しい壮大な帝都をつくり、「大興城《だいこうじょう》」と名づけてそこに遷った。後に唐はこの大興城を継承して都としたが、呼称は「長安城」とした。日本の平城京（奈良）、平安京（京都）のモデルとなった長安城は、もともと隋の大興城だったのである。

隋は、開皇九（五八九）年に陳を滅ぼして天下を統一すると、南朝の文化も受け入れ、また東アジア全域に広まっていた仏教を庇護して、多様な文化を持つ強力な国家を形成した。第二代皇帝の煬帝（楊広）は、大陸を南北につらねる大運河をつくるという大事業を行なったが、高句麗（朝鮮半島北部と中国東北地方を支配した国）を数次にわたって征討するなど、民衆に重い負担をかけたため、隋王朝は急速に崩壊し、短命に終わった。

## ◈唐王朝とその文化

隋王朝の末年、内乱状態となった中で、太原（山西省）に根拠地を持っていた李淵《りえん》（唐太祖）が大興城（長安）に入り、同地で即位し、国号を唐とした（六一八）。第二代の太宗《たいそう》・李世民《りせいみん》は、父李淵をたすけて天下統一を実現し、即位後は積極的に外征を行ない、領土をひろげた。直接に唐の統治をうける民族の数はこれまでにないほど多くなり、朝貢体制によって臣従する国も多数にのぼった。唐は基本的に隋の法律・制度をうけつぎつつ、多民族を包摂した強力な大帝国となった。

唐は、中国中心部だけでなく、中央アジア、東北アジア、ベトナム北部等にまで支配をひろげ、国際性のきわめて強い国家となった。文化面でも、シルクロードを通って西域から入ってきた文物が好まれ、中国独自の文物と融合して発展をとげた。その影響は日本にも及び、奈良正倉院につたわる宝物の多くは、唐土から舶載されたものや、唐代文化の影響を直接うけて日本で製作されたものである。

唐では思想面でも、六朝時代にインドから入ってきて定着した仏教が本格的に独自の発展をとげ、中国仏教としてさかえた。政治制度の面では、「科挙」制度が確立し、中小地主層からも高級官僚が生まれるようになった。文学においては詩が全盛時代を迎え、「近体詩《きんたいし》」が成立し、多数のすぐれた詩人があらわれた。近体詩は、六朝末期からの韻律を定型化する試みを完成させたものである。科挙の試験には詩をつくることがもとめられたので、作詩は知識人の必須の教養となり、多くの詩人があらわれた。散文の分野では、六朝以来の四六駢儷文がひきつづきつくられたが、唐代中期に四六駢儷文への批判が強まり、「古文」が登場する。小説の世界では、これまでの志怪小説にかわって、創作された虚構の物語である「伝奇小説」が誕生した。

## 2　隋・唐の文学をめぐる環境

### ◈隋代の文学

隋は、南北の文学が出会い混合した時代だった。六朝時代、文学の面では圧倒的に南朝の方が優位に立っていたため、隋代にも南朝の影響が強く見られる。ただそれは南朝の艶麗な文学がそのまま残ったものではなく、亡国の体験をふまえた内省や、悲哀感を描くものが数多く含まれている。

隋には、かつての北斉や陳など滅亡した国から虜囚として連行されてきた人々や、みずから故国を離れて流入してきた人々が多数いた。その中の貴族知識人たちは隋朝に仕えることを余儀なくされたが、彼らは「羈旅《きりょ》之臣」「羈臣《きしん》」「羈士《きし》」などと呼ばれた。遠くに「羈旅」して異国に仕えている臣という意味である。隋代の文学は、この「羈臣」たちと、もともとの北周、隋の官僚層の文学の交錯によって展開した。

他方、儒教・仏教などの教学においては北朝の伝統も強く、南北の出会いによって文化は一挙に多彩になった。しかし隋王朝は誕生から三七年で滅び、南北文化の本格的な融合、文学の新たな展開は、次の唐代にもちこされた。

### ◈科挙制度と唐代文学

唐代に入り、前代までの門閥貴族による政治権力の独占を克服するために、「科挙」制度が整備された。科挙制度は隋代に登場しているが、それが本格的に運用されるようになったのは唐代からである。六朝時代までは、名門の貴族(清流)でなければ高級官僚にはなれなかった。低い門地(寒門)の出身者は、どれほど優れた能力があっても政治の重要な役割はあたえられなかった。その弊害を解決し、皇帝に直属する官僚を登用するために採用されたのが、科挙だった。科挙によって、中下層の地主層からも高級官僚となるものが出てきた。科挙にはいくつかの科（コース）があったが、中でも特に重視され受験者の人気の高かったのは「進士」科だった。進士科の試験には詩をつくる課題があり、受験者たちは作詩の勉強を早くからはじめ受験にそなえた。それが、前代以来の詩を重視する伝統に拍車をかけ、詩は隆盛をきわめた。

唐代の文学は、この詩の動向をもとに、初唐・盛唐・中唐・晩唐の四期に区分される。

初唐（六一八―七一二）　六朝風の詩から革新の動きが強まった時期
盛唐（七一二―七六六）　近体詩が完成し、雄大・華麗な唐詩が絶頂を迎えた時期
中唐（七六七―八二六）　社会意識が先鋭になり、表現に対する自省が強まった時期
晩唐（八二七―九〇七）　亡国の不安と葛藤しつつ屈折した表現が好まれた時期

この時期区分は便宜的なものであり、どこで区切るかについてはさまざまな説がある。だが、唐詩を四期に区分する考え方は各時期の特徴をうまくとらえており、ほぼ定着している。

# 二――初唐・盛唐詩

## 1　初唐詩

### ◈近体詩の成立

初唐期の詩には、六朝末期の斉梁体《せいりょうたい》（南斉・梁で流行した華美な詩風）の影響が強く残っていた。だが、その中から新しい詩風が模索され誕生していった。

詩形においては、韻律美を定型化しようとする六朝時代以来の試みがほぼ完成に至っていた。初唐に完成した定型詩は、「近体詩《きんたいし》」（今体詩）と呼ばれる。

近体詩は、斉・梁以来の韻律定型化の動きをうけて、唐代になって完成した詩形を言う。近体詩の定型韻律は、六朝時代の「四声」の調和をめざす煩瑣な規則ではなく、漢語を平声（平らな音調）と仄声（傾いた音調）の二種類に大別し、その調和を追求したものである。

近体詩には次のような種類がある。

絶句（一首が四句でできているもの）
- 五言絶句（一句が漢字五文字）
- 七言絶句（一句が漢字七文字）

律詩（一首が八句でできているもの）〔五言律詩（一句が漢字五文字）<br>七言律詩（一句が漢字七文字）

排律（一首が十二句以上でできているもの）―五言排律（一句が漢字五文字）

近体詩は、宮廷詩人を中心に洗練されていったが、宮廷外の詩人によってもつくられ、多彩な作品が生まれた。

初唐詩は、まず宮廷詩として出発した。唐朝は、西魏、北周、隋の後に、関中政権の流れから生まれたが、文化の面では旧北斉や南朝の文化を積極的に取り入れた。文化的には南朝の方が先進的だったことが大きな原因だった。特に文学においては南朝の文学がもてはやされ、もとの陳朝出身の虞世南《ぐせいなん》（五五八―六三八）や、揚州に家があったため南朝風の文化に親しんだ上官儀《じょうかんぎ》（六〇八―六六四）らは、政治家としては謹厳だったが、宮廷詩人として華麗な詩を多く制作した。ことに上官儀は、六朝以来の艶麗な詩をつくり、その中に典雅な美を加えている。彼の詩は「上官体《じょうかんたい》」と呼ばれて、初唐宮廷詩の初期の典型となった。

## ◈王績

初唐の太宗朝のころ、宮廷の外で活動した詩人の一人に王績《おうせき》（五八五？―六四四）、字は無功《むこう》がいる。王績は、龍門（山西省河津県）の人で、『中説』（『文中子』とも言う）の著者王通《おうとう》の弟である。隋に仕えたが、内乱のために辞職、唐に入ってからふたたび出仕したがまもなく隠退し、故郷の田園で暮らした。酒を愛し、陶淵明を尊敬し、東皐子《とうこうし》と号した。王績の詩は陶淵明の影響をうけ、唐代隠逸詩人の第一人者とされる。「野望《やぼう》」を見る。

東皐薄暮望　　東皐　薄暮《はくぼ》に望み
徙倚欲何依　　徙倚《しい》して何《いず》くにか依《よ》らんと欲する
樹樹皆秋色　　樹樹《じゅじゅ》　皆　秋色《しゅうしょく》
山山唯落暉　　山山《さんざん》　唯《ただ》　落暉《らくき》
牧人駆犢返　　牧人《ぼくじん》　犢《こうし》を駆りて返り
猟馬帯禽帰　　猟馬《りょうば》　禽《きん》を帯《お》びて帰る
相顧無相識　　相い顧りみて相識《そうしき》無し
長歌懐采薇　　長歌して采薇《さいび》を懐《おも》う

東の丘に登って夕暮れの景色を眺めながら、
さまよい歩いてどこに身をよせればよいかと迷う。
木々は見渡す限り秋の色に色づき、
山山はただただ夕日に輝いている。
牛飼いは子牛を引いて帰っていき、
狩り人の馬は獲物を載せて帰っていく。
振りかえっても知る人はいない、
声を引いて歌いながら　「采薇」の歌を歌った伯夷・叔斉のことを思う。

見わたすかぎりの秋の夕暮である。第五・六句で、秋景色の中で家に帰ってゆく人々を見つめている。その人々への親しみを抱きながら、世間を捨てた自分が耐えなければならない孤独を自分でたしかめている。隠逸者の厳しく澄んだ心の世界を描いた詩である。最後に伯夷・叔斉のことを想起している。美しい「落暉」の中で彼らの高潔さを慕っているのだが、同時に、国家を捨てた彼らの生き方の厳しさを思いおこしていることが伝わってくる。

### ◈文章四友

太宗の没後、病弱な第三代高宗が後をついだが、その皇后となった武氏（武照《ぶしょう》。六二四—七〇五）が実権をにぎるようになり、高宗の没後、六九〇年にみずから帝位についた。中国史上ただひとりの女帝、武則天《ぶそくてん》（日本では「則天武后《そくてんぶこう》」と呼ばれることが多い）である。

武則天期の宮廷詩人を代表するのは、李嶠《りきょう》（六四四—七一三）、蘇味道《そみどう》（六四八—七〇五）、崔融《さいゆう》（六五三—七〇六）、杜審言《としんげん》（六四七?—七〇八）の四人である。彼らはみな、進士科に及第して科挙官僚となっている。彼ら四人をあわせて「文章四友」（文章の四友）と呼ぶ。文章四友の詩は、六朝以来の華麗な表現をひきつぎながら、動的で生き生きとした感覚を持つようになってきている。杜審言の五言律詩「和晋陵陸丞早春遊望」（晋陵《しんりょう》の陸《りく》丞《じょう》の早春遊望に和す）を引く。

独有宦遊人　　独り有り　宦遊《かんゆう》の人
偏驚物候新　　偏《ひと》えに驚く　物候《ぶっこう》の新たなるに

雲霞出海曙
梅柳渡江春
淑気催黄鳥
晴光転緑蘋
忽聞歌古調
帰思欲霑巾

雲霞《うんか》　海を出でて曙《あ》け
梅柳《ばいりゅう》　江を渡りて春なり
淑気《しゅくき》　黄鳥を催《もよお》し
晴光　緑蘋《りょくひん》に転ず
忽ち古調を歌うを聞けば
帰思　巾《きん》を霑《うるお》さんと欲す

ひとり　異土で官僚となっている私は、
季節が新たになったことに　ただ驚く。
雲と朝の光が海からあらわれて夜は明け、
梅と柳は長江をわたって花開き　春はひろがってゆく。
春ののどかな気が　黄鳥（うぐいす）の声をいざない、
晴れた光が　緑の水藻にきらきらとゆれ動く。
思いがけず　あなたの古雅な歌を聞いたために、
都に帰りたいという思いで　涙が手巾を濡らすほどに流れる。

杜審言が地方官だったとき、隣県の丞だった陸某から詩を贈られ、それに和した詩である。第三・四句の対句は、「雲霞」、「梅柳」、「曙」、「春」など華麗な言葉をつらねているが、それを「出海」、「渡江」という雄大な動きの中でとらえている。第五・六句の対句も、「催」、「転」という動詞が鮮やかである。光が水草のうえに「転」

ずるという表現は、光を動きとしてとらえている。こうした動的な表現感覚が、杜審言らの特徴である。

文章四友の周辺には、宋之問《そうしもん》(?—七一三)、沈佺期《しんせんき》(六五六?—七一三?)がいる。二人は同期の進士で、宮廷詩人として知られ、律詩の詩形の確立に功労があった。

### ◈初唐四傑

宮廷の外で活躍する詩人も数を増した。王勃《おうぼつ》(六四九—六七六)、楊炯《ようけい》(六五〇—?)、盧照鄰《ろしょうりん》(六三五—六八四)、駱賓王《らくひんのう》(六四〇?—六八四?)らで、この四人をあわせて「初唐四傑」(初唐の四傑《しけつ》)と呼ぶ。四人はみな科挙に合格したが、官僚としては失敗し、中央の宮廷とは縁がうすかった。彼らはまた、人生の後半において、それぞれに不幸にみまわれた。ことに盧照鄰は業病におかされて、長い闘病生活をつづけ、ついに潁水《えいすい》(河南省)に身を投げてみずから死を選んだ。また駱賓王は、武則天の専権に対して反乱を起こした李敬業《りけいぎょう》(徐敬業)の軍にくわわり、反乱軍が壊滅したとき、行方不明になった。

初唐四傑は、それぞれに内面性の強い特異な詩を残している。盧照鄰は業病におかされた人生を通じて、厳しく死と向きあった。彼の「釈疾文」(疾《やまい》を釈《す》つる文)は、病気から解きはなたれる文という意で、つまり死を決意する文ということである。その文につけられた三首の歌「釈疾文三歌」の第三首を引く。

茨山有薇兮　　茨山《しざん》に薇《び》有り
潁水有漪　　潁水に漪《い》有り
夷為柏兮秋有実　　夷《い》は柏《はく》と為りて　秋に実《み》有り

叔為柳兮春向飛　　叔《しゅく》は柳と為りて　春に飛ばんとす
倏爾而笑　　　　　倏爾《しゅくじ》として笑い
汎滄浪兮不帰　　　滄浪《そうろう》に汎《うか》びて帰らざらん

具茨山《ぐしざん》には（伯夷・叔斉が命をつないだ）薇があり、
潁水にはさざ波がたっている。
伯夷は　今では柏《かしわ》の木となって　秋には実をつける。
叔斉は　今では柳の木となって　春には綿帽子を飛ばすだろう。
（そのことに気づくと）たちまち私は笑って（心を決める）、
（屈原のように）青い水に浮かび　もう帰らないだろう。

伯夷・叔斉は亡くなっているが、彼らは柏や柳の木となって、実をつけ、綿を飛ばす。目の前にある柏や柳の木を、伯夷・叔斉の生まれかわったすがたと見ている。業病の中で育んできた深い生命観により、転生というものを、このように現実的に感じとっている。そしてその転生を信じて、死をえらぶことを決心する。生命にみちた世界を信頼して、悲劇的な決断をするのである。

駱賓王は、おそらく武則天を批判したために投獄され、獄中でいくつかの詩をつくっている。その中の一つに「獄中書情通簡知己」（獄中に情を書して簡《かん》を知己に報ず）があり、その中で、

入穽方揺尾　　穽《せい》に入りては方に尾を揺るがせ

迷津正曝腮　津《しん》に迷いては正に腮《えら》を曝《さら》す

と言う。猛々しい虎でも落とし穴に落ちてしまえば人間を恐れて尾を揺らす、行き場に迷って陸に上がった魚は鰓をさらしてあえぐしかない。投獄された自分のみじめなすがたである。獄吏をおそれ、あえいでいる自分を、冷徹に描いている。獄中で、どれほど誇り高く生きようとしても、卑屈にならざるをえない自分を見つめているのである。こうした厳しい自己観察を含む詩が、登場してきたのだった。

### ◈七言歌行

盧照鄰と駱賓王は、「七言歌行」の作者でもあった。「七言歌行」は、七言句を主とした長編詩で、しばしば琵琶の伴奏などをともなって、朗誦されたものである。

盧照鄰の「長安古意」、駱賓王の「帝京篇」は、帝都長安の華やかさを克明に描いた長編で、七言歌行体の代表とされる。七言歌行体の作品は、こうした長安・洛陽などの華やかなにぎわいを、流麗な口調で情熱的にものがたることが多い。そして最後には一転して、そのにぎわいの滅びやすいこと、人の世が無常であることを述べる。

盧照鄰・駱賓王の作のほかに、劉希夷《りゅうきい》（六五一—六八〇？）の「代悲白頭翁」（白頭を悲しむ翁に代わりて）も知られている。これは副都洛陽の華やぎを描いている。冒頭に、

洛陽城東桃李花　洛陽城《らくようじょう》東《とう》　桃李の花

飛来飛去落誰家　　飛び来たり飛び去りて　誰《た》が家にか落つる

と言う。そして、「花」、「落」、「洛陽」などの語をくりかえし、桃と李の花の華麗さをたたみ重ねるように描く。そうしながら、それにからむように、人の世のはかなさを語る。

古人無復洛城東　　古人　復た洛城の東に無く
今人還対落花風　　今人　還《ま》た対す　落花の風
年年歳歳花相似　　年年歳歳《ねんねんさいさい》　花　相い似たり
歳歳年年人不同　　歳歳年年　人　同じからず

「昔の人はもう洛陽の東の地には無く、今の人が(昔の人のように)花を散らす風に向きあっている。毎年毎年、花は同じように咲くが、毎年毎年、それを見る人は同じではない。」と言うのである。

このような無常の思いが、七言歌行体の作にはたびたびあらわれる。しかし、この詩からもあきらかなように、七言歌行は無常観を描きながら、繁華の描写に大部分が割かれている。にぎわいと滅びの対比や落差を、情熱的に語るのであるが、その底には躍動する生命力への共感が、流れている。

## ◈陳子昂

初唐の終わりのころ活動した詩人の一人に、陳子昂《ちんすごう》がいる。陳子昂(伯玉《はくぎょく》。六六一―七〇二)は、梓州《ししゅう》射洪

（四川省射洪県）の人。二四歳で進士に合格し、主に軍務につき、辺境地帯に従軍した。権力者を恐れず、たびたび直諫したが受け入れられなかったため、辞職して帰郷。県令におとしいれられ、獄死した。詩においては、漢・魏の気骨のある作風を重んじて、復古的な作品を多くつくり、雄大な盛唐詩の先駆となった。「登幽州台歌」（幽州《ゆうしゅう》台《だい》に登る歌）を見る。「幽州台」は、現在の北京北郊にあった高楼。契丹《きったん》遠征に従ったときの作。幽州は、当時、東北の辺境だっただけでなく、戦国時代の燕国の地でもあった。

前不見古人　　前に古人を見ず
後不見来者　　後に来者を見ず
念天地之悠悠　　天地の悠悠たるを念《おも》い
独愴然而涕下　　独《ひと》り愴然《そうぜん》として涕《なみだ》下る

前を見ても　古人のすがたは見えない、
後ろをふりかえっても　未来の人は見えない。
天地の果てしないことを思うと、
ただ一人　悲しみにくれて涙が流れ落ちる。

空間の雄大さが、過去、現在、未来をつらぬく時間の長さを、強く感じさせる。末の句で「独愴然而涕下」（独り愴然として涕下る）と言っている。圧倒的な時間と空間に対して、自分という存在の小ささに打たれているのである。しかしそれは、巨大な世界と向きあっている自己を自覚したときの激しい意識でもある。

陳子昂にとって、懐古は、雄大な古代との出会いの場だった。古代との交感を介して、陳子昂は自分の存在の小ささを感じるという形で、彼自身の中に雄大な力を自覚したのである。

## 2　盛唐詩

### ◈初唐から盛唐へ

武則天の死にともなって登場してきたのが、玄宗《げんそう》(李隆基《りりゅうき》。六八五―七六二)である。玄宗は武則天やその一族の支配を終わらせ、李氏の嫡流による政治を復活させ、諸制度をととのえ、文化事業を推進した。その結果、開元年間(七一三―七四一)は平和で安定した政治が行なわれ、「開元の治」と呼ばれる。特に詩の分野では唐代を代表する詩人が次々にあらわれ、詩の黄金時代が現出した。このため、玄宗の治世を中心とする約五〇年間を、盛唐の時代と呼ぶ。盛唐とは、文学史の用語だが、唐王朝の最も繁栄した時代という意味で、政治史・経済史・文化史などの分野でも用いられている。この時期の主な詩人に、孟浩然《もうこうねん》(六八九―七四〇)、王《おう》維《い》(摩詰。六九九―七五九)、李白《りはく》(太白。七〇一―七六二)、杜甫《とほ》(子美。七一二―七七〇)がいる。

だが、玄宗朝の後半、天宝年間(七四二―七五六)に入ると、社会・経済のさまざまな面に矛盾があらわれてきて、王朝の繁栄にかげりが見えてきた。玄宗は政治への関心を急速にうしない、楊貴妃《ようきひ》との愛情に溺れて、拡大してゆく社会矛盾を放置した。そのため、辺境の守りについていた節度使《せつどし》(辺境の軍事・行政をつかさどる長官。軍隊の司令官と地方行政長官を兼ね、強大な権力を持った)の一人、平盧節度使兼范陽節度使安禄山《あんろくざん》(七〇三?―七五七)が、天宝一四(七五五)年一一月に反乱を起こし、またたく間に洛陽・長安を占領してしまった。

これを「安禄山の乱」と言う(安禄山の後継者が史思明だったので「安史の乱」とも言う)。「安禄山の乱」は七六三年までつづき、中国は混乱におちいった。反乱が終息しても社会の混乱はつづき、唐王朝の衰退は、とりかえすことのできないものとなった。

### ◈辺塞詩

広大な辺境地帯の風物と、そこに遠征したり旅したりした者の感興を描く詩を「辺塞詩《へんさいし》」と呼ぶ。辺塞詩は、すでに六朝時代にも見られ、唐代においても初唐のころから制作されていた。駱賓王や陳子昂らは、すぐれた辺塞詩人でもあった。

盛唐になると、辺塞詩が数多くつくられるようになる。それは、辺境の経営が王朝にとって重大な課題となり、多くの知識人が辺境に出てゆくようになったためであり、また辺塞詩が詩の一分野として強く意識されてきたためでもある。盛唐の辺塞詩人として知られているのは、王翰《おうかん》(六八七—七二六?)、王之渙《おうしかん》(六八八—七四二)、王昌齢《おうしょうれい》(七〇〇?—七五五?)、高適《こうせき》(七〇二?—七六五)、岑参《しんじん》(七一五—七七〇)らである。王翰の「涼州詞《りょうしゅうし》」を見る。「涼州詞」は、「涼州曲」とも呼ばれ、八世紀に西方から入ってきた音曲とそれにあわせた詩を言う。涼州(甘粛省武威県)は、西北辺境の中心地で、軍事基地でもあった。

葡萄美酒夜光杯　　葡萄《ぶどう》の美酒　夜光《やこう》の杯《はい》
欲飲琵琶馬上催　　飲まんと欲すれば　琵琶《びわ》　馬上に催《もよお》す
醉臥沙場君莫笑　　酔いて沙場《さじょう》に臥《ふ》すとも　君　笑う莫《な》かれ

古来征戦幾人回　　古来　征戦《せいせん》　幾人か回《かえ》る

ブドウの美酒を　ガラスの杯にそそぎ、
それを飲もうとすると　誰かが馬上で琵琶をかきならす。
私が酔って砂漠の戦場にたおれ臥しても　君よ笑わないでくれ。
昔から　出征した兵士たちの何人が　無事に故国に帰ることができたであろうか。

「葡萄美酒」は、ワイン。「夜光杯」は、ワイン・グラス（夜光玉の杯とする説もある）。ワインも「琵琶」も、シルクロードを経て西方からもたらされた。華麗で妖しい酒と音楽に、兵士は耽溺しようとする。それは、彼が「沙場」（砂漠の戦場）にいるからである。砂漠は異民族との闘争の地だったから、兵士にとっては、自分の死を意識せずにいられない地だった。だが、兵士の心中の苦しみを描きながら、この「涼州詞」には、奔放な輝かしさがともなっている。盛唐の時代、辺塞はまだ人々に壮大な夢をあたえる場所だった。

岑参は、王翰よりも後の世代の詩人である。安西四鎮節度使高仙之《こうせんし》に従って西域に出た。天宝一〇載（七五一）、高仙之ひきいる唐軍は、タラス河畔で大食（イスラム帝国）軍と会戦するが敗れる。岑参はその敗戦を経験して帰還している。辺塞の情勢は暗転しつつあった。しかし彼は、その後も西域各地をあるき、ひきつづき辺塞詩をつくった。七言絶句「磧中作」（磧中《せきちゅう》の作）の第三・四句に、

今夜不知何処宿　　今夜は知らず　何《いず》れの処《ところ》にか宿《しゅく》せん
平沙万里絶人煙　　平沙　万里　人煙を絶つ

と言う。題名の「磧」は、砂漠。砂漠のただ中での作である。今夜どこでどうして眠るのか。そのあてもないまま、砂漠の中を、馬を走らせてゆく。感傷の気配を持たない詩であるが、王翰の作にくらべて切迫した暗さが感じられる。その中でも、馬を走らせつづける孤独の厳しさが伝わる。こうした種々の辺塞詩は、果敢な気風を示すものとして、同時代から好まれた。

## ◈孟浩然

唐代の自然詩人として知られているのは、盛唐の王維(六九九―七五九)、孟浩然(六八九―七四〇)と、中唐の韋応物《いおうぶつ》(七三七―?)、柳宗元《りゅうそうげん》(七七三―八一九)の四人である。四人をあわせて「王孟韋柳」と呼ぶ。

孟浩然は、字も浩然と言い、襄陽(湖北省)の人である。科挙に合格できず放浪したのち、故郷のちかくの鹿門山《ろくもんざん》に隠棲した。張九齢《ちょうきゅうれい》や王維の力添えで仕官をしかけたこともあったが、結局もとの隠棲生活にもどり、生涯を終えた。王昌齢、李白、王維らとまじわり、彼らから深く尊敬された。

孟浩然の自然詩は、自然の動きを一瞬の場面の中にとらえて描きだす。「題義公禅房」(義公《ぎこう》の禅房に題す)の第三・四句に、

戸外一峰秀　　戸外　一峰秀《いっぽうひい》で
階前衆壑深　　階前　衆壑《しゅうがく》深し

と言う。「義公」の禅室のまわりに広がる自然を描いたものである。戸口の外には、いきなり一つの峰がそびえ、きざはしの前には、いきなり谷々がひろがっている。見た瞬間にその光景が生まれたかのように、孟浩然はとらえる。しずかな自然の景観の奥にある、力と動きを描くのである。

### ◈王維

王維(摩詰)は、太原(山西省太原市)の人。若くして詩才をみとめられ、音楽、絵画にも秀でていた。開元七(七一九)年の進士に及第し、給事中にまですすんだ。安禄山の乱において賊軍に捕らえられ、強要されて安禄山の朝廷に出仕した。乱後、重罪となるところ、弟の嘆願によって救われ、のちに尚書右丞《しょうしょゆうじょう》にいたった。

王維は宮廷詩人としても活躍したが、終南山のふもとの藍田《らんでん》(陝西省)に輞川荘《もうせんそう》という別荘をいとなみ、その自然を楽しんだ。輞川荘の景色をえらんで五言絶句をつくり、友人の裴迪《はいてき》と唱和して『輞川集』を編んだ。仏教に帰依し、陶淵明、謝霊運の流れをうけついで自然詩の新しい境地をひらいた。『輞川集』に収められている五言絶句「鹿柴《ろくさい》」の後半を引く。「鹿柴」は、鹿を飼うための柵(野鹿をふせぐための柵とも言う)。

返景入深林　　返景《へんえい》　深林《しんりん》に入《い》り
復照青苔上　　復た照らす　青苔《せいたい》の上
夕日の淡い光が　深い林にとどき、
そして　緑の苔のうえを照らす。

夕ぐれのあわい光が深い林の中にとどき、緑の苔の上にたゆたう。ここには、光の神々しい色あいや、その感触までとらえる特異な感性が見える。この詩は「実景の描写を越えて、王維が抱く抽象美を、ほとんど象徴詩として示した」(鈴木修次『唐代詩人論 一』講談社学術文庫、一九七九年、二六六頁)とも言われる。王維の詩は現実の人間の日常をこえた神々しい世界を体感させることが多い。

「過香積寺」(香積寺《こうしゃくじ》に過《よぎ》る)を引く。「香積寺」は、終南山の中にあった寺。

不知香積寺　香積寺を知らずして
数里入雲峰　数里　雲峰《うんぽう》に入る
古木無人逕　古木　人逕《じんけい》無く
深山何処鐘　深山　何処《いずこ》の鐘ぞ
泉声咽危石　泉声　危石《きせき》に咽《むせ》び
日色冷青松　日色　青松《せいしょう》に冷《ひや》やかなり
薄暮空潭曲　薄暮《はくぼ》　空潭《くうたん》の曲《きょく》
安禅制毒龍　安禅《あんぜん》　毒龍を制す

香積寺がどこにあるかも知らないまま、
数里歩いて　雲の峰に入ってしまった。
古びた木々がしげり　人のかよう道も無く、
深い山の中　どこからあの鐘の音は響いてくるのか。

泉の水は　きりたった岩にあたってむせび、
日の光は　緑の松を冷たく照らしている。
夕暮れのいま　誰もいない潭《ふち》のほとりで、
一人の僧がしずかに座禅をして　心の迷いを鎮めている。

第四句で、「深山」に「鐘」の響きがとどくと、王維の心は人間の現実をこえてゆく。第五句で、石をうつ泉流の音が身近に聞こえると、ますます現実から離れてゆく。そして「日色」が緑の松を照らすとき、つまり光がとどくとき、神々しい世界が立ちあらわれる。現実の山間（香積寺）の景は、一気に神聖な空気につつまれる。第七・八句は、王維が目にした僧侶のすがたとされる。王維の詩は、自然をどこまでもしずかに描くのだが、音と光を介して、そのむこうに現実をこえた、神聖性をおびた世界を現出させる。世界を現実に見える相だけでとらえるのではなく、その向こうに、現実をこえた相を感覚するところに、王維の鋭い感性がある。

## 3　李白と杜甫

### ◈李白

盛唐の中期から後期にかけて、盛唐だけでなく中国古典詩を代表する二人の詩人があらわれた。李白と杜甫である。李白と杜甫は、盛唐の気風をうけとめて、雄大な詩を生みだした。しかし両者の作風には大きな違いがあり、盛唐詩の豊かな可能性をそれぞれに実現したものと言える。

盛唐の自由奔放な精神を代表する詩人は、李白（太白。七〇一―七六二）である。李白の生地及び生涯については、諸説あるが、通説に従って以下に示す。

李白、字は太白。号は青蓮居士《せいれんこじ》。蜀の青蓮郷（四川省綿陽県付近）の人。しかし出生地は中央アジアの砕葉《さいよう》（スーヤップ）だったという説もある。若い頃から各地を遍歴し、道士や隠者とまじわり、自由奔放な詩をつくった。賀知章《がちしょう》の推薦によって玄宗の宮廷に出仕し、翰林供奉《かんりんぐぶ》（侍従官）となったが、飲酒をこととし、素行が修まらなかったため、宦官の高力士《こうりきし》と衝突し、宮中から追われた。再び各地を放浪し、高適や杜甫と出会い、しばらく旅をともにするなどしたが、安禄山の乱に際して永王璘《えいおうりん》の軍勢に参加した。永王の行動が反乱と見なされたため、李白も罪を問われ、夜郎《やろう》（貴州省桐梓県）に流される。すぐに許されて、長江を下って帰ったが、病にたおれ亡くなった。生来、酒を好み、束縛を嫌い、一所に定住することができなかった。奔放な生き方をつらぬき、「詩仙《しせん》」と呼ばれる。『李太白集』三〇巻がある。

### ◈李白の絶句

李白は、近体詩の中では制約の多い律詩よりも、比較的制約の少ない絶句を好み、また古体詩を好んだ。七言絶句「贈汪倫」（汪倫《おうりん》に贈る）を見る。

李白乗舟将欲行　　李白舟に乗りて将《まさ》に行かんと欲す
忽聞岸上踏歌声　　忽ち聞く　岸上《がんじょう》　踏歌《とうか》の声

桃花潭水深千尺　　桃花潭水《とうかたんすい》　深さ千尺
不及汪倫送我情　　及ばず　汪倫《おうりん》の我を送る情に
私李白は舟に乗り　今まさに旅立とうとしていた。
その時ふいに聞こえてきた　岸辺で村人たちが足を踏み鳴らして歌う声が。
桃花潭の水は深さが千尺もあると言うが、
及びはしない　汪倫が私を送ってくれる心の深さには。

「汪倫」は、宣州涇県《けいけん》(安徽省)の農民の名。酒造りの名人だったという。詩は冒頭から「李白」と自分を呼ぶ。相手も「汪倫」と、本名そのままで呼んでいる。自分も相手の農民も、まったく分けへだてなく本名で呼ぶところに、率直な李白の感性があらわれている。李白は汪倫のつくった酒を楽しんで、今まさに旅立とうとしている。そのとき、突然「踏歌」の声が聞こえてきた。「踏歌」は、人々が列をつくるなどして、足を踏み鳴らして歌う歌。汪倫が村人とともに、別れを惜しんで歌い踊っていたのである。それを聞いて李白は、足もとの「桃花潭」の深い水よりも深い汪倫の友情を、感じ取った。桃花潭の水の深さと汪倫の友情を比較する、その奔放で飛躍の大きい表現がこの詩に躍動感をあたえている。

## ◈天の我が材を生ずるは必ず用有り

李白は絶句だけでなく、楽府を含む古体詩(古詩)にも優れていた。古詩は、近体詩の定型韻律を必要とせず、どのような展開も自由だった。それが李白の奔放な表現感覚によく合ったのである。「将進酒《しょうしんしゅ》」の前半を引く。

君不見　　　　　　君見ずや
黄河之水天上来　　黄河の水　天上より来たり
奔流到海不復回　　奔流《ほんりゅう》して海に到りて復た回《かえ》らざるを
君不見　　　　　　君見ずや
高堂明鏡悲白髪　　高堂《こうどう》の明鏡に白髪を悲しみ
朝如青絲暮成雪　　朝《あした》に青絲《せいし》の如きも暮れには雪と成るを
人生得意須尽歓　　人生　意を得なば須《すべから》く歓を尽くすべし
莫使金樽空対月　　金樽《きんそん》をして空しく月に対せしむる莫《な》かれ
天生我材必有用　　天の我が材《ざい》を生ずるは必ず用《よう》有り
千金散尽還復来　　千金散じ尽くすも還《ま》た復《ま》た来たらん
烹羊宰牛且為楽　　羊を烹《に》　牛を宰《ほふ》りて　且《しばら》く楽しみを為し
会須一飲三百杯　　会《かな》らず須く一飲三百杯なるべし

君よ　見たまえ、
黄河の水は天上からやってきて、
ほとばしり流れて海に行き着けば　もう二度と帰ってこないのを。
君よ　見たまえ、

高殿の明るい鏡に白髪を悲しむ人は、
朝には黒い糸のようだったのに　夕暮れには白い雪になっているのを。
だから人生で心にかなうことがあれば　必ず喜びを尽くすべきだ、
黄金の樽を空しく月に向かいあわせていてはいけない。
天が私という存在(才能)を生んだのは　必ず必要(用いる所)があるからなのだ、
千金を使い果たしたとて　金はいつか再びやってくるだろう。
羊を煮て　牛を料理して　ともかく楽しみ、
必ずやきっと　一気に三百杯を飲みほそうではないか。

「君不見」という呼びかけは、作者から読者(歌い手から聞き手)への呼びかけである。ここから六句を費やして、時間の流れの速やかさ、その不可逆性が描かれる。黄河の水は、あっという間に流れさり、海にたどり着けばもどってくることはない。鏡の中の人のすがたは、黒髪がたちまち白髪に変わってしまい、二度と黒髪にはもどらない。そうした人間の宿命を描いた後、そうした宿命を背負っているからこそ、存分に酒を飲もうと、第七句で視点を逆転させる。酒は、李白にとって、宿命への反抗である。後半の華やかで力強い酒への意志の表現は、前半の時間表現に対応している。時間という宿命に対峙する人間の力強さが、この詩の特徴である。

そしてそれを支えているのが、第九句の「天生我材必有用」(天の我が材を生ずるは必ず用有り)という認識である。私が存在している以上、私には意味がある。「我」は何か超越的な意味・必要性をもって、「天」によってこの世界に生みだされたのだ——という直感が、この詩の豪放な飲酒を支えている。人生ははかないから、せめて酒を飲もうという六朝時代の楽府や古詩の、暗い影のある飲酒とは、大きく違っているのである。このような自信と雄大な想像力にみちた時代が盛唐であり、その気風をもっともよく体現した詩人が、李白だった。

### ◈杜甫の生涯

杜甫(子美。七一二—七七〇)は、李白よりも一まわり下の世代である。杜甫は、盛唐といっても後半の混乱の時代に深くかかわることになった。

杜甫、字は子美。少陵《しょうりょう》と号した。襄陽(湖北省)の人。洛陽近郊で育った。誠実な人柄で、厳格な韻律美を追求し、律詩の作者として有名である。同時に、社会への関心が強く、政治の矛盾や庶民の苦しみを描いた古体詩にも優れていた。遠祖に名将で歴史学者でもあった杜預《どよ》があり、祖父は初唐の詩人杜審言《としんげん》だった。李白が老荘思想を好んだのとは大きく異なり、儒教をふかく身につけ、官僚となって政治に携わることをめざしたが、科挙には合格しなかった。若いころは『文選』を深く学び、一時は李白と放浪をともにし、文学的影響をうけた。天宝一四(七五五)載、四四歳の冬に右衛率府冑曹参軍として朝廷に出仕することとなり、北方にあずけていた妻子を見舞っているとき、安禄山の乱が起こる。

長安では、玄宗皇帝がわずかの近衛兵に守られて都を脱出、とり残された官僚たちは安禄山の軍勢に捕らえられるというありさまになっていた。杜甫は皇太子が即位して(粛宗《しゅくそう》)霊武《れいぶ》にいることを知り、その地をめざしたが、途中で反乱軍に捕らえられ、長安に監禁された。半年後、長安を脱出、命がけで粛宗のもとに馳せ参じ、左拾遺《さしゅうい》の官職をあたえられる。しかし、粛宗と考えが合わず、華州(陝西省)司功参軍に左遷され、飢饉に遭うなどしたため官職を捨てて流浪する。家族を連れて、飢餓に追われる旅をつづけ、成都(四川省)で一時期安定した暮らしを得たこともあるが長くつづかず、舟で長江を下り、途中で亡くなった。李白を「詩仙」と呼ぶのに対して、杜甫は「詩聖《しせい》」と呼ばれる。また晩唐の杜牧を「小杜」と呼ぶのに対して、杜甫は「大杜」「老杜」と呼ばれる。格調の高い律詩のつくり手であるが、社会性がその中にも貫かれている。古体詩においては、その社会的関心はより具体的に表現され、次の中唐の詩人たちに大きな影響をあたえた。『杜工部集』二〇巻がある。

### ◈杜甫の古体詩

杜甫の古体詩の中から、「羌村《きょうそん》三首」其一を引く。安禄山の乱によって長安に捕らえられていた杜甫が、長安脱出の後、左拾遺となり、北方の羌村(陝西省)に避難させていた妻子のもとに帰りついたときの詩である。

崢嶸赤雲西　　崢嶸《そうこう》たる赤雲《せきうん》の西
日脚下平地　　日脚《にっきゃく》　平地に下る
柴門鳥雀噪　　柴門《さいもん》　鳥雀《ちょうじゃく》　噪《さわ》ぎ
帰客千里至　　帰客《きかく》　千里より至る
妻孥怪我在　　妻孥《さいど》　我が在るを怪《あや》しみ

驚定還拭涙　　驚き定まって還《かえ》って涙を拭《ぬぐ》う
世乱遭飄蕩　　世乱れて飄蕩《ひょうとう》に遭《あ》い
生還偶然遂　　生還《せいかん》　偶然に遂《と》げたり
隣人満牆頭　　隣人　牆頭《しょうとう》に満ち
感歎亦歔欷　　感歎して亦た歔欷《きょき》す
夜闌更秉燭　　夜闌《たけなわ》にして更に燭《しょく》を秉《と》り
相対如夢寐　　相い対すれば夢寐《むび》の如し

空高くそびえる赤い夕やけの雲の西から、
太陽の光の筋が　大地のうえに落ちてくる。
柴の戸のあたりで鳥や雀がさわぎはじめたとき、
旅人(私)が　千里の彼方から家にたどりついた。
妻と子どもたちは私が戸口に立っているのを不思議そうにみつめ、
(私に気づいて)驚きがおさまってから　かえって涙をぬぐいはじめた。
この世は乱れて　さすらいの運命に出会い、
生きて還ることができたのは　偶然に過ぎない。
近所の村人たちは　土塀のあたりにいっぱいになり、
感歎して　そしてすすりないている。
夜がふけて　さらに　ともしびを改め、

おまえと向きあっていると　すべてはまるで夢のようだ。

家の門口にたどりついた杜甫を、妻と子どもたちは、しばらくじっと見つめていた。そして驚きがおさまってから、かえって涙をぬぐいはじめた。「妻孥怪我在、驚定還拭涙」（妻孥　我が在るを怪しみ、驚き定まって還って涙を拭う）。杜甫は、この瞬間の「妻孥」のすがたを、小さな動きに注目して克明に描きだしている。そこに、引き裂かれていた家族の再会の、重々しい意味があらわれているからである。

杜甫の詩の社会性はさまざまなあらわれかたをしている。「兵車行」などの楽府や古体詩には、痛烈な社会批判の作品が多い。そうした鋭い社会批判詩においても、杜甫はこの「羌村三首」詩と同じように、人間の生活の細部に注目し、そこに大きな意味を見いだそうとする。庶民の生活の小さな事実に注目し、そこから大きな問題を発見してゆくのである。「石壕吏」（石壕の吏）では、老婆が役人に生活の困苦を申したてる場面で、兵隊にとられた息子の嫁のありさまを、次のように語る。

有孫母未去　　孫有れば　母　未だ去らざるも
出入無完裙　　出入するに　完裙《かんくん》無し

孫がいるから、その母親（嫁）は逃げださずにおりますが、この嫁には家を出入りする時にもまともなスカート一枚ありません。嫁は「完裙」（まともなスカート）一枚さえ持っていないと言いつのる老婆のすがたによって、政治を根本的に批判するのである。細部のリアリティによって深刻な政治批判をし、また人間の本質的な温かさを描く。そういう眼差しを、杜甫が常に自分に課していたことがうかがえる。

### ◈杜甫の律詩

杜甫は、近体詩においては絶句よりも律詩に才能を発揮した。李白が絶句を好んだのと、くっきりとした対照をなしている。このため「李絶杜律《りぜっとりつ》」という言葉が生まれたほどである。杜甫は直感的な感覚よりも、重厚で厳格な構成を大切にしたのである。五言律詩の例として、「登岳陽楼」(岳陽楼に登る《がくようろう》)を引く。家族をともなって流浪し、長江を下って岳陽(湖南省)に至り、有名な岳陽楼(岳陽城の西北にあった高楼)にのぼって洞庭《どうてい》湖《こ》(湖南省にある中国最大の湖)を望んだときの詩である。

昔聞洞庭水　　昔聞く　洞庭の水
今上岳陽楼　　今上《のぼ》る　岳陽楼
呉楚東南坼　　呉楚《ごそ》　東南に坼《さ》け
乾坤日夜浮　　乾坤《けんこん》　日夜浮かぶ
親朋無一字　　親朋《しんぽう》　一字無く
老病有孤舟　　老病　孤舟有り
戎馬関山北　　戎馬《じゅうば》　関山の北
憑軒涕泗流　　軒《けん》に憑《よ》りて　涕泗《ていし》流る

昔　私は聞いていた　洞庭湖の水の巨大なことを、

そして今　私は登る　洞庭湖のほとりの岳陽楼に。
湖水によって呉と楚の地は切り裂かれ、
天と地は　昼も夜も湖水の上に浮かんでいる。
親しかった人たちからはたった一字の手紙もとどかず、
老いて病んだ私にはただ一艘の小舟があるばかり。
戦《いくさ》がまた故郷の北の方で起こっているという、
それを思うと　窓辺に寄り添ったまま涙が流れ落ちる。

冒頭から厳格な対句ではじまっている。雄大な洞庭湖の眺めが、今現実となって目の前に広がる。その感動を、抑制された対句で表現している。実際の風景の雄大さは、第三・四句で描かれる。これも対句である。「呉楚」は、地方の名で、春秋・戦国時代の国名でもある。洞庭湖が二つの国を切り分けているという。「乾坤」は、天地、宇宙。それが昼も夜も浮かんでいるというのは、洞庭湖の水面に映っていることを言う。映ると言わずに「浮」(浮かぶ)と言っている。第五・六句の対句では、急転して自己の孤独が語られる。だがその孤独の表現は、北方の長安や故郷のあたり「関山北」でつづく戦への思いにうけつがれる。自己の孤独から、戦と混乱のおさまらない都への思いにつなげて語る。そこには、律詩にまでつらぬかれる杜甫の社会的意識が見える。

杜甫は、暗転する時代の危機を早くから感じとり、多くの社会批判詩をつくった。一方、厳しい韻律美を実現することに、強烈な意欲を持ちつづけた。前者は古体詩に結晶し、後者は律詩に結晶した。しかし、彼の律詩の中には、やはり社会への関心が生きていて、自分の困難を広い社会全体の状況と重ねて見つめている。そこに彼の律詩の緊張に満ちた美しさが成立している。安禄山の乱という未曽有の困難を経験した時代に、時代の現実と正面から対峙することを、自己の文学の課題としたのだった。

## 三——中唐・晩唐詩

### 1　中唐の社会と文学

#### ◈安禄山の乱以後

安禄山の乱は、七五五年から七六三年までつづき、北中国はもとより、南方にまで混乱が及んだ。七六三年に安禄山の後継者だった史思明が死に、反乱は一応おさまったが、各地で混乱がつづき、しかも異民族の侵入もくりかえされた。

そのような不安定な状況に対応するため、各地に節度使が置かれるようになった。節度使は本来、辺境地帯で異民族の侵入をふせぐために置かれた、地域の軍事・政治の全権をにぎる長官だった。それが、今や中国本土(国内)の各地に置かれるようになったのである。そのため、節度使の支配地域は唐王朝(中央政府)の法令・支配をうけつけないような状態になり、半独立地域となっていった。節度使は、自己の地位を世襲させることが多くなり、中央の支配の及びにくい地域がしだいに増えていった。

朝廷の権威が失墜しただけでなく、実際上の支配領域も狭くなり、節度使の力を借りなければ政治そのものを行なうことが困難になっていた。朝廷は、節度使を任命する権限を持っていたが、実際には世襲化した節度使の指名する後継者(多くの場合は子)を追認するほかなかった。事実上の分裂の状態が進んでいたのである。皇帝は節度使に対して衝突と妥協をくりかえすようになり、みずからの権威と政治力を保つために、科挙官僚の力に頼ることとなった。

### ◈科挙官僚層の意識

科挙官僚層を形成する知識人は、安禄山の乱で疲弊した国家をたてなおそうとして、前代以上に鋭い政治意識を持つようになった。それぞれの政治的主張には違いがあったが、政治に対する責任感と皇帝への忠誠心は強かった。節度使は、皇帝と、それに結びついた科挙官僚・知識人層と対決するために、宦官勢力と結びつくようになり、宮廷はそうした勢力同士の衝突や駆けひきの場となった。知識人たちの多くはこのような複雑な抗争の中で幾度も挫折をしいられ、政治批判の意識を深め、独自の政治思想を展開するようになった。こうして、中唐の詩人たちは、直接に政治批判の詩をつくることをめざしたり、中央から追放された苦悩を描いたり、そうした情況をより高い視点から乗りこえる表現をめざしたりすることとなった。代表的な詩人としては、韓愈《かんゆ》(七六八―八二四)、柳宗元《りゅうそうげん》(七七三―八一九)、白居易《はくきょい》(七七二―八四六)、李賀《りが》(七九一―八一七)などがいる。

## 2　中唐詩

### ◈大暦十才子

盛唐から中唐にかけて、杜甫よりわずかに遅れて活動した詩人に、元結《げんけつ》(七一九―七七二)がいる。元結は、隠逸の思いを描くなど多彩な作を残しているが、中でも鋭い社会批判詩の作者として知られている。また、盛唐の気風を強く残している劉長卿《りゅうちょうけい》（七〇九―七八五）も、盛唐から中唐への橋渡しをした詩人だった。

中唐らしい作風が実際にあらわれてきたのは、「大暦十才子」（大暦《たいれき》の十才子）からと言える。代宗の大暦年間（七六六―七七九）、主に長安で活躍した詩人たちを「大暦十才子」と呼ぶ。彼らは長く都で活動し、詩を唱和しあうなど、文学集団としてのまとまりを持っていた。彼らの作風にも共通した傾向があり、それは「大暦体」と呼ばれる。「大暦体」は、優雅で古典的な世界を尊び、繊細、平明な表現を追求した。「大暦十才子」の中心になったのは、盧綸《ろりん》（七四八―八〇〇?）、銭起《せんき》（七二二―七八〇?）、司空曙《しくうしょ》（七四〇―七九〇?）、耿湋《こうい》（七三四?―?）らである（『新唐書』、『唐才子伝』の説。他の詩人の名を挙げる説もある）。耿湋の五言絶句「秋日」を見る。

返照入閭巷　　返照　閭巷《りょこう》に入る
憂来誰共語　　憂え来たるも　誰と共にか語らん
古道少人行　　古道　人の行くこと少《まれ》に
秋風動禾黍　　秋風　禾黍《かしょ》を動かす

夕日が　村里の巷《ちまた》にさしいってくる。
憂えがわいてきても　誰と語りあえばよいのか。
古い道のあたりには　行く人もまれで、
秋風だけが　稲穂をゆらして過ぎてゆく。

寂寞とした光景と、その中での心情がしずかに語られている。末句で「秋風動禾黍」（秋風　禾黍を動かす）と言う。いつまでも揺れ動く「禾黍」が、語り手の心中の揺れるような寂寥を伝える。繊細な感覚的表現を追求した、余韻ゆたかな詩である。優雅・平明な表現をたいせつにし、情感に富む世界を好んだ十才子の特質をよく示している。

### ◈韓愈

中唐の中・後期は、年号をとって「元和期《げんなき》」または「元和・長慶期《ちょうけいき》」と呼ばれる。元和（八〇六―八二〇）は憲宗の、長慶（八二一―八二四）は穆宗《ぼくそう》の年号である。この時期には、韓愈、白居易、柳宗元らの重要な詩人が出た。

韓愈（退之。七六八―八二四）は昌黎《しょうれい》（河南省）の人と言われ、昌黎先生とも呼ばれる。低い門地の家に生まれ、幼くして父をうしない、早くから生活の苦難を経験した。科挙に合格したが、職が得られず、節度使の下僚として地方を転々とした。その後も官途は多難だったが、しだいに地位は上がった。憲宗のとき、皇帝が仏骨（仏の骨。仏舎利）を宮中に迎えて盛大に祭ったので、「論仏骨表」（仏骨を論ずる表）を奉り、仏教の信ずるに足らないことを強く主張した。このため憲宗の怒りを買い、潮州（広東省）刺史に左遷された。後を追って、家族も長安を追放され、娘の一人は旅の途中で亡くなった。その後、許されて都に帰り、吏部侍郎にまでいたった。死後、礼部尚書を贈られた。散文の改革に努め、長く流行していた「四六駢儷文」を否定し、古代を手本にした自由な文体「古文《こぶん》」を創出した。柳宗元とともに「古文」の創始者とされる。

韓愈が「論仏骨表」を奉り、即日潮州に左遷されたときの詩「左遷至藍関示姪孫湘」（左遷せられて藍関《らんかん》に至り姪孫《てっそん》の湘《しょう》に示す）を引く。

一封朝奏九重天
夕貶潮州路八千
欲為聖明除弊事
肯将衰朽惜残年
雲横秦嶺家何在
雪擁藍関馬不前
知汝遠来応有意
好収吾骨瘴江辺

一封《いっぷう》　朝《あした》に奏す九重《きゅうちょう》の天
夕べに潮州に貶《へん》せらる　路《みち》八千
聖明の為に弊事《へいじ》を除《のぞ》かんと欲す
肯《あ》えて衰朽《すいきゅう》を将《も》って残年を惜しまんや
雲は秦嶺《しんれい》に横たわって　家　何《いず》くにか在る
雪は藍関を擁《よう》して　馬　前《すす》まず
知る　汝の遠く来たるは応《まさ》に意あるべし
好《よ》し　吾が骨を収めよ　瘴江《しょうこう》の辺《ほとり》に

一通の封書（「論仏骨表」）を　朝　九重の朝廷に差し上げたところ、
その日の夕方には　八千里の道のかなたの潮州に流されることとなった。
聖なる天子のために悪弊（仏教を妄信すること）を除こうとしただけだ、
だからどうして老い朽ちた体で残りの人生を惜しんだりしようか（惜しみはしない）。
雲は秦嶺の山々に横たわって　（長安の）我が家は一体どこにあるのだろうか、
雪は藍関をおおい包んで　我が馬は進むこともできない。
私には分かる　お前が遠くまで見送りに来てくれたのには思いがあることを、
よろしい　それならば私の骨を拾ってくれ　あの南方の瘴気《しょうき》たちこめる川の辺で。

姪孫(兄の孫)の韓湘《かんしょう》が藍関まで見送りに来てくれたのに対して贈った詩である。劇的な境遇の変化が、第一・二句で語られる。時間の表現と、場所の表現が入り交じり、運命の激変が鮮明に描かれている。第五・六句の対句「雲横秦嶺家何在、雪擁藍関馬不進」(雲は秦嶺に横たわって　家　何くにか在る、雪は藍関を擁して　馬進まず)は、長安を見下ろすことのできる最後の場所「藍関」で、長安を望もうとした瞬間の描写である。そのような瞬間に、追いついて見送りにきた韓湘の心中を察して、自分の死後のことを頼んだのだった。韓湘が死別を覚悟していることを、韓愈はこの瞬間に覚ったのである。

韓愈は自己の政治的行動について、確信をうしなっていない。詩には、自己の政治理念に確信を持って進もうとする決断の厳しさが描かれている。中唐の時代には、科挙官僚層の政治に対する責任感がきわめて強まっていた。そこには、節度使と宦官勢力によって朝廷の権威が奪われてゆくことへの危機感が伏在していた。時には自己の政治理念に殉ずることも辞さない中唐の詩人たちの一面を、鮮明に示す詩である。

### ◈韓愈の門人たち

韓愈は大きな影響力を持ち、その周辺に多くの詩人をひきつけた。彼らは必ずしも韓愈と師弟関係を結んでいなかったが、周囲からは韓愈の門人と見なされた。孟郊(七五一―八一四)、賈島《かとう》(七七九―八四三)、李賀などが名を知られている。

孟郊と賈島は困窮の生涯をおくった。詩も失意の悲しみを歌うものが多い。詩のつくりかたも、長い時間をかけて一字一句にこだわり、表現に苦しんだ。そのため彼らを「苦吟派」などと呼ぶ。賈島の「三月晦日贈劉評事」(三月晦日《かいじつ》　劉評事に贈る)詩の中に、「風光別我苦吟身」(風光　我が苦吟の身に別る)と言う。今日で春もおわる三月の晦日《みそか》、春の「風光」が、私の「苦吟」する体に別れて去ってゆく。苦吟の中で時間をうしなってゆく自分の宿命をみつめた句である。後に「郊寒島痩《こうかんとうそう》」（孟郊は寒々しく賈島は痩せている）と評されるのは、彼らが一字一句に過度にこだわって、表現が固く痩せた印象だったためである。

　韓愈の門人たちの中で、李賀（長吉《ちょうきつ》。七九一―八一七）は異彩をはなっている。隴西（甘粛省）の人と称するが、実際には福昌（河南省）の人。若くして韓愈に才能をみとめられたが、進士の試験に応じようとしたところ、反対勢力によって受験をさまたげられた。のち太常寺奉礼郎にとりたてられたが、夭逝した。その詩は、幻想的で異常なイメージをつらね、奇怪な表現を積み重ねている。ことに幽鬼（死者の霊）を多く描いたために、「鬼才《きさい》」と呼ばれる。「秋来」詩に、「秋墳鬼唱鮑家詩」（秋墳《しゅうふん》　鬼《き》は唱《うた》う鮑家《ほうか》の詩）と言う。秋の墓場で鮑照の詩を歌う「鬼」は、不気味なイメージであるが、それは李賀自身のすがたでもある。李賀はこうした異様なイメージの中を生き、駆けぬけるようにして死んだ。「雁門太守行《がんもんたいしゅこう》」の前半を引く。

黒雲圧城城欲摧　　黒雲《こくうん》　城を圧《あっ》し　城摧《くだ》けんと欲す
甲光向月金鱗開　　甲光《こうこう》　月に向かいて金鱗《きんりん》開く
角声満天秋色裏　　角声《かくせい》　天に満つ　秋色の裏
塞上燕脂凝夜紫　　塞上の燕脂《えんじ》　夜紫《やし》を凝《こ》らす

黒い雲が城をおしつぶすようにたれこめ、城はくだけようとしている。
甲《よろい》の光は月に向かって輝き、黄金の鱗《うろこ》がきらめいているようだ。
角笛《つのぶえ》の音は、秋のけはいの中で、天にみちてゆき、塞《とりで》のあたりに流された燕脂のような血が、夜、紫にかたまってゆく。

壊滅直前の辺城を描いている。設定そのものが異様だが、その表現感覚の異常なまでの鋭さが際立つ。不気味で研ぎすまされたイメージがたたみ重ねられている。冒頭の「黒雲」から、四句末の「夜紫」に至るまで、異常で華麗な色彩がつづく。李賀は、あくまでも自分にまといつく緊迫したイメージの表現に没頭した。そのことを通して、時代の底にひそんでいた危機感を不気味なイメージの中にとらえたのだった。

### ◈白居易

白居易（楽天。七七二―八四六）、太原（山西省）の人。号は香山居士。低い階層の地方官の家に生まれ、優秀な成績で進士に合格し、左拾遺となる。その間、友人の元稹《げんしん》（七七九―八三一）とともに「新楽府《しんがふ》運動」（新しい民謡体である「新楽府」によって政治・社会を批判する文学運動）を展開した。元和一〇（八一五）年、宰相暗殺事件で江州司馬（江西省）に左遷される。以後、中央にかえり咲くも、中央の政争をきらい、みずから求めて地方の刺史に出た。その後、刑部尚書にいたる。平易な用語で、庶民にも分かりやすい詩を意識的に制作した。自己の詩を、諷諭《ふうゆ》（遠回しに政治を批判する詩）、閑適《かんてき》（しずかに自然を楽しむ詩）、感傷《かんしょう》（男女の愛情を描く詩）に分類し、数次にわたってみずからの詩文集を編集した。その詩文集は『白氏文集《はくしもんじゅう》』（七一巻。『白氏長慶集《ちょうけいしゅう》』と呼ばれる。諷諭の作としては、若いころの「新楽府」が知られており、感傷の詩では「長恨歌《ちょうごんか》」、「琵琶行《びわこう》」が有名である。『白氏文集』は早くから日本にもたらされ、我が国の平安文学に絶大な影響をあたえた。若いころの七言律詩「春中与盧四周諒華陽観同居」（春中　盧四《ろし》周諒《しゅうりょう》と華《か》陽観《ようかん》に同居す。題名一部省略）を見る。「盧四周諒」は、盧家の排行《はいこう》（一族中・同世代の男子の生まれた順序）四番目の男子である周諒。盧周諒は、作者の友人で、不遇だった。
「華陽観」は、長安にあった道教の寺の名。作者らが下宿としていた所。

性情懶慢好相親
門巷蕭条称作鄰
背燭共憐深夜月
蹋花同惜少年春
杏壇住僻雖宜病
芸閣官微不救貧
文行如君尚憔悴
不知霄漢待何人

性情懶慢《らんまん》　好《よ》く相い親しみ
門巷蕭条《もんこうしょうじょう》　鄰を作《な》すに称《かな》う
燭《ともしび》を背《そむ》けては共に憐れむ深夜の月
花を蹋《ふ》んでは同じく惜《お》しむ少年の春
杏壇《きょうだん》　住僻《じゅうへき》にして病いに宜《よ》しと雖も
芸閣《うんかく》　官微《び》にして貧を救わず
文行《ぶんこう》　君の如きに尚《な》お憔悴《しょうすい》す
知らず　霄漢《しょうかん》　何人《なんぴと》をか待つ

私と君は物事にこだわらない性質で　互いに親しみを持った、
あたりの巷《ちまた》は寂しいから　二人がとなり付き合いをするのにはちょうどよいのだ。
燭を壁に向け　部屋を暗くして　君とともに深夜の月を賞《め》で、
散った花を踏んで歩きながら　君とともに若き日の春を惜しむ。
この華陽観の住まいは　ひなびた所だから　君の病を養うには善いが、
芸閣の校書郎の官職はあまりに低く　君の貧乏暮らしを救うことはできない。
文章も徳行もこんなにも立派なのに　それなのに君はやつれ果てている、

(君をとりたてないのなら)朝廷では一体どんな人物をとりたてようと言うのか。

我が国の『和漢朗詠集』「春夜」の部が、この詩の第三・四句「背燭共憐深夜月、蹋花同惜少年春」(燭を背けては共に憐れむ深夜の月、花を蹋んでは同じく惜しむ少年の春)を採っているのは、春の夜の美しさをとらえた表現としてこの対句がことに日本人に好まれたためである。盧周諒という人物と親しくなった経緯、友人への配慮、政治への批判等が語られているが、その中心にあるのは、二人がともに過ごす春の夜の美しさである。美しい「春夜」をめでる気持ちを共有することによって、二人の友情は結ばれた。その美への共感によって結ばれた友情がこの対句によってみごとに示されている。

### ◈他者との共感

政治的に緊張を強いられた時代の中で、自然に親しむ日常のおだやかさを白居易は求めた。彼の閑適詩は、自然美だけを描くよりは、自然と人間のかかわり、自然に触れるときの人間の心情の動きを描くことが多い。李賀が異様な感覚を呼びおこす表現の隔絶性を追求したのに対し、白居易は、他者との共感と、表現の共有性を追求したのだった。白居易の詩は「平易」であるとか、「元軽白俗《げんけいはくぞく》」(元稹の詩は軽薄で白居易の詩は低俗だ)などと言われるが、それは彼が他者と共有できるイメージを重視したということでもある。白居易の詩には、しばしば「情」という言葉が出てくる。その「情」は、多くの場合、作品世界の中で人間と人間をつなぐ心情として登場する。「琵琶行」の中で、船中に琵琶をひきはじめる女性のさまを、

転軸撥弦三両声　軸を転じ弦《げん》を撥《はじ》いて　三両声《さんりょうせい》
未成曲調先有情　未だ曲調を成さざるに　先《ま》ず情有り

と言う。まだ曲がはじまっていないのに、琵琶の弦をはらっただけで、もう「情」があると言うのである。琵琶の音を介して、女性から白居易に伝わってきて両者に共有される「情」、それが「琵琶行」のモチーフになっている。

玄宗皇帝と楊貴妃の悲恋を描いた「長恨歌」にも、その後半に「情」が幾度もあらわれる。死後、仙界に生まれかわった楊貴妃が、玄宗皇帝の依頼で自分を尋ねあててきた道士と対面する場面で、

含情凝睇謝君王　情を含み睇《ひとみ》を凝らして君王に謝す
一別音容両渺茫　一別　音容　両《ふた》つながら渺茫《びょうぼう》

と言う。すでに仙界の人となった楊貴妃は、「情」をこめ一点を見つめて、玄宗皇帝に感謝の言葉を述べる。「情」は仙界と人界の壁をこえてやがて玄宗にとどき、自己と玄宗をつなぐものでもある。

### ◈白居易の諷諭詩

白居易の諷諭詩は、社会批判の精神に確かにみちている。だが、彼の諷諭詩の重要性は、その表現の平易さにある。「新楽府五十首」の中の「売炭翁」(炭を売る翁)の末尾に、

半匹紅紗一丈綾　　半匹《はんびき》の紅紗《こうさ》　一丈の綾《あや》
繫向牛頭充炭直　　牛頭に繫《か》けて炭の直に充《あ》つ

と言う。老人が荷車を牛にひかせて売りにきた炭を、宦官と配下の者が奪ってゆく。「宮市」（宮中にもうけられ宦官がとりしきった市場）のために買いあげると称して、荷車いっぱいの炭の代金に、わずかの絹を牛の頭にひっかけて。こうした劇的で、数字をともなう具体的な描写を通じて白居易は、読者（聴き手。この詩は皇帝に奉呈しているので、第一義的には皇帝）に鮮明なイメージを喚起しようとした。平易な用語、分かりやすい構成、それらを通じて社会の矛盾を描きだし、読者（聴き手）にイメージの共有と共感を求める。白居易は、そこに力をそそいだ。彼の感傷詩、閑適詩も、その共感への指向において、諷諭詩と共通している。安禄山の乱という大動乱をくぐりぬけた中唐の人々は深い断絶を体験し、潜在的に共感を求めていた。白居易の詩は、それにこたえたのだった。

### ◈柳宗元

柳宗元（七七三―八一九）、字は子厚。河東（山西省）の人。名門の家柄の出身で、若くして秀才として知られた。貞元九（七九三）年、二一歳の若さで進士に及第し、順調にエリートコースを歩んだ。永貞元（八〇五）年、礼部員外郎に進む。この間、急進的な政治改革をめざす王叔文《おうしゅくぶん》・韋執誼《いしゅうぎ》と親交を結び、この年、政治改革の運動を行なった。多くの革新的政策を断行したが、実効のあがらないうちに旧勢力のクーデターが起こり、改革は挫折した。王叔文らは処刑されたが、柳宗元は処刑をまぬかれ、永州《えいしゅう》（湖南省零陵県）に司馬として流された。時に三三歳。柳宗元は自然詩の作者として知られるが、その多くは、この永州司馬として流されて以後の作品である。元和一〇（八一五）年、さらに南方の柳州《りゅうしゅう》（広西壮族自治区）刺史に任ぜられる。左遷ではあったが、刺史として善政を行ない、そこで没した。自然詩人として評価されることが多く、他の自然詩人、王維、孟浩然、韋応物とともに「王孟韋柳」と併称される。
　永州に流されていたころの七言古詩「漁翁《ぎょおう》」を引く。

漁翁夜傍西巖宿　　漁翁　夜　西巖《せいがん》に傍《そ》いて宿り
暁汲清湘然楚竹　　暁に清湘《せいしょう》に汲《く》んで　楚竹《そちく》を然《た》く
煙銷日出不見人　　煙銷《き》え　日出でて　人を見ず
欸乃一声山水緑　　欸乃一声《あいだいいっせい》　山水緑《さんすいみどり》なり
廻看天際下中流　　天際《てんさい》を廻看《かいかん》して中流を下れば
巖上無心雲相逐　　巖上《がんじょう》　無心に　雲は相い逐《お》う

年老いた漁夫が　一夜　西の巖に寄りそって眠った。
明け方　漁夫は湘水の清らかな流れを汲んで楚竹を燃やし　朝餉をとる。
煙が消え　日が出ると　もう漁夫のすがたは見えなくなっていた。
「えいおう」と漁夫の声がひびきわたると　山水は一瞬で緑に染まった。
天のはてを振りかえりながら　流れの中を漕ぎ下ると、

巖のうえには　雲が無心に　漁夫を追ってゆく。

政治的に大きな挫折を経験し永州に流された作者が、その永州の地で目にした漁翁のすがたを描いたものである。もちろん、見たままを描いているわけではない。「山水」と一体となっている漁翁の生き方を独自に造形している。第四句で「欸乃一声山水緑」(欸乃一声　山水緑なり)と言う。船をこぐ漁翁の掛声がきこえた瞬間に、世界全体に光がさし、山水は緑になる。それまでまったく音も色も無い世界だったのに、「欸乃」という漁翁の声が発せられた瞬間に、光と色に充ちた世界になる。そこに、自然の中で生きる漁翁と、漁翁によって輝く自然の共起が見られる。自然と人間に対する洞察の深さ、高い格調の中に沈潜している痛切な葛藤が、柳宗元の詩の特徴である。

## 3　晩唐詩

### ◈滅亡の予感の時代

九世紀の後半になると、唐王朝の権威と実力は全く地に落ちてしまった。もはや節度使と対抗する力は無く、朝廷の実際に支配する地域も狭まり、点在するような状況になった。一方、節度使たちの支配する領域はしだいに広くなり、しかも彼らは軍事的・経済的に重要な土地を抑えて、その地を拠点として繁栄させることに努めた。こうした節度使たちの拠点となった支配地域は「藩鎮《はんちん》」と呼ばれた。晩唐は、その藩鎮が割拠するようになった時代である。それは一面において、地方の自立性を強め、互いに闘争をくりかえしながらも、経済力のある地方都市を育てることとなった。

辺境地域では、安史の乱以後、軍備が手薄になった。中国本土への異民族の侵入は年ごとに増え、特に吐《と》蕃《ばん》(チベット族のたてた国)の勢力拡大により、唐朝は中央アジアの支配権をうしなった。辺境はしだいに見すてられた。

朝廷内部では、官僚のあいだの私的な関係が強まり、「党争《とうそう》」と呼ばれる派閥争いがひろまった。官僚集団全体が党争によって分解していった。ことに李徳裕《りとくゆう》と牛僧孺《ぎゅうそうじゅ》の二人をかしらとする両派閥のあらそいは激しく、「牛李《ぎゅうり》の党争」と呼ばれる。

このような状況の中でも、多くの知識人たちは唐王朝の立て直しのために努力し、藩鎮の勢力と対抗しようとした。しかし現実には、もはや王朝の立て直しは不可能な状態だった。彼らは、自分たちが不可能なことを行なっていることを奥底で感じながら、行動していた。徒労であることをひそかに知り、感じていながら、政治に向かいあっていたのである。

こうして、晩唐の詩人たちは、王朝崩壊の暗い予感を胸に秘めながら詩をつくることになった。代表的な詩人には、杜牧《とぼく》(八〇三―八五二)、李商隠《りしょういん》(八一三―八五八)、温庭筠《おんていいん》(八一〇?―八七〇?)がいる。彼らの活躍した時期や政治的立場には違いがあるが、彼らに共通していたのは、胸中に抱いていた絶望感だった。

### ◈杜牧

杜牧(牧之《ぼくし》。八〇三―八五二)は、京兆《けいちょう》万年(陝西省西安市)の人。号は、樊川《はんせん》。太和二(八二八)年、進士に及第し、淮南節度使として揚州にあった牛僧孺のもとで書記となる。風流才子として妓女と浮名をながしたが、官界にあっては剛直と評された。黄州刺史などを経て、中央で中書舎人にのぼり、没した。その詩は情感に富み、豪放さもあわせ持つ。杜甫を「老杜」と呼ぶのに対して、杜牧は「小杜」と呼ばれる。七言絶句「泊秦淮」（秦淮《しんわい》に泊す）を引く。「秦淮」は、六朝の古都だった金陵（南京市）をながれる運河の名。両岸に妓楼が立ちならび歓楽街となっていた。

煙籠寒水月籠沙　　煙は寒水《かんすい》を籠《こ》め月は沙《すな》を籠む
夜泊秦淮近酒家　　夜　秦淮に泊せば酒家《しゅか》に近し
商女不知亡国恨　　商女《しょうじょ》は知らず　亡国の恨み
隔江猶唱後庭花　　江を隔《へだ》てて猶お唱《うた》う後庭花《こうていか》

靄《もや》が冷たい水面《みなも》をおおい　月の光は白砂をおおっている、
夜　秦淮河のほとりに船やどりをすると　そこは酒家のちかくだった。
妓楼《ぎろう》の歌姫たちは（南朝の）亡国の恨みを知りもせず、
向こうの川岸で今もなお歌いつづけている　あの「玉樹後庭花」の歌を。

「玉樹後庭花」は、宮女の艶めかしい美しさを歌った陳の後主の歌である。後主は亡国の危機が迫っているにもかかわらず、宮女たちとの愛欲や遊興にふけっていたとされる。その亡国の歌が「玉樹後庭花」だったのだが、その歴史も知らずに「商女」たちはそれを今も歌いつづけている。その歌舞の音が、川向うからとどいてくるのである。

華麗な情景描写が冒頭からあらわれるが、そこには不安な揺らぎがあり、抑えきれない危うさが漂う。「籠」は、もともと竹で編んだ、かご。その籠でおおうように、月光が白砂を籠めると言う。特異な感覚が伝わってくる。その押しころした不安感は、第三句に至って、歌姫が気づかないものという条件つきで、「亡国恨」としてあらわれる。自分に向かっても語ることのできない「亡国」の予感が彼の中にわだかまっていることが、見えてくるのである。

### ◈李商隠

李商隠(義山。八一三―八五八)、号は玉谿生《ぎょくけいせい》。懐州河内(河南省沁県)の人。一〇歳で父に死なれたが、文才を令狐楚《れいこそ》・令狐綯《とう》父子にみとめられ、そのひきによって進士に及第した。しかし、牛李の党争に巻き込まれ、地方の微官を転々として死んだ。晩唐の代表的詩人として、杜牧とともに「李杜」と併称され、また詩風に通うところがあるため温庭筠とともに「温李」とも称される。五言絶句「楽遊原《らくゆうげん》」を引く。「楽遊原」は、長安城の東南隅にあった小高い丘で、都人の行楽地だった。

向晩意不適　晩に向かいて　意　適《かな》わず
駆車登古原　車を駆《か》りて古原《こげん》に登る
夕陽無限好　夕陽《せきよう》　無限に好《よ》し
只是近黄昏　只だ是れ　黄昏《こうこん》に近し

日暮れに近づいて　心がおちつかず、

馬車を走らせて　楽遊原へと登る。
夕日はかぎりなく美しくひろがっているが、
だが　すべてはたそがれに近づいている。

「向晩」の時間に、心がどうしてもおだやかにならない。そして馬車を命じて「古原」（楽遊原）へと登る。高いところに登って、夕日と、帝都長安を眺めようとしているのである。夕焼けの光は「無限」にひろがり、「無限」に美しい。だがその下にひろがる帝都とともに、すべてはたそがれに近づいている。つまり終わりに近づいているのである。異様なほどの美しさと滅びの予感を、同時に見てしまう、李商隠の鋭敏な感性があらわれている。

李商隠の詩は官能的な香りにみち、修辞的で、とくに難解な典故を多用する。多くの典故をならべるさまは、獺《かわうそ》が魚をならべて祭るすがたのようだというので、「獺祭魚《だっさいぎょ》」と評された。宋代初期に流行する衒学的で修辞的な「西崑体《せいこんたい》」は、李商隠を手本とする。

### ◈韓偓

晩唐の後半に活動した詩人には、陸亀蒙《りくきもう》（?—八八一）、司空図《しくうと》（八三七—九〇八）、杜荀鶴《とじゅんかく》（八四六—九〇四）、韋荘《いそう》（八三六—九一〇）らがいる。彼らは、唐末の動乱を経験し、重苦しい静けさをただよわせる詩を多く残した。彼らよりもさらに遅れて、韓偓《かんあく》（八四四—九二三）が活動した。

韓偓（致尭《ちぎょう》）は、実際に唐王朝の滅亡を体験し、破局をなまなましく描いた詩人である。昭宗の信任を得て、翰林学士としてそば近く仕えた。唐末の動乱のため、昭宗は幾度も出奔せざるをえなかったが、それに献身的に従い、節度使たちの横暴に屈せず昭宗をまもった。実権をにぎった朱全忠《しゅぜんちゅう》に憎まれて左遷され、ついに昭宗のもとを去った。朱全忠が唐朝を奪って後梁《こうりょう》をたてると、福建に勢力を持っていた王審知《おうしんち》のもとに赴き、そこで死んだ。晩唐のデカダンスの風潮をうけて艶情詩を多くつくり、その作品だけを集めた『香奩《こうれん》集《しゅう》』が知られているが、唐末の現実を描いた詩も多い。「乱後却至近甸有感」（乱後　却《かえ》って近甸《きんでん》に至り感有り）の後半に、次のように言う。

関中却見屯辺卒　　関中　却って辺卒《へんそつ》を屯《とん》するを見
塞外翻聞有漢村　　塞外　翻《かえ》って漢村《かんそん》有るを聞く
堪恨無情清渭水　　恨むに堪《た》えたり　無情　清渭《せいい》の水
東流依旧繞秦原　　東流　旧に依《よ》りて秦原を繞《めぐ》る

（都のまわりの）関中の地に、かえって辺境の兵士が駐屯し、長城の外に、逆に中国の人々の村がある。恨みに堪えきれぬのは、無情な清渭（清らかな渭水）の水が、東に流れて昔と変わらずこの秦原（長安のまわりの平原）をめぐっていることだ。九〇二年から地方に出奔していた昭宗は、朱全忠に包囲されていたが、九〇三年に和解し、長安に帰還した。そのときの作と考えられる。昔と変わらずに「東流」してゆく「清渭」が、逆に破局の残酷さを示す。デカダンスのかげりをやどした艶情詩も、王朝の滅亡を描く写実的な詩も、現実に対して無力な作者の重い心中をものがたっている。

## 4　中・晩唐の女流詩人

### ◈薛濤

中唐・晩唐期には、優れた女流詩人があらわれた。いずれも、妓楼の女性だった。中唐以後、妓楼に出入りする男性詩人が多くなり、その応接にあたる妓女たちの中から、作詩をたしなむ者が出てきた。妓女たちは、歌舞音曲に長《た》けていることを要求されたが、それだけでは男性詩人たちを楽しませることができないため、みずから詩をつくることを心がけ、教養をみがいた。中唐期には、詩作する妓女は少なかったが、晩唐になるとその数も増えていった。

中唐期には、薛濤《せっとう》（洪度。七六八―八三二）が出た。長安の良家の出身だったが、両親に従って成都に移る。父の死によって生活に困窮し、妓女となった。教養があり、文才があったため、女流詩人として名を知られるようになり、元稹、白居易、杜牧らの名士と親交を持った。七言絶句「送友人」（友人を送る）を引く。

水国蒹葭夜有霜　　水国《すいこく》の蒹葭《けんか》　夜　霜有り
月寒山色共蒼蒼　　月寒く　山色　共に蒼蒼たり
誰言千里自今夕　　誰か言う「千里　今夕《こんせき》よりし
離夢杳如関塞長　　離夢《りむ》　杳如《ようじょ》として関塞《かんさい》長し」と

水郷の蒹《おぎ》と芦《よし》に　今夜　霜がおりて、
月はつめたく輝き　山々とともに青く照らされている。

誰が言うのか、「千里の別れが今夜はじまり、
別離の夢は暗くはるかにひろがって　あなたの行く辺塞は遠い」などと。

第一句の「蒹葭」は、『詩経』秦風「蒹葭」をふまえていて、手のとどかない人を慕う思いを象徴している。その象徴をふまえながら、別離の悲しみを、「蒹葭」という目の前の植物と、月光に照らされた遠い「山色」の、深い陰影によって描きだしている。第三・四句は、「千里」の別れが今夜からはじまるなどと誰が言うのか、あなたのゆくては遠くはない、という反語である。別れる「友人」への励ましと別れの寂寥とが、同時にあらわれている。薛濤の詩は、高い教養に裏うちされた知性の感じられる作が多く、男性詩人たちと対等に応答できる力量が感じられる。しかもそれをこえて、女性の繊細さと、優雅さが伝わってくる。

## ◈魚玄機

晩唐になると、「青楼」(妓楼)にいりびたる詩人も増え、妓女の数も増えた。詩作する妓女も多数になったと考えられるが、とくに知られているのは、魚玄機《ぎょげんき》(幼微《ようび》。八四三?―八六八)である。長安の庶民の出で、妓楼に育った。李億《りおく》という者の妾となり、後に離縁された。道教の寺に入って女道士(尼)となったが、嫉妬のため侍婢を殺したことにより、死刑に処せられた。七言絶句「遊崇真観南楼観新及第題名処」(崇真観《すうしんかん》の南楼に遊び新及《しんきゅう》第《だい》の名を題せし処を観《み》る)を引く。

雲峰満目放春晴　　雲峰《うんぽう》　満目《まんもく》　春晴《しゅんせい》を放《はな》ち

歴歴銀鉤指下生　歴歴《れきれき》たる銀鉤《ぎんこう》　指下《しか》に生ず
自恨羅衣掩詩句　自ら恨む　羅《ら》衣《い》の詩句を掩《おお》うを
挙頭空羨榜中名　頭《こうべ》を挙《あ》げて空しく羨《うらや》む　榜中《ぼうちゅう》の名

雲のかかる峰は見わたすかぎり　春の輝きがあふれ、
くっきりと　美しい文字が　私の指の下に生まれてくる。
私は恨めしく思う　うすぎぬの女衣《おんなごろも》が詩句をおおってしまったことを。
あおぎ見て　空しく羨む　高札《こうさつ》に記された青年たちの名を。

「崇真観」は、道観（道教の寺院）の名。そこでは、科挙の合格者たちの名を記した高札が立てられ、人々は集まってそれを見た。魚玄機も、晴れがましい今年の科挙の合格者の名を見にきたのである。

第一句の雄大で晴ればれとした表現の後、第二句では、目のまえの文字のことが描かれる。「榜」（高札。掲示板）に美しく記された科挙合格者の名が、一つひとつ「指」の下で生まれてくる。文字へのあこがれ、文字の美しさに具体的にこだわる感覚、指先に文字がくっきりと「生」じてくるという肉感、どれも男性の作家には乏しい感覚である。第三・四句は、さらに男性詩人の気づくことさえない世界を、描きだす。私は女の体を持ってしまったから、私の詩文の才能は「羅衣」（うすぎぬの衣）におおわれてしまった。だから、科挙合格者たちの名を「空」しく羨望とともにあおぎみるしかないのだ。

女性の言語表現が、男性社会からあたえられた「婦徳」や「閨怨」の枠組みをこえて、独自の存在感を持ってきている。「羅衣」という詩語は、とりたてて珍しいものではない。三国魏の曹植の「洛神賦」にも、洛水の女神の美しい衣服として「羅衣」は出てくる。だが、男性詩人たちは、女の着る「羅衣」を、外側から見るものとして美しく描いてきた。それに対して魚玄機は、「羅衣」を内側からとらえている。女の肉体をつつみ、同時に女の「詩句」を「掩」い、女の才能をとじこめるものとして、内側からとらえているのである。

男性社会への抗議とか、女性の境遇の告発というテーマがふりかざされたわけではない。魚玄機は「榜中」に「名」を記された青年たちへの「空」しい羨望を語るだけである。いくら羨望しても、女の身には、まして妓女である自分には、「名」を記されるチャンスは無い。おさえられた羨望の表現が、男性社会への嫉妬の深さと、女の境遇の困難を、ものがたっている。

# 四――古文復興と散文の展開

## 1　初唐・盛唐の散文

### ◈四六駢儷文の影響

初唐・盛唐の散文は、六朝時代以来の「四六駢儷文」が主流だった。貴族的な素養を必要とする四六駢儷文は、前代以来の貴族層がまだ相当の力を持っていた唐代前半には、影響力をうしなっていなかった。

だが、四六駢儷文に対する批判的な意識もめばえ、初唐期には、王勃・陳子昂らが四六駢儷文の制約にとらわれない散文を試みた。また盛唐期に入って、李華（七一五?―七六六）らがあらわれ、制約の多い四六駢儷文から離れ、内容に即した簡潔な文章を書くことを主張した。しかし彼らの試みは、あまり大きな影響力を持たず、散文の主流は依然として四六駢儷文だった。

初唐の光宅《こうたく》元（六八四）年、武則天が唐朝を簒奪しようとしているとして李敬業（徐敬業）が反乱を起こしたが、そのとき駱賓王が書いた檄文「代李敬業伝檄天下文」（李敬業に代わりて檄を天下に伝うる文）は、四六駢儷文だった。朝廷の官僚たちに反乱への協力を呼びかけた部分には、「言猶在耳、忠豈忘心。一抔之土未乾、六尺之孤安在」（言　猶《な》お耳に在り、忠　豈に心に忘れんや。一抔《いっぽう》の土　未だ乾かざるに、六尺《りくせき》の孤《こ》　安《いず》くにか在る）と言う。「（諸君は）先帝の言葉が耳に残っているだろうし、忠義の心を忘れてはいないだろう。先帝の御陵に盛った土がまだ乾いてもいないのに、幼いお世継ぎはいったいどこにおられるというのか」と、朝臣たちに呼びかけている。この檄文の大部分が、このような四言句・六言句でできている。また、ととのった対句で表現されているだけでなく、平仄の規則も守られている。極限的な状況にあっても、当時においては四六駢儷文で書かれたのだった。

### ◈盛唐の四六駢儷文

盛唐期にも、四六駢儷文の優勢はつづいた。王維、李白、杜甫らの大詩人も、散文においては、旧来の文体を大きく変えることはなかった。ただし杜甫の散文は、四六駢儷文の枠組みにおさまりきらないところがあり、彼の中には新しい文章への胎動があった。しかし、それは微かな胎動であって、明瞭な動きとは言えない。盛唐期の四六駢儷文の例として、李白の「春夜宴桃李園序」（春夜　桃李《とうり》園《えん》に宴する序）を見る。

夫天地者、万物之逆旅、光陰者、百代之過客。而浮生若夢、為歓幾何。古人秉燭夜遊、良有以也。況陽春召我以煙景、大塊仮我以文章。会桃李之芳園、序天倫之楽事。群季俊秀、皆為恵連。吾人詠歌、独慚康楽。幽賞未已、高談転清。開瓊筵以坐花、飛羽觴而酔月。不有佳作、何伸雅懐。如詩不成、罰依金谷酒数。（夫《そ》れ天地は、万物の逆旅《げきりょ》にして、光陰《こういん》は、百代《ひゃくだい》の過客《かかく》なり。而して浮生《ふせい》は夢の如し、歓を為すこと幾何《いくばく》ぞ。古人　燭《しょく》を秉《と》りて　夜遊ぶ、良《まこと》に以《ゆえ》有るなり。況《いわ》んや陽春　我を招くに煙景《えんけい》を以てし、大塊《たいかい》　我に仮《か》すに文章《ぶんしょう》を以てするをや。桃李の芳園に会し、天倫《てんりん》の楽事《らくじ》を序す。群季《ぐんき》の俊秀《しゅんしゅう》は、皆　恵連《けいれん》為り。吾人《ごじん》の詠歌は、独り康楽《こうらく》に慚《は》づ。幽賞《ゆうしょう》未だ已まず、高談転《うた》た清し。瓊筵《けいえん》を開きて以て花に坐し、羽觴《うしょう》を飛ばして月に酔う。佳作《かさく》有らずんば、何ぞ雅懐《がかい》を伸べん。如《も》し　詩成らずんば、罰は金谷《きんこく》の酒数に依らん。）

さても天地というものは、あらゆる存在が仮に身をよせる旅籠であり、月日は永遠の旅人である。そして　はかない人生は夢のようなものであり、喜び楽しみをなしうる時間はどれほどあるだろうか。（いや、いくらも無い。）古の人たちが燭を手にとって（昼だけでなく）夜ふけるまで遊びつづけたのは、まことに理由があったのだ。ましで　うららかな春が　私を招くのに霞たつ景色を用い、大地が私に貸しあたえるのに文章（美しい風光）を用いているのだからなおさらだ。（一層楽しまなくてはならない。）今や桃と李の花咲く美しい園に集まり、兄弟一同うちそろって宴の楽しみをくりひろげる。年若い諸弟の俊秀たちは、みなあの謝恵連そのままである。（一方）私のつくる詩歌は、ただあの謝康楽（謝霊運）に恥じ入るばかりだ。しずかに春をめでる思いは　いまだ尽きず、高雅な談論は　ますます清らかなものとなる。美しい敷物を広げて花の間に座り、羽さかずきをやりとりして月の下に酔う。優れた詩が無ければ、どうしてこの風雅な思いを伸べ広げられよう。もし詩ができないものがいるなら、その罰杯は（かの石崇の）金谷園での罰杯の数（三斗）に従おう。

全体が多数の対句で構成されていることは、一見して明らかである。対句の多用だけでなく、四言句・六言句の多用も見て取れる。さらに「恵連」・「康楽」などの歴史上の人物や、「金谷酒数」という晋の石崇の故事を用いて、典雅な表現を行なっている。以上のような四六駢儷文の表現意識は、日本にも影響を及ぼした。奈良・平安朝の漢詩文はもとより、江戸期の俳文にまでその影響は残っている。松尾芭蕉の『奥の細道』冒頭

「月日は百代の過客にして、行き交ふ年も又旅人也」の一文が李白のこの文章をふまえていることは、よく知られている。

## 2　「古文」と韓愈

### ◈中唐の散文改革

四六駢儷文主流の散文の世界を大きく変えたのは、中唐の韓愈と柳宗元である。二人は、安禄山の乱の後、傾きかけた唐王朝を立て直そうとする強い政治的意志を持ち、その政治思想を深め表現するために、独自の文体を追求した。彼らの追求した文体は、「古文」と呼ばれる。

韓愈は比較的に保守的な政治思想の持ち主だった。儒教思想を尊崇し、政治家として儒教の理念に基づいた政治の再興を願って行動した。そのため、流行していた仏教を否定して「論仏骨表」(仏骨を論ずる表)を書いて左遷された。現実の政治方針としては急進的改革を進める動きには同調せず、王朝体制を維持することをめざして保守的姿勢を保った。韓愈は儒教思想を現実の状況と結びつけて、新しく展開しようとした。その意味で一種の儒教改革を行なおうとしたと言える。中唐という時代は、訓詁《くんこ》(文字や言葉の意味の解釈)・注釈を事とする儒教からの脱却を求めていた。現実に対処できる儒教思想が求められていたのである。韓愈はそういう思想状況にこたえた思想家だった。そして、韓愈の思索をささえ表現したのが、「古文」の文体だった。

## ◈「古文」の特徴

韓愈は、自分の思索を表現するのに、「四六駢儷文」を用いなかった。典故に基づく語彙を多用することは、必然的に前代の表現や概念によりかかりがちになり、且つ考え方そのものが制約されることになる。また、四言句・六言句で表現しなくてはならないという制約は、思考の自由な広がりを阻んでしまう。ほとんど全編を対句で埋めつくすという規則も、固定した美意識や価値観を表現するにはよいが、それらを突き破って新しい思想を表現するには向かない。そのように韓愈は考えたのである。彼は四六駢儷文の規範に従わない、自由な文体を求めた。そして、古代の儒教の経典の文体や、先秦諸子（秦代以前の様々な学派の思想家。諸子百家）の議論の文体、あるいは司馬遷や班固の歴史記録の文体などをまなび、独自の自由な文体を生みだした。そして、それを、古代を手本にした文体であったため、「古文」と呼んだ。同様の試みをしていた柳宗元とともに「古文」の制作をとなえたので、文学史の上では「古文復興」、「古文復興運動」と呼ばれる。

## ◈韓愈の「師説」

韓愈はみずからの古文を、儒教思想を述べるための手段と位置づけた。そのため「貫道之器」（道理をゆきわたらせる道具）と、後には呼ばれた。彼の代表作の一つに「師説」（師の説）がある。これは、韓愈が弟子を集めて師（先生）を気どっていると非難するものがあったのに対し、弟子の一人、李蟠《りはん》におくる文章の形でこたえたものである。その冒頭を引く。

古之学者、必有師。師者、所以伝道授業解惑也。人非生而知之者。孰能無惑。惑而不従師、其為惑也、

終不解矣。生乎吾前、其聞道也、固先乎吾、吾従而師之。吾師道也。夫庸知其年之先後生於吾乎。是故無貴無賤、無長無少、道之所存、師之所存也。（古《いにしえ》の学者には、必ず師有り。師は、道を伝え業《ぎょう》を授《さず》け惑《まど》いを解《と》く所以《ゆえん》なり。人は生まれながらにして知る者に非ず。孰《た》れか能く惑い無からんや。惑いて師に従わざれば、その惑いたるや、終《つい》に解《と》けざらん。吾が前に生まれて、其の道を聞くや、固《もと》より吾に先んずれば、吾 従いて之を師とす。吾が後《のち》に生まるるも、其の道を聞くや、亦た吾に先んずれば、吾 従いて之を師とす。吾は道を師とするなり。夫れ庸《なん》ぞ其の年の吾より先後《せんご》して生まるるを知らんや。是の故に貴《き》と無く賤《せん》と無く、長《ちょう》と無く少《しょう》と無く、道の存《そん》する所は、師の存する所なり。）

むかしの学問をする人々には、かならず師があった。師とは、道理を伝え、技芸を授け、迷いを解決するための存在である。人間は、生まれながらにしてすべてを知っている存在ではない。だから誰が迷い無しでいられようか。迷っても師に従って学ばなければ、その迷いは、永遠に解決しないだろう。私よりも前に生まれて、当然にも私より先に道理を聞き知っている人であるならば、私はその人につき従って師として仰ごう。私より後に生まれても、やはり私より先に道理を聞き知っている人があるならば、私はその人につき従って師として仰ごう。私は道理を師とするのである。そもそもどうして、（師とする人が）私より前に生まれたか後に生まれたかなどということを問題にしようか。だから、身分が高かろうが低かろうが、年上であろうが年下であろうが、道理のあるところが師のあるところなのである。

◈道を師とする

当時、師弟関係を結ぶことは、一般にさげすまれていた。身分ある人々は、自分より低い身分の教師を尊重するという意識を持たなかった。韓愈は、そのような状態の根本的な問題を明示した。それは、学ぶという行為が形骸化してしまって、科挙受験の技術の習得のようなものになってしまっているという現実である。「師」が尊重されないのは、「師」から学ぶべきものが、たかだか注釈の知識や作文の技術だと考えられていたからである。これに対して韓愈は、「吾師道也」(吾は道を師とするなり)と述べている。この言葉に集約されているのは、学問(儒教)の究極的な目標は「道」(道理。真理)の追求にあるという思考である。

貴賤、長幼の序列が師弟関係に優先する世間に対して、それをはるかにこえた高い理念が指し示されている。道理の追求が儒教の課題であるという考えかたは、宋代になって本格的なテーマになってくるのだが、韓愈の「吾師道也」(吾は道を師とするなり)という言葉は、それを先取りしている。こうした重要な言葉が対句ではなく、ただ一句で語られていることは象徴的である。韓愈は流麗なリズムと華麗な対句で全文を埋めつくす四六駢儷文の表現意識を拒否し、それらにとらわれない古文の自由な文体によって、独自の自由な思考を切りひらき、決定的な思考をただ一句で表現したのである。

## 3 柳宗元の古文

◈柳宗元の生涯と文章

韓愈とともに「古文復興」を主導したのは、柳宗元だった。永州(湖南省零陵県)司馬に左遷された後、彼は自然を描く叙景の散文や、民衆の実情をふまえた社会批判の散文を数多くつくった。いずれも古文の文体で書かれ、柳宗元が配流の状態の中で自然に喜びを見いだし、同時に社会批判の精神をより深めていたことがうかがえる。

永州時代の社会的発言の例として、「送薛存義之任序」（薛存義《せつそんぎ》の任に之《ゆ》くを送る序）の前半を見る。「薛存義」は、永州に属する零陵県の県令を務めていた人物で、作者と本籍地が同じ河東《かとう》だったため親しくしていたが、転勤（一説に離職）することになった。

河東薛存義将行。柳子載肉于俎、崇酒于觴、追而送之江之滸、飲食之、且告曰、「凡吏于土者、若知其職乎。蓋民之役、非以役民而已也。凡民之食于土者、出其十一傭乎吏、使司平於我也。今我受其直、怠其事者、天下皆然。豈惟怠之、又従而盗之。向使傭一夫於家、受若直、怠若事、又盗若貨器、則必甚怒而黜罰之矣。以今天下多類此、而民莫敢肆其怒与黜罰者何哉。勢不同也。勢不同而理同。如吾民何。有達于理者、得不恐而畏乎。（河東の薛存義　将に行かんとす。柳子　肉を俎《そ》に載せ、酒を觴《しょう》に崇《み》て、追いて之を江の滸《ほとり》に送り、之に飲食せしめ、且《か》つ告げて曰く、「凡《およ》そ土《ど》に吏《り》たる者、若《なんじ》　其の職を知るか。蓋し民の役《えき》にして、以て民を役するのみに非ざるなり。凡そ民の土《ど》に食《は》む者、其の十の一を出して吏を傭《やと》うは、平《へい》を我に司《つかさど》らしむるなり。今　我　其の直《あたい》を受け、其の事を怠《おこた》る者、天下　皆然り。豈に惟《ただ》に之を怠るのみならんや、又従いて之を盗む。向使《も》し一夫を家に傭い、若《なんじ》の直を受け、若の事を怠り、又若の貨器を盗まば、則ち必ず甚だ怒りて之を黜罰《ちゅつばつ》せん。今　天下　多く此に類するを以て、而《しか》も民　敢えて其の怒りと黜罰とを肆《ほしいまま》にする者莫《な》きは何ぞや。勢い同じからざればなり。勢い同じからざるも而も理は同じ。吾が民を如何せん。理に達する有る者、恐れて畏《おそ》れざるを得んや。」)

河東の薛存義が、今しも出発しようとしている。柳子は肉を膳に載せ、酒を杯にみたし、後を追って川のほとりまで見送り、そこで(最後の宴を張り)酒と食事をとらせ、そしてこう(はなむけの言葉を)述べた。

「そもそも地方の役人というものについて、君はその職分を知っているだろうか。思うに、役人とは、民衆のしもべであって、民衆をこきつかうだけの存在ではないのだ。およそ土地からとれるもの(農産物)で生活している民衆は、農産物の十分の一を(税として)納めて役人をやとい、公平な政治を我々役人に行なわせているのだ。ところが今、我々役人は民衆から給金をもらいながら、その仕事を怠っていて、それは天下中みな同じありさまだ。いや仕事を怠っているだけではない、おまけに民衆の財産まで盗みとっているのだ。もし君が一人の男をやとった場合、その男が君から給金をうけとりながら、君の命じた仕事を怠り、さらに君の財産や道具を盗んだなら、君はかならずひどく怒り、この男を処罰し追いだすだろう。だが今、天下の役人のほとんどがこの男と同じようなありさまなのに、民衆がその怒りと処罰と追放を敢えて行なわないのはなぜか。それは、権勢がちがう(民衆の力は弱く、役人の権勢は強い)からなのだ。両者の権勢はちがっているが、道理は不変である。この力弱い民衆を、どうしたらよいのであろうか。物事の道理をわきまえている者は、こうした現実を恐れ慎まずにはいられないであろう」。

### ◈主張と比喩

この文章は、明確に官僚と民衆との、あるべき関係を示している。あまりにも近代的な官僚論と見えるが、柳宗元はすでに九世紀にこうした思想を獲得していたのだった。彼はあくまでも儒家の論理をまもりながら、それを発展させ、官僚に対する民衆の優越という認識に到達している。儒教がもともと持っていた民本主義の思想を、鋭い民衆優越論に進めているのである。彼はその核心を、簡潔・明瞭にこう述べた。官吏の本分は、「蓋民之役、非以役民而已也」（蓋し民の役にして、以て民を役するのみに非ざるなり）である、と。この部分は、対句や典故、修飾語などをすべて排除し、一文で表現されている。

主張の核心をこのように強い一文で表現しながら、それを証明するためには巧みな比喩を用いている。「一夫」をやとったのに働かない、それればかりか「盗」みさえする、その男を「罰」しないか——と問われれば、誰もが「罰」すると答えるに違いない。有無を言わせない比喩である。主張の核心を先に述べ、後から比喩によって証明している。こうした勢いのある行論にも、古文の表現の特徴がよくあらわれている。

## 4　柳宗元の自然文

柳宗元は、永州流謫の時期に多くの自然文をつくっている。その中に、「愚渓詩序《ぐけいしじょ》」がある。永州に流された作者は、郊外の冉渓《ぜんけい》という谷川のほとりに家をかまえ、その谷川の名を愚渓と変えてしまった。そればかりか、まわりの丘や泉などすべてに「愚」と名づけて、それを描いた詩をつくり、その序文として「愚渓詩序」をつくった。

序の前半では、自分が谷川を愚渓と名づけ、まわりの丘や泉を愚丘《ぐきゅう》、愚泉《ぐせん》などと名づけた経緯を述べる。そして、なぜ「愚」と名づけたのか、その理由をこう述べる。

夫水、智者楽也。今是渓独見辱於愚、何哉。蓋其流甚下、不可以灌漑。又峻急多坻石、大舟不可入也。幽邃浅狭、蛟龍不屑。不能興雲雨。無以利世、而適類於余。然則雖辱而愚之可也。(夫れ水は、智者の楽しむなり。今 是の渓《けい》 独り愚《ぐ》に辱《はずか》しめらるるは、何ぞや。蓋し其の流れ甚だ下《ひく》く、以て灌漑《かんがい》すべからず。又 峻急《しゅんきゅう》にして坻石《ちせき》多く、大舟《だいしゅう》 入るべからざるなり。幽邃浅狭《ゆうすいせんきょう》にして、蛟龍《こうりゅう》 屑《いさぎよ》しとせず、雲雨を興《おこ》す能わず。以て世に利すること無くして、適々《たまたま》 余に類《るい》す。然らば則ち辱めて之を愚とすると雖も可なり。)

『論語』に、「智者は水を楽しむ」とあり、この谷川も「智」と名づけられてもよさそうなのに、「愚」と名づけられてはずかしめをうけるのはなぜか。その流れが低すぎて灌漑の役に立たず、けわしく石が多く、大きな舟が入れないからである。また奥深く狭すぎて、蛟龍も棲むのをいさぎよしとせず、従って雲と雨をおこすこともできないからである。つまり、世の中に何の利益ももたらすことができない谷川で、その点がたまたま私という愚者と同類だった。だからこの谷川をはずかしめて「愚」と名づけても、かまわないのだ。

柳宗元は、そのように、「愚渓」という命名の理由を語る。自嘲と諧謔の気分が感じられるが、それにとどまらず彼は、存在するものの意味や価値について視線を向けている。「無以利世」(以て世に利すること無し)というのがこの谷川と自分の共通点であり、だからこそ愚渓と名づけたのだが、では世間に利益をもたらすことだけが価値であり意味であるのか。人知れず流れているだけの愚渓と、中央の政界を追われた自分という愚者は、存在する意味を持たないのか。そういう問いが潜在している。

夫然則天下莫能争是渓、余得専而名焉。渓雖莫利於世、而善鑑万類、清瑩秀澈、鏘鳴金石、能使愚者喜笑眷慕、楽而不能去也。(夫れ然らば則ち天下に能く是の渓《たに》を争うもの莫く、余　専ら名づくるを得たり。渓は世に利すること莫しと雖も、而も善く万類を鑑《かん》し、清瑩秀澈《せいけいしゅうてつ》、金石を鏘鳴《しょうめい》し、能く愚者をして喜笑眷慕《きしょうけんぼ》し、楽しみて去る能わざらしむるなり。)

こんな谷川だから、誰もこの谷川の所有権を争わず、私は独断で(愚渓と)名づけることができた。この谷川は世の中に何の利益をもたらすこともないけれど、それでもよく万物を水面に映し、清く澄みきって、金石(打楽器)を鳴らすような音をたてて流れ、私のような愚者に喜びと笑い、恋慕の気持ちをあたえ、立ち去ることができないようにさせるのだ。

ここでは、愚渓は世の中に何の利益ももたらさないという認識はくつがえされてゆく。この谷川は、「善鑑万類」(善く万類を鑑)するものである。世間の役に立たないとしても、万物を映す清らかさを持っている。世間の役に立つことだけが意味を持つわけではない。

政治世界から打ちすてられた自分の境遇を重ねていることは事実であるが、そこにとどまらず、人間の側からの価値づけをまったく無視して存在しているものの重々しさを示したのである。

世に利益をあたえられない存在は、無意味なのか。柳宗元はそういう問いを経て、黙黙と人に知られず存在している自然の中に、自分自身に発する意味と価値を見いだしたのである。

# 五――伝奇小説の隆盛

## 1　志怪小説から伝奇小説へ

### ◈伝奇小説の誕生

六朝時代に流行した志怪小説は、どこまでも「街談巷語」（街中や巷で語られる不思議な話）の色彩を強く残した小説だった。志怪小説は、事実の記録と考えられていたので、表現への配慮に乏しく、断片的な記録に終わっているものも少なくなかった。とはいえ、これが六朝時代の人々に広く受容されたことはまちがいない。また、志怪小説の古拙な文体と、奇妙な現象を事実ととらえる不思議な「事実感覚」は後代にも好まれ、これに似た奇譚の記録や、これを模擬する小説は後代にも記された。

一方、唐代に入って、新しい小説がつくられるようになった。それは、「伝奇小説」と呼ばれている。初唐の時期に萌芽が見られるが、本格的に多くの作品が登場するようになったのは、中唐になってからである。「伝奇小説」は、創作された虚構のストーリーを持ち、作者が存在し、原則として主人公が「人間」であることなどを特徴とする。

六朝志怪小説では「鬼《き》」や「怪《かい》」が中心になっていたが、唐代伝奇小説では「人間」が主人公となり、人間への注目が強まっている。中国文学の歴史において、「作者が虚構のストーリーを創作する」小説の出現は、唐代に入ってからだった。ただ実際には唐代前期(初唐・盛唐)までは本格的な伝奇小説は少なく、志怪小説の色彩を色濃く残したものが多かった。そうした例として、「古鏡記《こきょうき》」、「補江総白猿伝《ほこうそうはくえんでん》」(いずれも作者不詳)などの作品がある。

### ◈張鷟「遊仙窟」

志怪小説の色彩を残してはいるが、伝奇小説のはっきりとしたはじまりと考えられるのは、初唐から盛唐にかけて活動した張鷟《ちょうさく》(六六〇?―七四〇?)の「遊仙窟《ゆうせんくつ》」である。張鷟は、科挙に合格した後、鴻臚丞などを歴任し、『朝野僉載《ちょうやせんさい》』を著した。このように、れっきとした官員が、虚構の小説を書くようになったのである。

「遊仙窟」の内容は、他愛ない。張鷟自身の分身らしき張姓の主人公「下官《かかん》」(やつがれ)は、使命をおびて黄河をさかのぼって旅をし、積石山《せきせきざん》(甘粛省蘭州付近)のあたりで、神仙の窟《いわや》のあることを教えられる。下官は身を清めて渓谷をさかのぼるが、急に夢の中を飛ぶような状態になり、松と桃の美しいところに至る。そこで夫に先立たれた十娘《じゅうじょう》(崔氏)と、その兄嫁の五嫂《ごそう》(王氏)に会い、その館で詩のやりとりをする。十娘と下官は愛しあい、一夜の契りを結ぶ。翌朝、悲しみの中、二人はふたたび詩のやりとりをして別れる。

この小説は、四六駢儷文(駢文)で書かれている。四六駢儷文は六朝以来の典雅な文体であり、小説のような卑俗な分野で用いるものではなかった。それを張鷟は小説に用いたのであり、しかもたくさんの詩をちりばめた華麗な四六駢儷文だった。ここには奇妙な雅俗混淆が見られる。作者の意識としては、俗なる小説を雅なる駢文体で書き、詩もちりばめて、自己の文才を誇ろうとしたのだろう。だが、小説の側から見れば、いままで俗の世界にとじこめられていた小説というものが、公認の雅の世界に参入することになったのである。長く儒教の禁忌のもとにあった男女の愛情、欲望の世界が、四六駢儷文の表現を得ることによって、雅の次元に進出してきたと言える。

「遊仙窟」では、自然の典雅な描写も、愛欲の露骨な描写も、四六駢儷文によって描かれる。下官と十娘の交歓のさまは、こう描かれる。

少時眼華耳熱、脈脹筋舒、始知難逢難見、可貴可重。(少時にして眼は華《かが》やき耳は熱し、脈は脹《ふく》れ筋《すじ》は舒《の》ぶ。始めて知る逢い難く見難し、貴ぶべく重んずべしと。)

こうしたあからさまな描写が、四六駢儷文の文体によってたびたび登場する。そのことによって「遊仙窟」は、赤裸々な愛欲の表現を、典雅な自然描写と同じ次元のものとしたのである。こうして、以後の唐代伝奇小説は、儒教の教義にはおさまらない人間の不可解な衝動や欲望、羨望や嫉妬などをも取りあげるものとなっていった。

### ◈日本と「遊仙窟」

ところで、日本では「遊仙窟」は非常に尊重され、『万葉集』の歌人たちもよく知っていた。だが中国国内ではつたわらず、その存在が知られるようになったのは、清末に日本を訪れた楊守敬が『日本訪書志』の中で紹介したことによる。その後、魯迅は中華民国一六(一九二七)年に「遊仙窟序」を記し、清の陳球が四六駢儷文で書いた小説『燕山外史』より千年も前に、小説「遊仙窟」が駢儷文で書かれていることを、指摘している。

「遊仙窟」が中国で忘れられてしまったのは、それが軽薄・猥雑な小説だったからだろう。『唐書』(『新唐書』)巻一六一「張薦伝」に、祖父張鷟の伝記が記されている。それによれば、張鷟は筆が早かったが、品の無い文章だった、だが当時はもてはやされた、という。そしてその時期に、日本では遣唐使を送って中国の文物を求めていた。同じく張鷟の伝記のつづく部分に、「新羅日本使至、必出金宝購其文」(新羅・日本の使　至れば、必ず金宝を出して其の文を贖《あがな》う)と記されている。「日本使」とは、遣唐使のことである。彼らは流行作家張鷟の文章を買って、たいせつに日本に持ちかえったのだった。そのために、「遊仙窟」が日本でつたえられたのである。

## 2　「枕中記」の時間

### ◈沈既済「枕中記」

唐代後期(中唐・晩唐)になると、伝奇小説は一気に数を増した。安禄山の乱(七五五―七六三)を体験した人々は、詩や伝統的な文章だけでは飽きたらず、人間の隠された部分にまで立ちいった小説に惹かれたのであろう。次のような作品がある(括弧内は作者)。

「枕中記《ちんちゅうき》」・「任氏伝《じんしでん》」(沈既済《しんきせい》)「鶯鶯伝《おうおうでん》」(元稹)「李章武伝」・「人虎伝《じんこでん》」(李景亮《りけいりょう》)「南柯太守伝《なんかたいしゅでん》」(李公佐)

「長恨歌伝」(陳鴻《ちんこう》)「李娃伝《りあでん》」・「三夢記」(白行簡《はくこうかん》)「柳氏伝」(許尭佐《きょぎょうさ》)「離魂記」(陳玄祐《ちんげんゆう》)

このほかに、小説集として、『玄怪録《げんかいろく》』(牛僧孺)、『続玄怪録』(李復言)、『集異記《しゅういき》』(薛用弱《せつようじゃく》)、『伝奇』(裴鉶《はいけい》)などがあった。こうした数多くの作品が、唐代後期にあらわれた。なお「伝奇小説」という呼びかたは、裴鉶の『伝奇』による。

伝奇小説の作として、「枕中記」を見る。「枕中記」は、中唐の沈既済の作。沈既済（生没年未詳）は、七五〇年前後に生まれ、八〇〇年前後まで活動した。歴史家としての才能を認められ、右拾遺史館修撰の官に就く。左遷された後、中央に復帰、礼部員外郎となって亡くなった。

「枕中記」の内容は次のようなものである。

開元七（七一九）年、道士の呂翁《りょおう》が邯鄲《かんたん》（河北省成安県。古代の衛の都市で唐代にも繁華な都市の一つとして知られていた）の旅籠で休んでいたところ、通りかかった盧生《ろせい》と楽しく語りあう。だが急に盧生は不遇を嘆く。そこで、呂翁は青い焼き物の枕を取りだして、それを使って眠るように言う。旅籠の主人が黍《きび》を蒸しているところだった。

盧生は急に眠気をもよおし、枕の両端の穴が大きくなったのに入っていったところ、自宅に帰りついた。数か月後、名門の崔氏の娘と結婚し、進士に合格。とんとん拍子に高級官僚になった。しかし人の妬みを買い、中傷されて地方に左遷された。だが中央に復帰することができ、再び高官となる。そうしたことをくりかえし、将軍となり、大臣となり、名声を得て、かねての望みをすべてかなえ、八〇歳をこえて死んだ。

すると、盧生はふいに夢から覚めた。宿の主人の黍は、まだ煮えていない。すべては一瞬の夢であった。そこで盧生は、出世や名声への欲望が虚妄であることを悟り、呂翁に礼を言って立ち去った。

以上のような内容である。この小説から、「邯鄲の夢」「盧生の夢」「黄粱一炊《こうりょういっすい》の夢」等の言葉が生まれた。日本でも能の「邯鄲」が生まれるなど、影響は大きかった。

### ◈内面の喪失

小説の冒頭、道士の呂翁と盧生は楽しそうに語りあっていたのに、盧生は突然不満を述べはじめる。きっかけは、彼が自分の衣装を見てしまったからである。衣服や住居への固執が、盧生の特徴の一つである。呂翁は、どうして嘆くのかと聞く。盧生は、出世・栄達しなければ「何適之謂」(何の適《てき》とか之れ謂《い》わん)とこたえる。富と栄達を手にいれることが「適」(意に適うこと)であると言うのである。そしてその「適」を示すものの重要な指標が、衣服だった。盧生が(夢の中で)羽振りがよくなってゆくときは、「衣装服馭、日益鮮盛」(衣装・服馭《ふくぎょ》、日に益々鮮盛《せんせい》なり)と、衣装も馬車も日ましに豪勢になったとされる。讒言によって捕縛されようとすると、「而今及此、思衣短褐、乗青駒、行邯鄲道中、不可得也」(而今《じこん》此《ここ》に及びては、短褐《たんかつ》(短い粗末な衣服)を衣《き》、青《せい》駒《く》に乗り、邯鄲の道中を行かんことを思うも、得べからざるなり)と嘆く。盧生はどこまでも、自分を外からのすがたで、衣装や乗り物、官職などによって、認識する。何一つ内面的な要素があらわれないままに、夢の中で「型通りの波乱万丈」の出世物語を生きる。

盧生は長い夢を見て、夢の中で栄達と没落をくりかえし、いわば夢の中で全人生の体験をし、夢の中で死ぬのだが、その瞬間に目が覚める。

> 盧生欠伸而悟、見其身方偃於邸舎。呂翁坐其傍、主人蒸黍未熟、触類如故。生蹶然而興曰、「豈其夢寐也。」翁謂生曰、「人生之適、亦如是矣。」(盧生 欠伸《けんしん》して悟《さ》め、其の身の方に邸舎《ていしゃ》に偃《えん》するを見る。呂翁は其の傍らに坐し、主人は黍を蒸して未だ熟せず、類《るい》に触《ふ》るるに故《もと》の如し。生 蹶然《けつぜん》として興《お》きて曰く、「豈に其れ夢寐《むび》なるか」と。翁 生に謂いて曰く、「人生の適も亦た是くの如し」と。)

盧生はあくびをして目を覚ますと、自分が旅籠で横になっているのに気づいた。呂翁はそばにすわっているし、旅籠の主人はまだ黍を蒸していて蒸しあがらず、すべてもとのままだった。盧生は驚いてとびおき、「なんと夢を見ていたのか」と言った。呂翁は、「人生の「適」も、こんなものなのだ」と言った。

「適」は、心がみたされることを言う。だが盧生にとって、心がみたされるというのは、欲望がかなうことにほかならない。欲望は、実現していないことを追い求めることだから、欲望の実現だけを求めるのは、欲望に引きずられて生きることにほかならない。それはみずからの内面の喪失そのものである。盧生が常に自分を外側から見ている、あるいは外側から見えるもの（衣服・馬車・邸宅・官職）で判断しているのは、そのためである。その虚しさを「枕中記」は体験させる。盧生が旅籠で眠りこむ寸前、「時主人方蒸黍」（時に主人　方に黍を蒸す）であったのに、夢の中で一生を終えて眠りからさめたとき、「主人蒸黍未熟」（主人は黍を蒸して未だ熟せず）だったと言う。夢の時間と現実の時間の落差が、欲望に引きずられて生きる人生の虚妄を示すのである。夢の時間のリアリティと、現実の時間の極端な短さが、この小説を支えている。

## 3　「李徴」（「人虎伝」）

### ◈李景亮「李徴」

「人虎伝」は、もともと「李徴《りちょう》」と題されていた。この作品は、『太平広記《たいへいこうき》』巻四二七「虎」の部では「李徴」と題され、張読《ちょうどく》撰『宣室志《せんしつし》』から取ったことが記されている。しかし、明の陸楫《りくしゅう》編『古今説海《ここんせっかい》』では、李景亮撰

「人虎伝」とし、清の陳蓮塘《ちんれんとう》編『唐代叢書』もそれに従っている。いま、もっとも古い『太平広記』「李徴」によって、見る。

「李徴」(「人虎伝」)の作者とされる李景亮(生没年未詳)については、ほとんど分かっていない。中唐の頃、徳宗の貞元末(八〇四)前後に生きていたことが、わずかに知られている程度である。

「李徴」(「人虎伝」)の内容は、次のようなものである。

隴西《ろうせい》の李徴は皇族に連なる家柄の出身で虢略《かくりゃく》(陝西省)に家があった。才能豊かで科挙に合格、江南の尉となった。しかし性格が憍慢で、同僚に対しても尊大な態度をとったため人々から嫌われ、任期が終わると官を退いて故郷に帰った。やがて生活に困り、再び江南の地に赴き、職を求めて歩いた。人々から丁重に扱われ、相当の土産をもらい、かなりの金品を得たが、結局就職はできなかった。そこで故郷に帰ることとし、帰郷の途中、汝墳《じょふん》(河南省)の旅館に宿ったが、突然発狂し従者を鞭うつようになった。そんな状態が一〇日以上つづいた夜、山の中に走っていって、ついに行方知れずになってしまった。

翌年、李徴の親友だった袁傪《えんさん》が監察御史となって嶺南(広東省など、南方の地域)に赴く途中、商於《しょうお》(河南省)の旅館を早朝に旅立ったとき、一匹の虎に出会う。虎は一瞬、袁傪に襲いかかろうとするが、草むらの中にかくれ、人間の言葉で語りかけてくる。袁傪はその声を聞いて、虎が李徴であることに気づく。そして虎は、自分が発狂して虎に変身してしまったいきさつを語る。さらに、過去に自分のつくった詩文を吟じてそれを書きとることを依頼し、妻子の保護を託した。袁傪は、それらの依頼を一々聞きいれ、約束をまもることを誓う。

両者はそこで別れるが、南方から帰った袁傪は、虎に頼まれたことを違えず、李徴の妻子に生活費を給し、飢餓を救ってやった。

以上のような内容である。李徴は、家柄もよく、詩文の才能にもめぐまれていた。天宝一〇(七五一)載、進士に及第している。エリートコースに乗ったわけだが、そこから人生がくるいはじめる。数年たって「江南尉」に任ぜられたが、それが彼には不満だった。江南尉という初任官は、トップエリートのものではなかった。不満にとりつかれた李徴は都から遠く離れた南方の役所で、同僚とうまくいかなくなる。彼は「恃才倨傲」(才を恃《たの》んで倨傲《きょごう》)だった。自尊心が、彼自身をしだいに追いつめ、破滅させてゆく。

### ◈自己破滅への道

任期が終わると李徴は辞職してしまう。しかし暮らしが立たなくなり、ふたたび南方の「呉楚」(湖北・湖南・江蘇・浙江省一帯の地)に行って就職運動をする。各地で丁重にもてなされるが、結局就職はできなかった。体よく追いはらわれたようにも見える。少なくとも本人はそう感じたと思われる。彼の自尊心は深く傷つけられ、故郷に帰る途中、ついに発狂してしまう。

重要なのは、李徴の発狂、虎への変身という異常な事態が、人間観察にささえられた鋭い表現で描きだされているという点である。自尊心に支えられていた李徴が、ついに就職できず、たくさんの「饋遺《きい》」(贈り物)を贈られて体よく追いはらわれ、その「饋遺」をいれた「囊橐《のうたく》」(ふくろ)を従者に持たせて帰郷してゆく。李徴にとってそれは屈辱以外の何物でもなかった。だが、その屈辱を事実として示す「饋遺」をいれた「囊橐」は、従者に運ばれて道中ずっとついてくる。その現実が李徴の精神を傷だらけにし、ついに精神を破壊してしまった。だから狂いはじめた李徴は、まず「鞭捶僕者」(僕者《ぼくしゃ》を鞭捶《べんすい》す)、従僕を鞭うっている。それが一

○日もつづいた。小説「李徴」は、主人公李徴がみずから精神を破壊してしまう過程を、無駄のない文章で厳しく追っている。こうした人間観察の深さと表現の厳しさが、伝奇小説の特徴である。

旧友袁傪が監察御史となって、南方におもむく途中、虎となった李徴に出会う。虎は袁傪に襲いかかろうとするが、それが旧友であると気づいて草むらにかけこむ。そして、こう言う。「異乎哉、幾傷我故人也」(異なるかな、幾んど我が故人を傷つけんとす)と。「故人」という、人間関係をあらわす言葉をつかっていて、虎がいまだに人間社会に引きよせられ、人間社会の倫理に従っていることが分かる。また袁傪一行のさかんなありさまについて、虎は、「吾子以文学立身、位登朝序。可謂盛矣」(吾子《ごし》　文学を以て身を立て、位《くらい》　朝序《ちょうじょ》に登る。盛んなりと謂うべし)と言う。まるで高級官僚が出世した同僚をほめるような口調で語っている。あさましい虎になってしまっているが、李徴がこの時、士人として語っていることが分かる。同時に、虎がどれほど「文学」、「立身」、「朝序」にこだわっているかが分かる。人間であろうとし、士人として語ろうとする必死の努力が、同時に自分の傷ついた自尊心を確認することになってしまうのである。

自分の中に残された人間的要素、人間性をかきあつめて虎が語ろうと努力すればするほど、虎(李徴)は劣等感の中に落ちこんでしまう。そしてその心中を折り目正しい士人の言葉で語ろうとするところに、虎(李徴)の悲劇性があらわになる。虎が袁傪に、二人の旧交と現状を語る場面では、次のように言う。「嗟夫、我与君同年登第、交契素厚。今日執天憲、耀親友。而我匿身林藪、永謝人寰」(嗟夫《ああ》、我と君とは同年に登第《とうだい》し、交《こう》契《けい》　素《もと》より厚し。今日　天憲《てんけん》を執《と》り、親友に耀《かが》やかす。而して我は身を林藪《りんそう》に匿《とく》し、永く人寰《じんかん》を謝《さ》る)と。我々は、かつては同年に科挙に合格し、同列の者として仲よくやってきた。だが今や君は「天憲」(国家の法令)をとり行ない、その身を親友(である自分)に輝かせている。それに対して自分は体を草むらに隠し、「人寰」(人の世)から身をひいている。そのように、虎は言う。袁傪の「耀」に対する虎(李徴)の「匿」の対比ほど、むごたらしく両者の運命の乖離を示すものはない。このような対比をあえてみずから口にしている虎の心中は、比較意識にさいなまれている。そこにあるのは自他の対比であり、格差の確認である。虎は士人の自尊心から劣等感を封印し、決して口には出さないが、それは一層内向していく。

### ◈根源的な悪

伝奇小説「李徴」は、人間の過剰な自尊心や劣等感の根深さと、それによって精神の安定をうしなってしまう人間の悲劇を描いたものである。袁傪が旧友李徴の信じがたい運命を理解し、虎(李徴)との約束をまもって李徴の妻子を庇護したという後日譚は、この物語における唯一の光であるが、李徴その人については、何の救いもない。李徴は物語のはじめから「恃才倨傲」(才を恃んで倨傲)だった。そして虎となり、旧友と出会ったものの、虎のままで別れ、その後のことはまったく分からない。李徴にとっては、何の救いもない物語なのである。

ここには、人間が根底的に持っている悪への注目がある。人間は自然状態では善であるというのが、孟子の「性善説」であり、ルソーの『社会契約論』の立場であるが、小説「李徴」の立場はそういう認識を否定するものである。しかも、荀子の「性悪説」に従っているというわけでもない。荀子は、人間の本性は悪であるとしながら、それを抑制して善に向かわせるものとして、聖人がさだめた礼法、文物、制度があると述べる。だが小説「李徴」は、礼法、制度なども救うことのできない、人間の根源的な凶悪さを見つめている。

「李徴」を、科挙制度の中で、絶えざる競争に身をさらして自己破滅する知識人の悲劇を描いた小説と見ることもできる。だがそれだけでなく、人間の奥底に秘めている、自分でどうすることもできない暗闇を描きだしたところに、「李徴」の価値の一半を見ることができる。

唐代中期には、人間の内部の暗闇を見つめる目が鋭敏になり、それが小説の方法によって語られるようになってきたのである。後に、中島敦がこれを翻案して「山月記」を書き（ただし、「李徴」そのものによったのではなく、「人虎伝」に依拠しているが）、虎は自己の心中を「尊大な羞恥心」、「臆病な自尊心」と語る。それが中島敦のすぐれた創造による表現であることは認めなければならないが、原作「李徴」の深刻な世界がその根底にあったことは否定できない。

# 第五章

# 五代・宋の文学

# 一――五代と詞

## 1　五代十国の時代

### ◈分立の半世紀

安禄山の乱以後、唐王朝は不安定な国内状況に対応するため、各地に節度使を置いた。節度使の支配地域は半独立地帯となり、その拡大にともなって中央の支配力はおとろえていった。「黄巣《こうそう》の乱」(八七五)が起きると、唐王朝は急激に崩壊にむかい、ついに九〇七年、朱全忠によって滅亡に追いこまれた。以後、後《こう》梁《りょう》(九〇七―九二三)、後唐《こうとう》(九二三―九三六)、後晋《こうしん》(九三六―九四六)、後漢《こうかん》(九四七―九五〇)、後周《こうしゅう》(九五一―九六〇)の五つの短命な王朝が次々に交代した。後周の後をうけて宋《そう》王朝が生まれ(九六〇)、この宋王朝が統一に成功するのだが、それまでの半世紀のあいだ、短命な王朝と、それに対抗した前後十国の地方政権の分立の時代がつづいた。十国とは、呉、南唐、前蜀、後蜀《こうしょく》、南漢、楚、呉越《ごえつ》、閩《びん》、南平《なんぺい》(荊南)、東漢(北漢)である。そのためこの時代を「五代十国」と総称する。

五代の各王朝は、中国全土を支配する力を持たなかった。五代十国の時代は地方政権の分立の時代であり、正統を名のる王朝も実体としては分立する政権の一つに近い状態だった。かつての節度使の分立の状態は、依然としてつづいていたのである。一方それは、地方の自立性が強まり、地方都市が発展する状況を生んだ。

### ◈商業都市と「詞」

節度使は、みずからの支配を強化するため、各地に「鎮将《ちんしょう》」を置いた。鎮将とは、節度使に私的に従属している武人を地方の拠点に配置して、治安の維持をはかったものである。だがしだいに鎮将は都市・関所の商税のとりたてや、酒税などの賦課徴税さえ行なうようになり、地方政治まで管轄するようになった。鎮将の配置された地方都市は「鎮」と呼ばれ、その多くは地域の物産流通の中心地として発展した。そのため「鎮」は、地域経済の中心となる小都市の名となった。こうして地方の経済都市が発展し、それが節度使体制をささえ、また五代十国の分立を可能にしたのだった。

各国の対立抗争はつづいていても、地域同士の経済的交流は活発になり、地方の商業都市が成長していった。五代の「正統」王朝の多くも、これまでの長安・洛陽という伝統的な首都を捨て、黄河と大運河の交点にあたる汴《べん》(汴京《べんけい》。開封《かいほう》。河南省開封市)に都を置いた。汴京は空前の経済的繁栄を誇ることとなり、宋王朝(北宋)もこの都をうけついだ。

文学においては、経済的実力を持った都市を中心に、新しい歌曲が流行した。それは「詞《し》」と呼ばれている。「詞」は、唐代中期からつくられはじめていたが、五代十国にさかんになり、宋代に隆盛をきわめた。

## 2　詞の発生

### ◈新しい歌曲

「詞」という歌曲が歌われるようになったのは、盛唐の時代だった。李白がすでに詞をつくっていたとされる。中唐の白居易、晩唐の韓偓らの頃になると作例も増えたが、流行にまでは至らなかった。詞の本格的な流行は、五代に入ってからである。

五代のころには急速に商業都市が成長し、それぞれの都市の中や周辺には盛り場が形づくられていった。そうした盛り場は、「瓦子《がし》」、「瓦舎《がしゃ》」と呼ばれ、庶民の娯楽の場としてにぎわった。また酒楼、妓楼が立ちならび、そこで人々は酒食を楽しんだ。経済的発展とともに、とくに富裕な商人層が社会的地位を高め、酒楼や妓楼にさかんに出入りした。客も、接待をする妓女たちも、詩のやりとりをし、歌曲を歌いあった。唐代に発生した詞は、こうした気風の中で大流行するようになった。

詞は、伝統的な「雅」の世界からは逸脱したものと見なされた。それは「俗《ぞく》」の世界の文学とされ、公的な場面で士大夫がつくるものではなかった。詞は、伝統的な詩の余りものと見なされ、「詩余《しよ》」などとも呼ばれた。しかし都市の商人層など、これまで文芸の世界の表舞台に登場しなかった階層からは絶大な支持を得た。こうして詞は、庶民に愛好されて流行し、しだいに知識人のあいだにも広まっていった。中には、詞をつくることによって生活の糧を得る者もあらわれ、職業的な詞人(作詞家)が誕生した。

詞は、既定の曲調に合わせて歌詞を付けるもので、「塡詞《てんし》」とも呼ばれた。定まっている曲調を詞牌《しはい》と言う。詞牌には「菩薩蛮《ぼさつばん》」「浪陶沙《ろうとうさ》令《れい》」「如夢令《じょぼうれい》」など、さまざまな名称があり、その詞牌に合わせて替え歌をつくるのが「詞」である。詞牌は、一つの曲調で二度、三度とくりかえされることが多く、一つの曲調の完結までを「闋《けつ》」と呼ぶ。

### ◈五代初期の詞

五代初期の詞の作例として、前蜀・王衍《おうえん》（?—九二六）の「酔妝詞《すいしょうし》」を見る。

者辺走
那辺走
只是尋花柳
那辺走
者辺走
莫厭金杯酒

者辺《こなた》に走《ゆ》き
那辺《かなた》に走く
只だ是れ花柳《かりゅう》を尋ぬ　（前闋）
那辺に走き
者辺に走く
厭《あ》くこと莫《な》し金杯の酒に　（後闋）

こちらを歩き、
あちらを歩き、
ただひたすら　色町を尋ねゆく。　（前闋）
あちらにゆき、
こちらにゆき、
飽きることなく飲みつづける　金杯の酒を。　（後闋）

この詞の作者は前蜀の後主である。亡国の君主の一人として知られるが、伝統的な詩のつくり手である貴族や士大夫層の出身ではなく、成り上がりの君主の後継者だった。文学のにない手が変化し、文学のすそ野が広がってきたのである。

### ◈欲望と口語

ここには酒や愛欲への耽溺がひたすらに語られている。欲望の肯定が前面に出てきている。欲望に対する態度が、儒教道徳に慣れ親しんだ士大夫層とは大きく変わっている。そこにこの詞の特徴と時代の特徴が見える。

この詞は、表現において、詩とは大きく違っている。各句の字数が違い、不定形のようではあるが、実際には詞牌毎に句数も字数も決まっているのが原則である。これは、音楽に合わせて歌詞を付けるためで、脚韻はもちろん、平仄の位置まで決まっているのである。

さらに表現面での決定的な違いは、口語の使用である。「者辺」(こちら)、「那辺」(あちら)、「走」(歩く。ゆく)などは、典型的な口語であり、現代中国語の口語と(一部の表記をのぞき)まったく同じである。詞の大きな特徴は、こうした口語表現を多用し、通俗的な表現を好むという点にある。そこに、俗の精神が宿っている。新しい都市の経済的実力を持った市民層にとって、これまでの士大夫層の雅の文学は、堅苦しいものだった。自分たちの実感に即した表現が求められた。詞は、彼らの好みをとらえたのである。

## 3　詞の展開

### ◈恋愛の情緒

詞は、五代十国を通じて、各地で流行した。その展開には、二つの方向があった。一つは、恋愛・愛欲の情緒の追求である。もう一つは、雅なる意識を取り込んで、内省的な方向を追求するものである。詞人はそれぞれの方向に進んだが、一人の詞人が両方の傾向を兼ねることも珍しくはなかった。恋愛の情緒を追求した例として、五代・孫光憲《そんこうけん》(?—九六八)の「更漏子《こうろうし》」の前闋を引く。

掌中珠　　掌中《しょうちゅう》の珠《たま》
心上気　　心上《しんじょう》の気
哀惜豈将容易　　哀惜《あいせき》　豈に将《は》た容易ならんや
花下月　　花下《かか》の月
枕前人　　枕前《ちんぜん》の人
此生誰更親　　此の生　誰か更に親しまん

手の中の珠。
胸の上の息づかい。
いとおしむことが　どうしてたやすかったと言えよう。
花のもとの月。

枕辺《まくらべ》の人。
この世で誰を　これ以上愛することができようか。

恋愛の情緒を大胆に描いている。感覚的な表現を重ね、それ以外のことは言わない。儒教の文学観からはもちろん、六朝・唐代の典雅な美を追求した文学意識からも生まれてこない世界である。詞の感覚だけを羅列したような表現は、知識人層からはあまり評価されなかった。しかしこの詞は、そこに開きなおって、感覚や情念だけをひたすら描くことに徹している。「哀惜豈将容易」（哀惜　豈に将た容易ならんや）と、この恋愛の成就が容易ではなかったことを暗示し、「此生誰更親」（此の生　誰か更に親しまん）と、恋人の尋常でない大切さを語っている。

感覚的表現の羅列の中に、これまでの士大夫層の持ちえなかった意識、恋愛への激しい傾斜、危うい運命への覚悟などがあらわれてくる。

### ◈雅と俗の拮抗

他方、知識人たちは強固な雅の伝統をうけついでいた。このため、典雅で伝統的な美意識と、新しく力を持ってきた世俗的な文学意識とが拮抗し、両者が緊張した関係を持つようになった。詩が俗なる日常生活を描いたり、逆に詞が典雅で思索的な表現を追求したり、両者のせめぎあいと相互の影響がくりひろげられた。南唐の李煜《りいく》（九三七—九七八）の「浪陶沙令《ろうとうされい》」を見る。

簾外雨潺潺
春意闌珊
羅衾不耐五更寒
夢裏不知身是客
一餉貪歓
独自莫凭欄
無限関山
別時容易見時難
流水落花春去也
天上人間

簾《すだれ》の外　雨潺潺《せんせん》たり
春の意《おもい》　闌珊《らんさん》たり
羅衾《らきん》は耐えず　五更《ごこう》の寒さに
夢裏《むり》には知らず　身の是れ客《たびびと》なるを
一餉《しばし》　歓《よろこび》を貪《むさぼ》る　（前関）
独自《ひとり》　欄《おばしま》に凭《よ》る莫かれ
限り無き関山《かんざん》
別《わか》るる時は容易《たやす》く　見《あ》う時は難《かた》し
流水　落花　春は去《ゆ》きぬ
天上と　人間《じんかん》と　（後関）

簾の外に　雨は降りしきる。
春の思いは　尽きはてた。
薄物のふすまは　夜明け前の寒さに耐えられない。（そこで目ざめてしまった。）
夢の中では　我が身が旅人であることを知らなかった。
（だから夢の中で）しばらくの間　喜びにひたっていた。　（前関）
ただ一人で窓のおばしまに依ってはいけない。
はてしなく遠い故郷（の方を見てしまうから）。
別れる時はたやすくおとずれ　会う時はやってこない。

流れゆく水　散ってゆく花　春は去ってしまった。
天上からも　人の世からも。　　（後闋）

作者は、十国の一つ、南唐の後主だった。南唐は、宋王朝のさしむけた大軍の攻囲に堪えきれずその軍門にくだり、後主は虜囚として一族とともに宋都汴京に送られた。「浪陶沙令」は、彼が「違命侯《いめいこう》」という屈辱的な名をあたえられ、汴京に幽閉されていた時期の作である。後に毒殺されるが、その運命を予感していたかのような歌いぶりである。

夢の中では故郷にいることができた自分、夢の中でだけ幸福であり得た自分に、夢からさめた瞬間に気づく。夢からさめた瞬間は、夢をうしなった瞬間である。深い喪失感が描かれている。一国の国主であったにもかかわらず、自己の社会的地位にかかわる表現はどこにも見られない。自己の地位と、それにまつわる体験を離れて、うしなったものに苦しみつづける人間のすがたが見える詞である。

詞は、もともと通俗的な歌謡である。これに対して、この詞では、典雅な古典的感覚がにじみ出ていて、雅の意識が求心力のように作用し、俗と雅が緊張関係の中にある。悲劇的な運命を背負い、自己の死を予感し、その苦しみを歌おうとするのは古典的な意識であるが、それを通俗的な歌曲に載せようとするところに、雅俗の拮抗した時代の感覚がある。

# 二――北宋の詩

## 1　宋王朝の成立

### ◈宋王朝の社会

五代最後の後周の後をうけ、分裂時代を終わらせ、ほぼ全土を統一したのは、宋の太祖、趙匡胤《ちょうきょういん》(在位九六〇―九七六)だった。彼の即位の時点では、まだ有力な地方政権が残っていて、分立状態はつづいていたが、次の太宗、趙匡義《ちょうきょうぎ》のとき、統一を完成させた。ただ五代以来、契丹《きったん》民族の遼《りょう》に割譲していた「燕雲《えんうん》十六州」(河北省北部から山西省東部一帯の地域)は取りもどすことができず、遼からの圧力をうけつづけることになった。このことは宋王朝にとって重い軍事的・経済的負担となった。

宋は、「北宋」と「南宋」に区分される。汴京(河南省開封市)に都を置き、遼の圧力に苦しみながらも中国全土を領有していた「北宋」(九六〇―一一二七)の時代と、女真《じょしん》族の金《きん》王朝に北中国を奪われ、臨安《りんあん》(杭州。浙江省杭州市)に都を置いた「南宋」(一一二七―一二七九)の時代である。宋一代は、強力になった北方の異民族に苦しみつづけた時代だった。

国内においては経済的発展が進み、交易・流通の要となる都市を中心に、商人層が台頭した。五代の都は主に汴京だったが、宋王朝(北宋)もそれを継承し、東京《とうけい》・開封府《かいほうふ》と称した。汴京は華北平原の中央に位置していて華北の穀物・物資の集散地だっただけでなく、黄河と大運河の交点にあたり、江南の米穀・塩・茶などを華北各地に大量輸送する要地でもあった。近世的な商業経済の要として、汴京は大きく発展したのだった。

地方都市の発展を基礎に地方の経済的実力が強まったが、宋王朝は中央集権化を強くすすめ、皇帝権力の強化に努めた。こうした体制は「皇帝独裁体制」と呼ばれたりするが、それは最終決定権を皇帝がにぎる体制を言うのであり、決定までの過程においては議論が重視された（宮崎市定『中国史・下』岩波文庫、二〇一五年）。こうした体制を維持するために科挙制度は唐代よりもさらに重視され、ほとんどの官僚は科挙出身者となった。

## ◈宋代の文化

文化の面での重要な動きは、儒教哲学の変革だった。中唐以来の政治思想を重視する意識などを背景に、儒教思想の再構築がめざされ、仏教哲学への対抗を鮮明にして（仏教哲学の論理構造を取り入れている面もある）儒教の論理学を根本的に改革する動きが強まった。そこに知識人の間での議論の習慣が重なり、儒教再構築の動きは加速された。こうした新しい儒教哲学を「宋学」と総称する。

一方で、宋代には商業経済の発展にともない、商人層がさまざまな文化のにない手として登場してきた。宋代の都では、瓦子のにぎわいは前代以上となり、さかんに芸能の類が演じられ、多くの観客が出入りしていた。観客の多くは、商人層を中心とした庶民だった。盛り場で演じられた語りの芸能に「説話《せつわ》」があり、それがもととなって、「白話《はくわ》」（口語）を多用した新しい小説が誕生してゆく。文化のにない手にも、文化の中身にも、新しい風が吹きはじめたのである。

宋代にも伝統的な詩文は、おとろえなかった。ただ、詩の世界では、唐代のような激しい感情の表現は後退し、日常への注目が強くなった。宋代の詩は、「平淡」と評されることが多い。それは、宋代文化の理知的性格と深くかかわりながら、宋詩がしずかな日常生活の価値を発見したことを意味している。

## 2　北宋前期の詩

### ◈北宋初期の詩人たち

北宋(九六〇―一一二七)の詩の流れは、最大の詩人である蘇軾《そしょく》の登場によって二分できる。そのため、仁宗の嘉祐八(一〇六三)年までを北宋前期とし、英宗の治平元(一〇六四)年からを後期とする。蘇軾の活動が、このころから本格的になるからである。

北宋初期には、五代の時期に人気のあった白居易を模倣した詩が多かった。そうした前代の模倣を脱して、宋詩の先駆けの一人となったのは、王禹偁《おううしょう》(元之。九五四―一〇〇一)だった。

王禹偁は済州鉅野(山東省鉅野県)の人で、太平興国《たいへいこうこく》八(九八三)年の進士。要職についたが、要路者への直言をくりかえし、たびたび左遷された。唐の李白、杜甫、白居易を学び、理知的な中に社会批判の精神を持つ詩をつくった。五言古詩「感流亡」(流亡《りゅうぼう》に感ず)の一部を引く。作者が商州(陝西省商県)に左遷されていたとき、新春の自宅門前に「流亡」(郷里を離れて他国をさすらう民衆)の一家を見てつくった長編詩である。

老翁与病嫗　　老翁《ろうおう》と病嫗《びょうおう》と
頭鬢皆皤然　　頭鬢《とうびん》　皆皤然《はぜん》たり

呱呱三児泣　呱呱《ここ》として　三児泣き
惸惸一夫鰥　惸惸《けいけい》として　一夫《いっぷ》鰥《かん》なり
道糧無斗粟　道糧《どうりょう》　斗《と》粟《ぞく》無く
路費無百銭　路《ろ》費《ひ》　百銭無し
聚頭未有食　頭《かしら》を聚《あつ》むるも未だ食有らず
顔色頗飢寒　顔色　頗《すこぶ》る飢《き》寒《かん》す

同情の思いはあっただろうが、描写は淡々としている。「老人と病気の老婆は髪も白く、三人の幼子は泣きつづけ、男は鰥夫《かんぷ》(妻を亡くした男)である。彼らにはわずかの食料も無く、路銀もほとんど無い。頭を集めて座っているが食べる物は無く、ずいぶんと飢え凍えているようだ」。

この流亡の家族は、あわせて六人。「呱呱」と三人の幼子が泣きつづけるのは、その母が死んでいるからである。彼らは、頭を寄せあつめるようにして座っているが、食べ物が無い。「聚頭未有食」(頭を聚むるも未だ食有らず)の状態である。子どもが三人、父親が一人だけ、一斗の食糧も無く、百銭の路銀も無いと、こまごまと数える態度、食べ物が無いだけでなく、身を寄せあって座っている様子を「聚頭」ととらえ、細部に注目して描く態度、このようなこだわりに王禹偁らしい特徴がある。それは宋詩に伝わってゆく特徴と言えよう。この詩は同情をあらわに語るよりも、流民のすがたを距離をおいて克明に描いている。こうした理知的な表現姿勢も、宋詩の特徴をひらいたものと言える。

## ◈西崑体とその周辺

王禹偁の活動した時期と重なるようにして、宋代初期の詩壇では晩唐の李商隠のスタイルをまねた「西崑体」が流行した。西崑体は、極端に多くの典故を用い、雕琢《ちょうたく》を重ね絢爛で妖艶な表現を求めたものだった。主に宋初の宮廷でつくられ、高級官僚のあいだでもてはやされた。その中心となったのは楊億《ようおく》(九七四—一〇二〇)だった。楊億を中心とする官僚たちのやりとりした詩を集めた『西崑酬唱集《せいこんしゅうしょうしゅう》』が有名になり、そこにおさめられた詩のスタイルを「西崑体」と呼ぶようになった。

だが、西崑体は一時的な流行に終わった。晩唐の詩の模倣に終始する西崑体は、宋代の知識人たちの好みに合わなかった。西崑体の詩人群の近くにありながら、独自の境地をめざす詩人が出てきた。寇準《こうじゅん》(平仲。九六一—一〇二三)もその一人だった。

寇準は、華州下邽《かけい》(陝西省渭南県)の人。太平興国四(九七九)年の進士に一九歳の若さで及第した。太宗皇帝の衣をつかんで直言したという剛直の人でもあった。遼の侵入に対して抗戦し、有利な和議(「澶淵《せんえん》の盟《めい》」)をかちとった。名宰相として知られる。詩人としては、西崑体の詩風とは異なり、おだやかな中に余情のある表現を追求した。七言絶句「夏日」の後半に、こう言う。

日暮長廊聞燕語　　日暮　長廊《ちょうろう》　燕語《えんご》を聞く
軽寒微雨麦秋時　　軽寒《けいかん》　微雨　麦秋《ばくしゅう》の時

夕暮れの長い回廊に　語るような燕のさえずりが聞こえる。
肌寒く　かすかな雨のふりつづく　麦秋の　ある日。

初夏の季節である。離別した人への思いに沈む時間を描いた詩である。相手の具体的なすがたははぶき、人を思う時間のしずかなかげりを描いている。唐代の詩ならば、悲哀を激しく語ろうとすることが多い。しかし、この詩には悲しみを正面から表現する語は見られない。寂寞とした時間が描かれているだけだが、そこに抑制的な知性が感じられる。

林逋《りんぽ》（九六七―一〇二八）は、官界とのかかわりを断ちきって西湖の孤山に隠棲し、周囲の自然を詩に描いた。「山園小梅」（山園の小梅）其一の中で、

疎影横斜水清浅　　疎影横斜《そえいおうしゃ》して　水　清浅《せいせん》
暗香浮動月黄昏　　暗香浮動《あんこうふどう》して　月　黄昏《こうこん》

と言う。庭の小さな梅を描いたものである。梅の枝のまばらな影が斜めにのびて、その下を水が清く浅くながれてゆく。梅の香りは暗闇の中を揺れるようにただよい、月が黄昏の空に輝いている。この二句は、五代・南唐の江為の詩句をすこし変えただけなのだが、そこに作者の知的な工夫がある。梅の香りの揺らぎをとらえた感覚の鋭さと、孤高の静けさが、この対句の中にみちている。

### ◈梅堯臣・蘇舜欽・欧陽脩

梅堯臣《ばいぎょうしん》（一〇〇二―一〇六〇）、字は聖兪《せいゆ》。宣州宛陵（安徽省宣城県）の人。二九歳で官職につくが、科挙出身

者でなかったため中央官につけず、地方官として各地を転々とし、その間に妻子をうしなうなどした。嘉祐《かゆう》二（一〇五七）年の科挙で試験官を務め、蘇軾・曾鞏《そうきょう》ら、次世代の文学のにない手たちを合格させた。彼が唱えた「平淡」という理想は、宋詩全体の特徴として、その後認識されるようになる（銭鍾書『宋詩選注1』宋代詩文研究会訳注、平凡社・東洋文庫、二〇〇四年）。とはいえ、梅堯臣の平易な表現には独自の強さがひそんでいることも見落とせない。「陶者《とうしゃ》」（瓦職人）を見る。

陶尽門前土　門前の土を陶《や》き尽くすも
屋上無片瓦　屋上　片瓦《へんが》無し
十指不霑泥　十指　泥に霑《ぬ》らさざるに
鱗鱗居大廈　鱗鱗《りんりん》　大廈《たいか》に居るあり

門の前の土をすべて焼き尽くしたのに、
瓦職人の屋根には　一片の瓦も無い。
十本の指を泥で汚さなくても、
鱗のように瓦を葺《ふ》いた大邸宅に住む人もあるというのに。

社会矛盾を「平淡」に描きだしている。前半二句と後半二句で、貧者と富者の在りようがくっきりと描き分けられている。ただ、それは対比として提示されているだけであって、それについての評価や批判の語は、まったく無い。鮮明な対比を通じて、直叙されていない批判を語ろうとしているのである。梅堯臣は、唐代の詩人のように、激しい批判の語を述べたり、劇的な表現によって民衆の悲惨さを強調したりはしない。宋代の人々は対象を冷静に表現することを重視するようになってきたのである。

蘇舜欽《そしゅんきん》（子美。一〇〇八―一〇四八）は、梓州《ししゅう》（四川省）の人。開封の人とも言う。進士に及第し、大理評事に進み、范仲淹《はんちゅうえん》に評価された。日頃、権力者への批判的言動をくりかえしたため官職を剝奪され、蘇州（江蘇省）に隠棲した。その詩は豪快で奔放だった。梅堯臣とならんで「蘇梅」と称されたが、両者の特徴は大きく異なっている。「送李生」（李生を送る）の中に、「男児坐世間、有如絶壑松」（男児《だんじ》　世間に坐しては、絶壑《ぜつがく》の松の如き有り）と言う。「男児」は、「絶壑松」のように風雨にさらされながら自立して生きる運命を、引き受けなければならない。こうした厳しい自覚を持つところに、宋代士大夫のもう一つの面がある。

欧陽脩《おうようしゅう》（永叔。一〇〇七―一〇七二）、吉州廬陵《ろりょう》（江西省吉安市）の人。幼くして父をうしない、母に育てられる。仁宗朝の初期に進士となり、重要な官職を歴任し、枢密副使、つづいて参知政事となり、国政の中心をになった。熙寧《きねい》四（一〇七一）年に引退し、六一居士《りくいっこじ》と号したが、翌年亡くなった。死後「文忠」の諡をたまわった。北宋前半の詩人の中で、重要な役割を果たした。特に韓愈の詩文を学び、論理的で明晰な表現を特徴とした。七言絶句「別滁」（滁《じょ》に別る）を引く。

花光濃爛柳軽明
酌酒花前送我行
我亦且如常日酔
莫教絃管作離声

花光濃爛《のうらん》にして　柳は軽明《けいめい》
酒を花前《かぜん》に酌《く》みて我が行を送る
我も亦た　且《しばら》く常日《じょうじつ》の如く酔わん
絃管《げんかん》をして離声《りせい》を作《な》さしむる莫《な》かれ

花に映える光は輝かしく　柳は軽やかに明るい。
人々は花の前に酒を酌み交わして　私の旅立ちを送ってくれる。
私もまた　ともかくもいつものように酔おう。
琴と笛に　別れの曲を奏でさせたりしないように。

慶暦《けいれき》八（一〇四八）年閏正月一六日、二年余にわたる滁州（安徽省滁県）知州から転任することとなった作者が、見送りの人々と別れるときの作である。別れの詩であるが、激しい悲しみが描かれることはない。「花光濃爛」と、いきなり華麗な情景があらわれる。悲しみもあり、濃密な情景もあるが、それらを平明な表現に包みこんでいるのである。第三句で、私もともかく「常日」のように酔おう、と言う。別離のさまざまな思いをすべて包んで、日常と変わらぬように酔うことを選ぶ。梅堯臣、蘇舜欽とともに歐陽脩も、「平淡」の中に、知性と意志を強く守っているのである。

## ◈王安石・王令

一一世紀半ばには、歐陽脩らが活躍し、北宋詩の方向を定めたと言える。彼らの多くは科挙官僚であり、しかも相当に高い地位にまで至っている。歐陽脩以前にも、范仲淹（九八九―一〇五二）、晏殊《あんしゅ》（九九一―一〇五五）らの詩人は、副宰相や宰相にまでのぼりつめている。宋代の詩人たちは、高位の政治家として活躍した人々が多かった。

こうした宋代知識人の典型的存在で、詩人としても北宋前期を代表するのは、王安石《おうあんせき》（介甫。一〇二一―一〇八六)だった。王安石は、撫州臨川(江西省臨川県)の人。江寧(江蘇省南京市)で少年時代を過ごした。慶暦二(一〇四二)年、進士に及第。地方官を歴任し、真宗が即位すると召されて上京した。その後、副宰相である参知政事、宰相である同中書門下平章事などの枢要の地位につき、国家財政の危機を救うため、青苗法《せいびょうほう》・均輸法《きんゆほう》・市易法《しえきほう》などの大胆な政治改革「新法《しんぽう》」を断行した。しかしそれらはあまりにも思いきった政策だったため矛盾が生じ、また強い抵抗にあい、十分な効果があがらなかった。失脚後に辞職、晩年は江寧に隠棲した。繊細な感性を持つ詩人であった。「初夏即事《しょかそくじ》」を見る。

石梁茅屋有彎碕　　石梁《せきりょう》　茅屋《ぼうおく》　彎碕《わんき》有り
流水濺濺度両陂　　流水　濺濺《せんせん》として　両陂《りょうひ》を度《わた》る
晴日暖風生麦気　　晴日　暖風　麦気《ばくき》を生じ
緑陰幽草勝花時　　緑陰　幽草　花時《かじ》に勝《まさ》る

石の橋と茅葺の家のあたりに　湾曲した岸辺があり、
せせらぎの水は勢いよく　両岸に溢れるように流れていく。
晴れた日　暖かい風が吹き　麦の香りがただよい、
緑の木陰と深い草におおわれる(初夏の)ころは　花の季節にもまさる。

初夏の美しさを、淡々と描いている。その表現は、繊細で重層的である。視覚・聴覚・臭覚にうったえる表現が重なっていて、対象のとらえ方が、しだいに深まっていることが分かる。そして「緑陰」の季節が「花時」にまさると、新しい美意識を示している。唐詩にはあまり多くない「初夏」の美しさを提示している。対象を知的に描きだすことによって新しい美を構成しているのである。

王令《おうれい》（逢原。一〇三二―一〇五九）は、学識高く、王安石に知られて深くまじわり、ともに天下に功業をたてようと期していたが、二八歳の若さで亡くなった。王令が、亡くなった親友のために哭した「哭詩《こくし》六章」其三の前半には、こう言う。

切切切切切　切切切切切《せつせつせつせつせつ》
涙尽琴絃絶　涙尽き　琴絃《きんげん》絶ゆ
憤気吐不出　憤気《ふんき》　吐くも出でず
内作心肝熱　内に心肝《しんかん》の熱と作《な》る

第一句は、琴の音の擬音語であるとともに、琴の絃が切れてしまったことを暗示する。常軌を逸した慟哭のすがたである。どうすることもできない熱気が胸中にあり、救いのない慟哭へと王令を駆りたてる。彼は思想家として、宋代の理性的学問の系譜につらなる人であるが、こうした深刻な暗さを背負ってもいた。どこまでも自己の内面を掘り下げようとする異様な熱気を、みずからの中に潜在させていたのである。

## 3　北宋後期の詩人

### ◈蘇軾

北宋後期、すなわち一一世紀後半から一二世紀にかけては、蘇軾(子瞻。一〇三六―一一〇一)を中心に、黄《こう》庭堅《ていけん》(一〇四五―一一〇五)、陳《ちん》師《し》道《どう》(一〇五三―一一〇一)らの詩人が登場した。中でも傑出した存在は、蘇軾だった。

蘇軾、号は東坡《とうば》居士《こじ》。眉州眉山(四川省)の人。父は蘇洵《そじゅん》、弟は蘇轍《そてつ》。いずれも古文の作者として知られ、唐宋八大家に数えられる。嘉祐二(一〇五七)年の進士。同年の科挙の総監督官は歐陽脩で、科挙の大改革を行ない、明晰な文章で書かれた答案を高く評価した。以後、文風は一変し、明晰・平易な古文が標準的な文体とされるようになった。この時、蘇軾・蘇轍兄弟は、優秀な成績で及第し、将来を期待された。神宗の熙寧二(一〇六九)年、王安石が青苗法等の「新法」の実施に踏みきると、それに反対する意見書を皇帝にたてまつり、杭州(浙江省)通判に転出を命じられる。湖州(浙江省)知事のとき、詩によって朝廷をそしっていると告発され、御史台の獄につながれた。一時は死をも覚悟したが、神宗によって許され、黄州(湖北省)に遷された。同地で東坡居士と号した。哲宗が即位すると、「旧法」にもどされたため、元佑三(一〇八八)年、中央に復帰した。だがふたたび杭州(浙江省)に左遷される。都に復帰するが、「新法」が再度採択されると海南島に流された。元符三(一一〇〇)年、恩赦によって都に帰ることとなったが、途中、常州(江蘇省)で亡くなる。

蘇軾は、平淡を特徴とする北宋の詩壇の中で、豪放な詩風をもって知られる。平淡の趣をも持っているが、それだけでなく、自由で豪快な表現を好んだ。彼の周囲から黄庭堅以下の多くの詩人があらわれ、その文学的影響はきわめて大きかった。「望海楼晩景」其二を見る。

横風吹雨入楼斜　横風《おうふう》　雨を吹き　楼《ろう》に入りて斜めなり
壮観応須好句誇　壮観《そうかん》　応《まさ》に須《すべか》らく好句もて誇るべし
雨過潮平江海碧　雨過ぎ潮《しお》平らかにして江海碧《みどり》なり
電光時掣紫金蛇　電光　時に掣《ひ》く　紫金《しこん》の蛇

横なぐりの風が雨を吹き　斜めに高楼に吹き入ってくる。
壮大な景観は　まさに　優れた詩句によってたたえなければならない。
雨が過ぎ去り　潮がたいらぎ　銭塘江《せんとうこう》も海も碧玉のような色になった。
だが　空には稲妻が走り　紫金の蛇が尾を引いて横切る。

熙寧五(一〇七二)年の作。八月一五日の中秋節、銭塘江の海嘯《かいしょう》(海潮による川の逆流現象)を、杭州の鳳凰山にあった望海楼から見たときの作である。自然の壮大な現象の終わった直後の風景と感慨が示されている。第二句の「誇」は、賞賛する意だが、本来の「ほこる」意も生きている。私は「壮観」をたたえる。だが同時に、それを「誇」る者でもある。「あくまでも東坡(蘇軾)は自然を動態においてとらえ、それに向かいあう自身の心をも動態に置く」(横山伊勢雄『宋代文人の詩と詩論』創文社、二〇〇九年、一七八頁)。こうした自由自在な表現、表現の主体と対象との関係さえも自由にこえてしまう表現意識が、蘇軾の特徴だった。
熙寧一〇(一〇七七)年、蘇軾四二歳のときの詩に、「和孔密州五絶　東欄梨花」(孔密州《こうみつしゅう》の五絶に和す　東欄《とうらん》の梨《り》花《か》)がある。作者は密州の知事から徐州に転出し、後任として孔宗翰《こうそうかん》が密州に着任した。孔宗翰(孔密州)が作者に詩を贈り、それにこたえたのがこの詩である。「東欄梨花」という副題がついているので、密州知事の官舎の東欄(東側の欄干)に、梨の花が咲いていたことを回顧した詩である。

梨花淡白柳深青
柳絮飛時花満城
惆悵東欄二株雪
人生看得幾清明

梨花《りか》淡白《たんぱく》にして　柳　深青たり
柳絮《りゅうじょ》飛ぶ時　花　城に満《み》つ
惆悵《ちゅうちょう》す　東欄二株《にしゅ》の雪
人生　幾《いく》たびの清明《せいめい》をか看得《みえ》ん

梨の花は淡く白く　柳は深い緑に揺れている。
柳の綿帽子の飛ぶころ　花は(密州の)町いっぱいに咲きほこる。
私は思いに沈む　東の欄干に咲く二株の雪(梨花)を思って。
人として生まれて　幾度この清明の季節を見ることができるのだろうか。

作者は、密州の春景色を回顧しているのだが、まるで今、そこに立っているかのように語る。春のさかりの「清明」(太陽暦の四月はじめ)の季節、雪のように白い梨の花の輝きが、作者を自省にさそう。この美しい花の咲く季節を、人生の終わるまでに何度見られるだろうか、と。

人間は誰もみな有限の時間を生きている。清明の季節に梨の花を見るのも、一生のうちに何回と数えることができるのである。その限られた時間を生きている自分という存在に気づいたとき、生きることの重々しさを実感したのである。美しい春景色の中で、ひときわ美しい梨の花を見て、有限な時間を生きていることに気づいた悲しみと、だからこそ尊い自己という存在に気づく内省とが、同時におとずれている。平明な表現を通じて、日常の認識をこえた次元を指し示している。

### ◈黄庭堅

黄庭堅（魯直《ろちょく》。一〇四五—一一〇五）、号は山谷道人《さんこくどうじん》。洪州分寧（江西省修水県）の人。少年のころ父をうしない、貧窮の中で育つ。二三歳で進士に及第して官途に就いた。詩を蘇軾に激賞され、以後まじわりを深めた。官僚としては、旧法の立場に立ち、自説を曲げなかった。蘇軾の門人と見なされることが多いが、蘇軾自身は黄庭堅を詩友として遇していた。黄庭堅は、含蓄を重視し、敢えて生硬で奇異な表現を求めることも多かった。「雨中登岳陽楼望君山　二首」（雨中　岳陽楼《がくようろう》に登り　君山《くんざん》を望む　二首）其一を見る。

投荒万死鬢毛斑　荒《こう》に投ぜられ　万死《ばんし》　鬢毛斑《びんもうまだら》なり
生入瞿塘灩澦関　生きて入る　瞿塘灩澦《くとうえんよ》の関《かん》
未到江南先一笑　未だ江南に至らざるに　先《ま》ず一笑す
岳陽楼上対君山　岳陽楼上　君山に対す

さいはての地に流され死を覚悟して　鬢の毛も白髪まじりとなったが、
生きて（長江を下り）瞿塘峡《くとうきょう》の灩澦堆《えんよたい》の関門をぬけることができた。
まだ江南の任地に至ってはいないのに　私はまずひとたび笑い、

岳陽楼の上から　君山に向かいあう。

作者が五八歳のとき、長く流されていた戎州《じゅうしゅう》（四川省）から、許されて江南に赴任する途中、岳州（湖南省）の岳陽楼に登ったときの作。「君山」は、洞庭湖中の島。「灎澦」は、長江の難所の名。灎澦堆。そこをぬけて、いま岳陽楼にのぼっている。かつて杜甫はこの地で「登岳陽楼」（岳陽楼に登る）詩をつくった。それを意識しながら、黄庭堅は「一笑」する。長く流されて苦しみをこえてきた彼は、杜甫の心情をふまえた上で、自己の運命に笑ってたちむかおうとする。君山に「対」す、という表現が、運命に対峙する黄庭堅の姿勢を暗示する。

黄庭堅はまた、表現の方法について、はっきりとした意識を持っていた。「六月十七日昼寝」（六月十七日　昼寝《い》ぬ）の後半に、

馬齧枯萁諠午枕　　馬は枯萁《こき》を齧《か》みて午枕《ごちん》に諠《かまびす》し

夢成風雨浪翻江　　夢に風雨と成りて　浪《なみ》　江に翻《ひるがえ》る

と言う。午睡のまどろみの中で、馬が豆がらを噛む音を聞くともなしに聞いていたら、それはいつのまにか夢の中で風雨と波浪の音になっている。「昼寝」を描いた詩だが、現実と夢との交錯を浮かびあがらせる表現となっている。晁端友《ちょうたんゆう》の詩句や『楞厳経《りょうごんきょう》』によって、この句を工夫したと考えられる。ある表現に基づきながら、それに創意を加えて、より奇抜な趣を持たせる、こうした方法を「換骨奪胎《かんこつだったい》」と呼ぶ。黄庭堅は、「換骨

奪胎」を自覚的な方法としたのだった。

秦観《しんかん》（少游、また太虚。一〇四九―一一〇〇）も蘇軾に認められた詩人だった。繊細で耽美的な傾向を持ち、旧法党として政治的には不遇だったが、その詩は王安石からも評価された。

## ◈陳師道

陳師道《ちんしどう》（履常《りじょう》、また無己。一〇五三―一一〇一）、彭城（江蘇省）の人。一六歳で曽鞏に師事した。そのころ流行していた王安石の経学に同調できなかったため、科挙を受験しなかった。その後、蘇軾に評価され、学官の地位を得るが、一生を貧窮の中に過ごした。五言古詩「別三子」（三子に別る）の一部を引く。作者三二歳のとき、無位無官で貧困をきわめていたため、成都府提刑として赴任する義父に妻子をあずけることとなった。そのときの作。

有女初束髪　女《むすめ》有りて初めて束髪《そくはつ》するに
已知生離悲　已に知る　生離《せいり》の悲しみ
枕我不肯起　我に枕《まくら》して　肯えて起《た》たず
畏我従此辞　我が此《ここ》より辞《わか》るるを畏《おそ》る
大児学語言　大児《だいじ》は語言《ごげん》を学ぶも
拝揖未勝衣　拝揖《はいゆう》　未だ衣《ころも》に勝《た》えず
喚爺我欲去　爺《ちち》よ　我は去《ゆ》かんと欲すと喚《さけ》ぶ

此語那可思　此の語　那《な》んぞ思うべけんや
私には娘がいて　髪を結いあげたばかりなのに、
もう　生き別れの悲しみを知っている。
私の膝に頭をおしつけて　どうしても起きあがろうとしない。
私がここで別れて行ってしまうのを恐れているのだ。
上の息子は　大人の言葉をまねはじめているが、
おじぎをしても　着物の重さに耐えられないほど幼い。
それなのに急に　「お父さん　私は行きます」と大声で言う。
この子がこんなことを言うなどと　どうして想像できただろうか。

「束髪」は、髪を結いあげること。男子ならば、一五歳で髪を結いあげる。ここでは女子であり、それよりも幼い年。人の世の苦しみを知るにはあまりにも幼い者たちのすがたが、作者の胸に迫る。髪をあげたばかりの娘、言葉を覚えたての息子、省略したが、母に抱かれたみどり子。そのどれもが作者の胸を衝いたにちがいない。だが、事情を正確に理解している長女のすがたは、ひかえめであるだけに特に心にかかっただろう。いつまでも作者の膝に頭をおしつけつづける娘が、その年齢よりもずっと大人びてけなげだから、作者は娘の悲しみの深さを知るのである。

陳師道は、こうした生活者の苦しみをたびたび描いている。ただその描きかたは、批判や弾劾など主観的な語はほとんど用いず、的確な描写を重ねることに重きをおいている。娘のすがたも、息子のすがたも、表現としてはむしろ平淡である。劇的な表現ではなく、平淡で的確な描写を追求したことによって、「生離悲」（生離の悲しみ）の深さが浮かびあがるのだった。

# 三――南宋の詩

## 1　北宋から南宋へ

### ◈靖康の変と南宋の誕生

北宋は汴京に都を置き、まがりなりにも中国全土を領有していた。とはいえ、北方には強力な契丹族の遼王朝（九三七―一一二五）があり、燕雲十六州の地域は遼に奪われたままだった。また西北のオルドス・甘粛地方はタングート系の西夏《せいか》に支配され、その地域の国境警備も宋にとって重い負担になっていた。更に東北地方には女真《じょしん》族の勢力が強まり、やがて女真族によって金《きん》王朝（一一一五―一二三四）が誕生した。金は、遼を東北から圧迫し、ついに一一二五年、これを滅ぼした。金はその余勢を駆って、更に南下し、北宋の都汴京を攻略し、靖康《せいこう》二年（一一二七）、徽《き》宗《そう》・欽宗《きんそう》以下の皇族・后妃を捕らえて北方に連れ去った。この事件は「靖康の変」と呼ばれ、この事件によって北宋は滅亡した。

靖康の変に際して、都を離れていた康王構《こうおうこう》（徽宗の第九皇子。欽宗の弟）は、応天府《おうてんふ》（河南省商邱市）において即位し（高宗）、宋王朝を復興した。しかし、中国の北半分（ほぼ淮水以北）は金王朝の支配するところとなり、その圧力を避けるため、都を杭州（浙江省杭州市）に定め、これを臨安と呼んだ。この王朝は、中国の南半分しか領有できず、都を南方の臨安においたため、南宋と言う。

### ◈南宋の詩

南宋の詩は、北宋以来の理知的な傾向を持っている。知性的で冷静な対象のとらえかたは、前代以来つづいている。一方、民族主義的な激しい感情を表現しようとする傾向があらわれてきた。女真族に都をおとされ、上皇と皇帝を連れ去られた靖康の変の体験は、人々の生活を大きく変えた。多くの人々が南方へのがれ、恐怖と苦しみを味わいつくした。しかも中国の北半を奪われ、北方からの脅威は強まっていたので、南宋の人々には民族主義の傾向が出てきたのだった。

しかし江南の地域は開発が進み、農村の生産力は向上し、商業都市は北宋時代以上に繁栄した。ことに都の臨安(杭州)は汴京に劣らぬほどの大都会となり、各所に盛り場ができ、華やかな芸能が演じられた。そのため金朝との関係がやや落ちつくと、人々の間には豊かな日常を守ろうとする傾向も生まれ、文学の世界でも日常への関心が深まってきた。南宋一代を通じて、金との対決を主張する主戦派(抗戦派)と、平和外交を主張する和議派(講和派)が政治の場で対立しつづけたが、その背景には、民族主義のたかまりと経済的繁栄という背反する現実があった。

## 2　南宋初期の詩人たち

### ◈動乱の時代の女流詩人

北宋から南宋への大動乱の時代に、多くの詩人が困難な体験をし、それぞれ体験をふまえた詩を残した。呂本中《りょほんちゅう》(一〇八四—一一四五)、陳与義《ちんよぎ》(一〇九〇—一一三八)らが知られている。

そうした体験をくぐりぬけた人々の中に、女性の詩人で詞人（詞の作家）でもある李清照《りせいしょう》（一〇八四―一一五五?）がいる。李清照（号、易安居士《いあんこじ》）は、済南（山東省）の人で、父は、格非《かくひ》。中流の家庭だが、学問を重んじる家柄であった。彼女は若いころから詩文の能力に長け、周囲から才能を認められていた。一八歳で趙明誠《ちょうめいせい》に嫁ぐ。夫は官僚として働くかたわら、金石学《きんせきがく》（古代の文字を研究する学問）に志す学者でもあった。彼は都の汴京で書画・古器物を買いもとめ、そこに記されている古文字の記録・解読に努めた。李清照はそれを手伝い、二人で古代文字の資料を読み比べ記録した。靖康の国難に際し、金軍による汴京の包囲・占領の惨禍には遭遇しなかったが、迫りくる金軍の手を逃れるため、李清照はわずかな使用人らとともに、夫の赴任地である江南をめざして逃避行を重ねた。その際、夫とともに買いあつめた古代文字の資料類を荷車に載せて逃げた。江南にたどりつき、夫婦は再会を果たしたが、しばらく後に夫は逝去。李清照は寡婦となった。以後の李清照の足跡ははっきりしないが、再婚の後、離婚し、各地を転々としたらしい。その間、亡夫の著書『金石録』の「後序」を記した。七言絶句「春残《しゅんざん》」を見る。

春残何事苦思郷
病裏梳頭恨髪長
梁燕語多終日在
薔薇風細一簾香

春残　何事《なにごと》ぞ　苦《はなは》だ郷を思う
病裏　頭《こうべ》を梳《くしけず》りて　髪の長きを恨む
梁燕《りょうえん》　語多くして　終日在り
薔薇《そうび》　風細やかにして　一簾香《いちれんかんば》し

春の終わりは　どうしてか　ひどく故郷のことが思われる。
病み臥して　頭をくしけずれば　長くなった髪が恨めしい。

梁《はり》の燕は　語るようにさえずりつづけて　一日中そこにいる。
薔薇《ばら》の花に風がかすかに吹きよせ　簾の中いっぱいに香がとどく。

人生の後半につくられた作品であろう（異説もある）。「季春」とか「晩春」と言わずに「春残」と表現している。春は実際にはもう終わっていて、その残り物のような時間。一番大切な時間はもう終わっていて、その残り物の時間を生きているのである。それなのに、髪はまだ長くのびている。そこに無残な人生への悲しみが湧く。だがそれでも、周囲への優しいまなざしと、繊細な感性はうしなわれていない。「梁燕」の声を一日中聞いている優しさ、風が吹くたびによせてくる「薔薇《ばら》」の香りを喜ぶ感受性、それらは今もなおうしなわれていない。困難な女の人生の中で、それでも誇り高く生きていることが伝わってくる。

### ◈陳与義

陳与義（去非《きょひ》。一〇九〇―一一三八）は、洛陽の人。二四歳で科挙に合格し、官僚となった。靖康の変に際し、家族をともなって南へ逃れ、南宋王朝に出仕し、参知政事にまで至った。「登岳陽楼」（岳陽楼に登る）、七言律詩の後半を引く。

万里来遊還望遠　　万里来遊して還《ま》た遠きを望み
三年多難更憑危　　三年多難　更に危《たか》きに憑《よ》る
白頭弔古風霜裏　　白頭　古《いにしえ》を弔《とむら》う　風霜の裏《うち》

老木蒼波無限悲　老木　蒼波《そうは》　限り無く悲し

はるか旅してきてまた遠い彼方を望み、三年もの困難を経てさらに高く危うい楼に立つ。白髪となって風と霜の中で古人をとむらえば、目に映る老木も蒼い波も無限に悲しい。「三年多難」と言うが、それは靖康の変からの三年を指す。ようやく岳陽にたどりついた陳与義は、杜甫の「登岳陽楼」(岳陽楼に登る)をふまえてこの詩をつくっている。「弔古」というのは、主に杜甫をとむらうことを意味している。杜甫も岳陽楼の上で、いつまでもおさまらない戦乱を嘆いたのだが、今や自分自身が戦乱と流浪の体験をしている。杜甫をとむらうことを通じて、杜甫の体験の重みをとらえなおしているのである。

李清照、陳与義らから少し後の世代では、金に対する主戦派と、金と平和共存すべきだとする和議派との間で、争いがはげしくなった。主戦派の武人である岳飛《がくひ》(一一〇三―一一四二)にも、危機の中にある感受性を示す詩が残されている。南宋初期の詩人たちには、そうした切迫感が共通の底音となっている。

## 3　南宋四大家

### ◈陸游

北宋から南宋への激動を生きた世代の後に、南宋詩を代表する詩人たちがあらわれた。金との対立はつづいているが、両国の関係はなんとか安定したものとなり、抗戦の主張はくりかえされたが、現実には経済的な繁栄を背景におだやかな日常を送るゆとりが生まれていた。この一二世紀後半の時期に多くの詩人があらわれ、詩の表現も多様になった。中でも、南宋を代表する四人の詩人を、「南宋四大家」と呼ぶことがある。陸游《りくゆう》（一一二五―一二一〇）、范成大《はんせいだい》（一一二六―一一九三）、楊万里《ようばんり》（一一二七―一二〇六）、尤袤《ゆうぼう》（一一二七―一一九四）の四人である。四人は皆、靖康の変の前後に生まれ、金との戦闘を直接には体験していないが、親の世代の体験として切実にうけとめていた。しかも、平和な日常も知っていて、文学のあり方も多彩になった。

陸游（務観《むかん》。一一二五―一二一〇）は、金が北宋に攻め入るという大事件の最中に、淮水を渡る船の中で生まれた。父陸宰《りくさい》は家族をつれて南へ逃れ、故郷の山陰（浙江省紹興）に住んだ。陸游は、同地で育つ。科挙に二度落第。その間に結婚した最初の妻唐《とう》氏と、離縁を余儀なくされた。その後、科挙に及第するも、時の政府は和平派が握っており、主戦派の志を持つ陸游は、出世できなかった。地方官を転々とするが、南鄭（陝西省）に赴任し金に対する最前線で勤務したときは、緊張しつつ充実した日々を送った。その後、范成大に招かれて成都に住み、放翁《ほうおう》と号した。以後も官界に出入りし、任官と帰郷をくりかえした。主戦派の立場を変えることなく退官、晩年は故郷で詩作にいそしんで亡くなった。

陸游の詩には強い民族主義の色あいの作がある一方、おだやかな日常をいとおしむ作もある。前者の例として、「懐旧」がある。

狼煙不挙羽書稀　　狼煙挙《あが》らず　羽書稀《うしょまれ》なり
幕府相従日打囲　　幕府《ばくふ》相い従いて日々打囲《だい》す
最憶定軍山下路　　最も憶《おも》う　定軍山下《ていぐんさんか》の路《みち》

乱飄紅葉満戎衣　乱飄《らんぴょう》の紅葉　戎衣《じゅうい》に満つ

戦を告げるのろしはあがらず　急を告げる使者もおとずれない。
幕府の人々は　毎日連れだって巻狩りを楽しんだのだった。
何よりも思いだすのは　定軍山の山道。
そこでは　みだれ散る紅葉が　軍衣に満ちるほど降りかかった。

作者七二歳、慶元二（一一九六）年の作。二〇年ほど前、金との国境地帯の一部となっていた南鄭の軍府に任官していたころのことを思いおこした詩。国境の緊張はあったものの、実際の戦闘は無かった。その緊張と、失地回復への情熱を持ちつつ、同時に何事も無い日常に心の悶えを感じていた。一種鬱屈した日々の記憶である。「定軍山」は任地の近くの山。三国時代の有名な古戦場で、蜀軍が魏軍を打ち破った所。その英雄たちの激戦地を、陸游は鬱屈を抱えながら、往復した。鬱屈は、金との決戦をして勝利したいという願望を抱いていたまだ若い日々だったからこそ、胸にわだかまったものだった。

陸游の、日常の細部への注目を示すものに、七言律詩「臨安春雨初霽」（臨安にて春雨初めて霽《は》る）がある。その中にこうある。

小楼一夜聴春雨　小楼　一夜　春雨を聴き
深巷明朝売杏花　深巷　明朝　杏花《きょうか》を売る

小さな旅館の二階で、昨夜はずっと春の雨音を聞いていたが、明けた今朝には雨があがり、横町の奥から、あんずの花を売る声が聞こえてくる。

六二歳の春、友人の招きで臨安の都に出てきて、厳州（浙江省建徳県）の長官を拝命した。そのときの作。鮮やかな対句である。「春雨」を一晩中聴いていた作者は、雨上がりの夜明けに「杏花」を売る声を聞く。季節のおだやかさと、ささやかな日常の美しさが、とらえられている。南宋の詩も日常の価値を語ろうとしたのである。

### ◈楊万里

楊万里（廷秀。一一二七―一二〇六）は、吉州吉水（江西省）の人。進士となって、地方官や、中央の学官などを歴任し、朱熹《しゅき》（朱子）らを推薦するなどした。和議派に敗れて地方に出され、中央にもどった後、官を辞して帰郷、八一歳で亡くなった。「宿新市徐公店」（新市の徐公店《じょこうてん》に宿す）其一を引く。

籬落疎疎一逕深
樹頭新緑未成陰
児童急走追黄蝶
飛入菜花無処尋

籬落《りらく》疎疎《そそ》として一逕《いっけい》深し
樹頭《じゅとう》の新緑　未だ陰《かげ》を成さず
児童急ぎ走りて黄蝶《こうちょう》を追えば
飛びて菜花《さいか》に入りて処《ところ》の尋ぬる無し

籬《まがき》はまばらで　一すじの小道がつづいている。
木々の新緑は　まだ木陰をつくるほど濃くはない。

子どもが勢いよく走って　黄色の蝶を追いかけてきたが、
蝶は菜の花の中に入ってしまって　もうどこに行ったか分からない。

作者六七歳のとき、職務により旅をした途中の風景である。「新市」は、建康（南京市）の近くの町と考えられる。「徐公店」は、徐某の経営する宿屋。そこに宿ったときのこと。垣根のすきまから子どもが走り出てきて、黄色い蝶を追いかけて走るうち、蝶は菜の花畑にまぎれこんでしまう。一瞬の楽し気な情景を、そのまま切りとったように見える詩である。ここにも、日常への関心と注目がある。

### ◈范成大

范成大（致能《ちのう》。一一二六―一一九三）、平江府呉県（江蘇省蘇州市）の人。若くして両親をうしない、父の友人に保護された。二九歳で進士に及第し、著作佐郎となり、一度退官して地方官に復し、中央にもどる。金への使者を命じられ、その間の紀行を「攬轡録《らんひろく》」にまとめた。帰任後、中央と地方の官職につき、参知政事に至っている。病により故郷に退き、六八歳で亡くなった。田園の生活を細やかに歌う一方、政治や社会への批判をくりひろげることもあった。「清遠店」を見る。乾道六（一一七〇）年、金に使者としておもむいたとき、「清遠店《せいえんてん》」（河北省定興県にあったはたご）での見聞を描いたもの。

女僮流汗逐氈軿　　女僮《じょどう》　汗を流して　氈軿《せんへい》を逐《お》う
云在淮郷有父兄　　云う　淮郷《わいきょう》に父兄有る在り

屠婢殺奴官不問　婢《ひ》を屠《ほふ》り奴《ど》を殺すも　官《かん》　問わず
大書黥面罰猶軽　大書《たいしょ》　面に黥《げい》するは　罰　猶《な》お軽しと

召使の女が汗を流して　毛氈《もうせん》を張った(女真族の)車を追ってゆく。
女は言う、「私には淮郷に父兄がおります(だからそこへ逃げようとしたのです)。
(漢人の)はしためや奴隷を殺したって　役所では問題にもしません。
顔に大書して「逃走」と入れ墨をされても　罰は軽い方なのです」と。

范成大がとまっていた宿屋「清遠店」の前を走りぬけてゆく車。「氈軿」(毛氈を張った車)と言うから、金の上流階級の女性が乗る、小型の車である。それを、汗を流しながら追う女の召使。彼女の顔には、「逃走」という二文字が大きく「黥《いれずみ》」されていた。二句以下は、作者の問いにこたえた彼女の言葉になっている。彼女の家郷は淮水のあたりだから、彼女は漢人である。そこに父兄も生きている。一一六一年から五年にわたってつづいた両国の戦闘などで、女はさらわれて北地で奴隷として売られたのだろう。苦しみに耐えきれず逃亡して失敗、捕らえられて顔に「逃走」と「黥」されたのである。

范成大は、こうした女の運命を、彼女自身の言葉の聞き書きのような形で、詩にしている。漢人の奴婢を屠殺しても、役所はとりあわない。女真人が支配者だからである。女はただ、「顔に入れ墨されるぐらいは軽い罰です」と言う。その抑えた語り方の中に、女の凄惨な運命があらわれている。そしてその抑えた語り口を、作者は詩の中に生かしている。

## 4　南宋後期の詩

### ◈南宋の滅亡

宋と金の関係は、宋が多額の歳貢(年ごとの貢納の金品)を差しだし、臣下の礼をとるなどの条件のもとに、平和が保たれていた。しかし一三世紀になるころ、南宋の寧宗の時代になると、両国の関係は不安定になり、戦闘がくりかえされるようになった。また金の北方のモンゴル高原では、チンギス・ハーンによって統一されたモンゴルの勢力が強大になり、金はその脅威にさらされることになった。南宋は、モンゴルと手を結び、金を挟撃することとした。金はモンゴルの大軍の侵入だけでも壊滅的な打撃をうけたが、さらに宋軍の侵攻をうけ、一二三四年、ついに滅亡した。

南宋はその結果、強大なモンゴルと直接国境を接するようになった。一二五〇年代に入ると、モンゴル軍は本格的に南宋攻略を進め、各方面から南宋領内に侵入したが、当時の大可汗(大王)モンケが急死したため軍を引いた。その後モンゴルではフビライが大可汗となり、大都(北京)を都として国号を元とし、体制をととのえて南宋征討にのりだした。元(モンゴル)軍の侵攻に対して、各地で義勇軍が編成されるなどして抵抗したが、ついに恭帝の徳祐二(一二七六)年、元軍に降った。なおその後、宋の皇子を奉じて南方に逃れ、元と戦いつづけた張世傑《ちょうせいけつ》、陸秀夫《りくしゅうふ》、文天祥《ぶんてんしょう》らの遺民たちもいたが、一二七九年、厓山《がいざん》(広東省新会県南方)の海戦で元軍に敗れ、陸秀夫が幼帝(帝昺《ていへい》・衛王)を背負って海中に身を投じ、宋は全く滅亡した。

国運が傾くという現実の中で、社会批判と民族主義の詩が数多く生まれてきたが、他方で自然美への耽溺や日常への没入の作品も多い。しだいに深まってゆく危機の中で、自然の価値をとらえなおす意識が強まったのである。この時期の詩人としては、戴復古《たいふくこ》（一一六七—一二四八？）、劉克荘《りゅうこくそう》（一一八七—一二六九）らがいる。また南宋の末期では、政治家・軍人として活動した文天祥（一二三六—一二八二）が、詩人としても知られている。

◈**戴復古**

戴復古、字は式之《しきし》。天台黄巌《こうがん》（浙江省）の人。父が農民詩人だったため、彼も仕官することなく、各地を遊歴して一生を終えた。若いころはいろいろな人に就いて詩を学び、陸游にも学んでいる。後半生では、作家としての評価も高まったため遊歴した各地で自分の詩を売り、職業的な詩人でもあった。自然詩に優れている。七言絶句「江村晩眺」を引く。

江頭落日照平沙　江頭の落日　平沙を照らす
潮退漁舠擱岸斜　潮退《うしお》き　漁舠《ぎょとう》　岸に擱《お》かれて斜めなり
白鳥一双臨水立　白鳥一双　水に臨んで立ち
見人驚起入蘆花　人を見て驚き起《た》ちて蘆花《ろか》に入る

川のほとりの夕日が　平らな砂浜を照らしている。
潮がひいて　漁師の小舟が岸に斜めにつながれている。
二羽の白い鳥が水辺にじっと立っていたが、
人に気づいて飛びたち　やがて蘆《あし》の花叢《はなむら》の中に入っていった。

川辺の漁村の夕暮を描いている。夕日に照らされてしずかに輝く風景である。その中で白い鳥が風景の一部のように立っていたが、人に気づいて飛びたち、やがて二羽ならんで蘆の花叢の中に消えてゆく。静寂は飛びたった鳥によって一瞬やぶられるが、その鳥が蘆の穂花の中に消えていったとき、いっそう深い静寂となって広がる。しずかな自然の光景の中に、深い精神的な美しさを見いだしている。

### ◈文天祥

文天祥（一二三六―一二八二）、字は宋瑞《そうずい》、また履善《りぜん》。廬陵（江西省）または吉水（同）の人。二一歳で進士に及第し、度宗の咸淳《かんじゅん》九（一二七三）年に湖南提刑となるが、時に元（モンゴル）軍は四年にわたる攻囲の後、要衝襄陽（湖北省）を攻略し、南下の勢いを示していた。翌年、元軍は大挙して長江沿いに南下し、宋の朝廷では民間に義軍を募った。文天祥はその召募に応じて兵を起こし、次いで招かれて右丞相兼枢密使に任じられ、元軍に使者として赴いた。元軍の総帥バヤンと交渉したが捕らえられ、まもなく脱出、江西・広東方面に義軍をひきいて転戦した。しかし元軍の大規模な攻勢により敗北し、ふたたび捕らえられて、捕虜として船中に抑留されたまま厓山に至り、宋の滅亡をまのあたりにした。大都（北京）に送られ、帰順することを求められたが拒絶し、地下牢に三年間幽閉された後、処刑された。「過零丁洋」（零丁洋《れいていよう》を過ぐ）を引く。元の捕虜として船で零丁洋（広東省中山県南の海）を通過したときの作。

辛苦遭逢起一経　　辛苦《しんく》の遭逢《そうほう》　一経に起こり

干戈落落四周星
山河破砕風抛絮
身世飄揺雨打萍
皇恐灘頭説皇恐
零丁洋裏歎零丁
人生自古誰無死
留取丹心照汗青

干戈《かんか》落落《らくらく》として　四周星《ししゅうせい》
山河破砕《はさい》せられて　風　絮《じょ》を抛《なげう》ち
身世飄揺《しんせいひょうよう》として　雨　萍《へい》を打つ
皇恐　灘頭《こうきょうたんとう》　皇恐を説き
零丁洋裏《れいていようり》　零丁を歎く
人生　古《いにしえ》より誰か死無からん
丹心《たんしん》を留取《りゅうしゅ》して汗青《かんせい》を照らさん

苦しみとのめぐり逢いは　たった一つの経書を読んだことからはじまり、
戦の中で志を得ぬまま　四年の歳月が過ぎた。
故国の山河は打ち砕かれて　風が柳の綿帽子を吹き飛ばす。
我が人生は揺れただよって　雨が浮き草を打ちつづける。
皇恐灘（江西省の贛江《かんこう》上流の急流）のほとりで滅亡の恐れを語ったが、
いま零丁洋の海の中でただひとり敗残を嘆く。
人に生まれたからには　古から死ななかった者などはいない。
私の真心をこの世に残して　歴史を照らすことにしよう。

帝昺《ていへい》（衛王）の祥興二（一二七九）年二月六日をもって宋王朝は滅亡した。文天祥のこの詩は、それより二〇日ほど前につくられた。宋王朝と宋代文学の終焉を告げる詩と言える。苦しみばかりの運命に出会ってしまったのは、「一経」（一篇の経書）を読んだためだという。儒教の経典を学んだために、明確な倫理を持ち、そのために救国をこころざし、苦難を引き受けてしまった。そのことを嘆きながらも、それ以外の生は無かったことをみずから確かめている。文天祥は後に大都（北京）の土牢に三年にわたってとじこめられ、その中で「正気歌」（正気《せいき》の歌）を作ったが、その序で、この情況を自分が耐えられるのは「是殆有養致然爾」（是れ殆《ほとん》ど養うところ有りて然るを致すのみ）と述べている。自分を支え養う何ものかがあって、耐えることができたのだ、と言うのである。自分という存在をこえた何ものかが自分を支えているという実感が、彼にはあった。それは、「浩然之気《こうぜんのき》」（『孟子』の語）だと、文天祥は言う。「浩然之気」とは、ひろく天地の間に流通する正しく大いなる気。文天祥はそれを「天地之正気」とも言いかえている。自分をこえた何ものかが現実の気となって、自分の中に生きているという確信を、彼は持ちつづけた。宋代の理性的な哲学が、文天祥の中で強い力となっていたのだった。

# 四――宋代の詞

## 1　北宋の詞

### ◈北宋初期の詞

宋代に入っても、詞は数多くつくられ、詩と肩をならべることのできる存在と意識されるようになった。詞は五代のころには詩よりも価値の低い通俗的な歌曲と意識されていた。しかし宋代には、詞は知識人によって歌われ、恋愛の情緒だけでなく、歴史への追懐、人生への認識など、広い題材をあつかうようになった。そのため詞を、宋代を代表するジャンルとする考え方もおこり、それぞれの時代を代表するジャンルを「漢文」(漢代の散文)、「唐詩」(唐代の詩)と称するのとならんで、「宋詞」(宋代の詞)と呼ぶこともある。

宋代の初期には、高級官僚たちによって詞がつくられた。他方、詞をつくる人口が増え、底辺が広がった。主だった作家には、官僚層の作家として王禹偁、寇準、范仲淹、晏殊、歐陽脩ら、民間で活動した作家として張先《ちょうせん》(九九〇―一〇七八)、柳永《りゅうえい》(九八七?―一〇五三?)らがいる。

前者の代表的な作家は、晏殊(九九一―一〇五五)だった。晏殊は、宋初の大政治家であり、剛直な性格で宰相にまでのぼったが、詞の作家としてはあでやかでおだやかな作が多い。

民間の作家の代表は柳永である。柳永は低い官職についたが、人生の大半を遊里で過ごし、妓女や芸人とまじわって生きた。彼の詞は色町でさかんに歌われ、詞ができあがるのを妓女や楽人が待っていたという。柳永は詞を売って生活していたので、職業的な作詞家と呼ぶことができる。彼の詞は口語表現を大胆に用いて、とぎれることなく綿々とつづく情緒を描くものが多い。恋愛の断ち切り難い思いをどこまでも語るところに特徴がある。男女の別れの悲しみを描いた「雨霖鈴《うりんれい》」の一部を引く。

都門帳飲無緒　都門《ともん》に帳飲《ちょういん》するも緒《しょ》無し
留恋処蘭舟催発　留恋《りゅうれん》する処《ところ》　蘭舟　発《たびだち》を催す
執手相看涙眼　手を執《と》りて　涙の眼を相い看《み》るも
竟無語凝咽　竟《つい》に語無く　凝咽《ぎょうえつ》す
念去去千里煙波　千里の煙波《えんぱ》を去り去るを念《おも》えば
暮靄沈沈楚天闊　暮靄沈沈《ぼあいちんちん》として　楚天《そてん》闊《ひろ》し

都の門の外で別れの杯を酌み交わしても、どうすることもできない。
（私が）ぐずぐずしていると、船が旅立ちをうながす。
手をにぎって（あなたの）涙でぬれた目を見つめても、
とうとう言葉も出ず、むせび泣く。
千里の彼方まで、もやのたつ波間を行くことを思うと、
夕ぐれのかすみがたちこめ、楚の地の空がどこまでも広がる。

男女の別れを描いたものである。「留恋」（立ち去りかねるさま）の感覚がどこまでもつづいている。柳永の詞は、このように断ち切りがたい感情を表現することが多い。そのために低俗と評されることがある。だが、たとえ低俗と言われても、色町に生きる妓女や芸人たちの情感、底辺で生きる人々の逃れられない悲しみを表現しようとしたのが、柳永らの詞人たちだった。

### ◈蘇軾

北宋の中期になると、知識人の中から有力な詞の作者があらわれてきた。王安石は政治家であり、詩人であり文章家であると同時に、詞人だった。王安石の詞は、しずかな情緒とともに歴史を懐古するなど、思索的である。

宋代を代表する詩人である蘇軾も、優れた詞作品を多数残している。彼は、歴史的テーマによる豪放な詞をつくり、また内省的で奥深い詞をつくるなど、低俗と見なされていた詞を大きく変革した。彼は、詞牌を題名がわりに用いるという通例に従いつつも、詞の内容や作詞の動機などを示す副題をつけるようにした。彼の詞の力強さをとらえて「豪放派」と呼ぶこともあるが、繊細な詞も多い。「陽関詞《ようかんし》　中秋月《ちゅうしゅうげつ》」を見る。「陽関詞」は詞牌、「中秋月」は副題である。

暮雲収尽溢清寒
銀漢無声転玉盤
此生此夜不長好

暮雲《ぼうん》　収まり尽きて清寒溢《せいかんあふ》れ
銀漢《ぎんかん》　声無くして玉盤《ぎょくばん》を転ず
此の生　此の夜　長《とこし》えには好《よ》からず

明月明年何処看　明月　明年　何《いず》れの処《ところ》にか看《み》ん
夕暮れの雲は彼方に消えはて　すがすがしい夜気がみちてくる。
天の川は音も無く輝き　月がゆっくりと夜空をわたってゆく。
この人生も　この夜も　永遠に美しいままではいられない。
(明日お前と別れたら)この明月を来年の今日　どこで見ることになるのだろうか。

作者四二歳のとき、熙寧一〇(一〇七七)年、八月一五日の夜、弟の蘇轍とともに、彭城の城壁のうえで月を見たときの歌。作者は左遷されてこの地にいたが、弟も左遷されてさらに遠い地に赴かねばならず、その途中で兄のいた彭城の地に立ちよったのである。

今は美しい夜であり、左遷されてはいても弟とともにいられるすばらしい時間である。だがそれは、有限の時間である。弟は、明日には旅立って、より遠方の地へ流されてゆく。その否応なしの別れを正視しながら、中秋の月を今は愛でようとする。有限だからこそ、逆に華麗な美しさがあらわれる。知性的な美しさの見える詞である。

この詞は、一見すると七言絶句のように見える。しかし、あくまでも「陽関詞」の曲調で歌われた歌曲である。「陽関詞」は、唐の王維の「送元二使安西」(元二《げんじ》の安西に使《つかい》するを送る)に曲がつけられて「陽関曲《ようかんきょく》」(「陽関三《さん》畳曲《じょうきょく》」)、「陽関詞」と呼ばれたもの。別れの曲である。弟との別れを意識し、ともに過ごせる時間が有限であることを意識しながら歌われたものである。

### ◈歴史懐古の詞

他方、雄大な歴史を豪放な調子で描く詞もある。「念奴嬌《ねんどきょう》　赤壁懐古」の一部を引く。

大江東去　　大江《たいこう》　東に去《ゆ》き
浪淘尽千古風流人物　　浪《なみ》は淘《あら》い尽《つ》くす　千古風流《せんこふうりゅう》の人物を
故塁西辺人道是　　故塁《こるい》の西辺　人は道《い》う　是《こ》れ
三国周郎赤壁　　三国　周郎《しゅうろう》の赤壁《せきへき》なりと
乱石穿空　　乱石《らんせき》　空《くう》を穿《うが》ち
驚濤拍岸　　驚濤《きょうとう》　岸を拍《う》ち
捲起千堆雪　　捲《ま》き起こす千堆《せんたい》の雪

大江は東へ流れゆき、
波は古《いにしえ》からの気高く奔放な人々を洗いつくしてしまった。
古のとりでの西のあたりを、人々は「三国呉の周郎（周瑜）の赤壁だ」と言う。
乱れそびえる石は空をうがち、
激しい大波は岸にうちつけ、
うず高い雪のような波しぶきをあげている。

赤壁の古戦場をおとずれた感慨を描いたものである。全体は、「人間如夢、一尊還酹江月」（人間《じんかん》　夢の如し、

一尊《いっそん》 還た江月に酹《そそ》がん）と結ばれている。歴史を懐古し、偉大な行為の跡をしのびながら、いつの間にか年をとった自分を笑う風情である。だがそこに暗い影は無く、偉大な歴史の跡に立っていることを、むしろ楽しんでいる。歴史を懐古する詩は唐代から数多くつくられている。唐詩では、歴史懐古を通じて慨嘆や悲傷の中に入り込んでゆくことが多い。だが蘇軾の詩・詞は、歴史を懐古することを通じて、歴史と自己の連続を感じとり、新たな自負を語ることが多い。

北宋にはこのほかに、黄庭堅、晁補之《ちょうほし》、秦観らも詞人として知られている。彼らは蘇軾の弟子とされる詩人・文人でもあった。彼らとは別に活動した、周邦彦《しゅうほうげん》（一〇五七―一一二一）らもいた。

## 2　南宋の詞

### ◈李清照

「靖康の変」によって北宋が滅ぶと、たくさんの漢人が南方へと逃れたが、その中には多くの詞人もいた。北宋期から江南の経済的発展はめざましく、商人層をはじめとする庶民の支持を背景に南方でも詞は数多くつくられた。

北宋から南宋へ逃れてきた詞人の一人に、李清照がいる。李清照は、女性の詩人として知られているが、また詞人としても優れていた。「武陵春《ぶりょうしゅん》」を引く。南へ逃れ、夫と死別した後、金華（江蘇省）に身をよせていたころの作。

風住塵香花已尽　風住《や》み塵《ちり》香りて花已に尽きぬ
日晩倦梳頭　日晩《く》れて首《こうべ》を梳《くしけず》るに倦《ものう》し
物是人非事事休　物は是《ぜ》　人は非にして　事事《じじ》休す
欲語涙先流　語らんと欲すれば　涙　先んじて流る
聞説双渓春尚好　聞説《きくなら》く　双渓《そうけい》　春　尚《な》お好《よ》しと
也擬泛軽舟　也《ま》た軽き舟を泛《うか》べんと擬《ぎ》す
只恐双渓舴艋舟　只《た》だ恐る　双渓の舴艋《さくもう》の舟は
載不動　載《の》せて動かざらん
許多愁　許多《あまた》の愁えを

風はやみ香りはただようが　花はもう尽きてしまった。
日暮れ時　髪を梳るのも　ものうくなった。
物は自然にうつろうのに人だけはうまくゆかず　何をしても行き詰まる。
それを語ろうとすれば　涙が先に流れおちる。
聞けば　双渓（金華の南の谷川）では　春はまだ美しいという。
それならまた軽い小船を浮かべてみようかと思う。
でもただ恐れてしまうのだ　双渓の小さな船は、
載せたら　動かなくなってしまうのではないか、
私のこのたくさんの愁いを。

「倦梳頭」（首を梳るに倦し）と、春が過ぎ去ってしまったために感じる寂寥が描かれる。自分のうまくいかなかった人生を語ろうとすると、涙が流れてしまう。それを抑えて、「双渓」には春が残っていると、みずからの気持ちをひき立てようとする。しかし舟遊びをする小さな期待は、舟が「許多愁」（許多の愁え）で動かないのではないかという一瞬の不安によって砕けてしまう。深刻な感情表現や、おおげさな動作の表現は無く、小さな期待と一瞬の不安が語られるだけであり、それが常に不幸と対面しつづけてきた女性の人生を浮き上がらせ、また舟に乗るというような小さな喜びをくりかえし支えにして生きていたことを示している。

### ◈辛棄疾

辛棄疾《しんきしつ》（幼安。一一四〇―一二〇七）、号は稼軒《かけん》。歴城（山東省済南）の人。金《きん》の支配地域となった山東、淮北で、金に対する反乱に加わり、後に南宋に帰した。その後も武人として活動した。金に対する主戦論をとなえつづけ、和議派が有力になっていた朝廷の中で不遇に終わった。詞人としては蘇軾の豪放さをうけつぎ、時に激越な調子の表現をするが、のどかな自然の描写にも優れている。「鷓鴣天《しゃこてん》」を引く。

壮歳旌旗擁万夫　　壮歳《そうさい》　旌旗《せいき》もて万夫《ばんぷ》を擁《よう》し
錦襜突騎渡江初　　錦襜《きんせん》　突騎《とっき》　江を渡り初《そ》めたり
燕兵夜娖銀胡籙　　燕兵《えんぺい》　夜　銀の胡籙《ころく》を娖《そろ》え
漢箭朝飛金僕姑　　漢箭《かんせん》　朝《あした》に金の僕姑《ぼくこ》を飛ばす　（前関）

追往事　　　　　往事を追い
嘆今吾　　　　　今の吾を嘆く
春風不染白髭鬚　春風は染《そ》めず　白き髭鬚《ししゅ》を
却将万字平戎策　却《かえ》って万字の平戎《へいじゅう》の策《さく》を将《も》て
換得東家種樹書　換《か》え得たり　東家の種樹《しゅじゅ》の書　（後闋）

若きころ　旗をなびかせて万夫をひきつれ、
錦のうわぎの精鋭とともに初めて長江を渡った。
燕（金）の兵士は　夜中に銀のやなぐいをそろえて攻めてきたが、
漢（宋）軍は　夜明けとともに金僕姑《きんぼくこ》の矢を飛ばして反撃したのだった。　（前闋）
その往事を思いだし、
今の自分を嘆く。
春風は私の白くなったひげを染めてはくれない。
かえって　私が書いた戎《えびす》（金）を平らげる一万字の策を、
東隣りの家の園芸書ととりかえてしまった。　（後闋）

紹興三一（一一六一）年、山東地方で耿京《こうけい》が金に対する反乱を起こし、辛棄疾はその幕僚となり、その後、南宋に帰順した。辛棄疾、二三歳のときのことだった。「鷓鴣天」の前半は、そのときの劇的なありさまを描いている。若かったころの壮挙。だがそれは必ずしも報われるわけではない。「春風」は私の白くなったひげを染めてはくれず、私の全力で書いた「平戎策」を、となりの「種樹書」と換えてしまった。自分がいつのまにか金との戦いの前線からしりぞき、花や木をいとおしんで暮らしていることを笑っているのである。感傷や悲壮感に流されない、諧謔の表現である。

### ◈陸游

陸游は、詩人として南宋を代表するだけでなく、詞人としても南宋を代表する。主戦派の政治的立場を変えず、激しい調子の詞をつくる一方、恋愛の情緒を清新に描いた作も多い。陸游は、父方から名分を重んじる春秋学者の気風をうけついだ。母は姓名が明らかでないが、詩人秦観を夢みて陸游を生んだという。母方からは詩人の血をうけついだとも言える。彼の詞は、強い意志と激しい情熱のせめぎあいを描くことが多い。「釵頭鳳《さいとうほう》」を引く。

紅酥手　　紅酥《こうそ》の手
黄縢酒　　黄縢《こうとう》の酒
満城春色宮墻柳　　満城《まんじょう》の春色　宮墻《きゅうしょう》の柳
東風悪　　東風は悪《あ》しく
歓情薄　　歓情《かんじょう》は薄《うす》し
一懐愁緒　　一懐《いっかい》の愁緒《しゅうしょ》
幾年離索　　幾年《いくとせ》の離索《りさく》ぞ

錯錯錯
春如旧
人空痩
涙痕紅浥鮫綃透
桃花落
閑池閣
山盟雖在
錦書難託
莫莫莫

錯《あやま》てり錯てり錯てり　（前闋）
春は旧《むかし》の如く
人は空しく痩《や》せぬ
涙痕《るいこん》　紅《くれない》に浥《ぬ》れて　鮫綃《こうしょう》　透《とお》る
桃花は落ち
池閣《ちかく》閑《しず》かなり
山盟《さんめい》　在りと雖も
錦書《きんしょ》　託《たく》し難《がた》し
莫《な》かれ莫かれ莫かれ　（後闋）

ふくよかなその手で、
あなたは黄縢の美酒をくださった。
町にみちる春の光　沈園《しんえん》の土壁に柳のゆれる日。
春風は　身に辛く、
よろこびは　薄い。
胸にみちる　愁いの糸。
幾年　あなたと離れていたことか。
（全て私が）間違っていた　間違っていた　間違っていた。　（前闋）
春は昔のままに訪れてきたが、

あなたは知らぬ間に痩せてしまった。
涙の跡が　紅《べに》に濡れて　手巾にも濡れにじんでいる。
桃の花は散り、
池のほとりの高殿は静まりかえっている。
山のように変わらないという愛情の誓いは　今も胸にあるが、
あなたへの手紙を届ける術も無い。
（だからもう思い出に）沈むな　沈むな　沈むな。　（後闋）

紹興二五（一一五五）年の春、陸游三一歳の作である。このとき陸游は、故郷山陰（浙江省紹興市）の沈園に遊んだ。沈園は、山陰の有名な庭園。前年、彼は科挙に上席で合格していながら、宰相秦檜《しんかい》のよこやりで落第させられ、故郷に帰っていた。陸游が沈園に遊んだ日、かつて別れた妻である唐琬《とうえん》が、再婚した夫とともに沈園にきていた。陸游と唐琬は若くして結婚し、愛しあっていたが、嫁と姑の間がうまくいかず、離婚させられた。それからほぼ一〇年ぶりの再会だった。唐琬は、陸游に酒と肴をとどけたという。酒肴をうけて、園中の池閣の壁に書きつけた詞が、この「釵頭鳳」である。

恋愛の情緒を歌う詞であるが、五代のころの露わな愛欲の世界とは違う、沈痛な響にみちた詞である。「錯錯錯」、「莫莫莫」というくりかえしは、異様である。「錯」とは、誰のどのような過ちを言うのか、「莫」とは、誰に向かって何を禁止しているのか、一切分からない。恐らく、自分のとりかえしようのない過ちと、自分に向かっての禁止を語ったものだろう。その悔恨と禁止の表現が、旧妻への思いを何よりもよく語っている。こうした抑制された悲しみが、詞によって表現されるようになっていたのである。

陸游、辛棄疾らの後、詞はしだいに精緻な技巧をこらすようになった。姜夔《きょうき》（一一五五?―一二二〇?）の詞は高雅な調べを持っているが、呉文英《ごぶんえい》（一二〇〇?―一二六〇?）、周密（一二三二―一二九八）の詞は、精緻な表現を追求するあまり、難解なものになった。張炎（一二四八―?）は、南宋の滅亡をくぐりぬけ、次の元の時代まで生きた。しかし、詞の難解さは元代には好まれなくなり、より口語的な表現を持つ「元曲《げんきょく》」が歌曲の中心になっていった。

# 五——宋代の小説

## 1　宋代小説をめぐる状況

### ◈文言小説と白話小説

宋代には、「文言小説」(文語で書かれた小説)はあまり振るわなかった。その理由としてしばしば指摘されるのは、宋代の新しい儒教哲学の隆盛である。宋学と呼ばれる新しい儒教哲学は、世界の理性的な把握を求め、論理的思考の積み重ねによって、自然と人間を一貫している真理の存在を認識することが可能であるとした。世界が合理的に理解できるのならば、荒唐無稽な小説の存在する場所は無くなった。当時の知識人たちにとって、そのような意識が広まっていたのである。

とはいえ、小説の世界全体が不振におちいったというわけではなかった。庶民のあいだでは語り物の芸能が広まり、それを基盤として、新しい「白話小説」が芽生えてきた。「白話」とは、話し言葉(口語)のことで、話し言葉によって書かれた小説を「白話小説」と呼ぶ。もちろん文語をまじえてはいるが、口語を多用するところに白話小説の大きな特徴がある。商人層をはじめとする都市の住民たちが語り物の芸能を好み、そこから生まれてきた白話小説が庶民のあいだで広まっていったことが、宋代の小説をめぐる状況の大きな特徴である。

◈文言小説の動き

不振だったとはいえ、文言小説の側にも成果はあった。六朝以来の志怪小説の系統では、徐鉉《じょげん》（九一六―九九二）の『稽神録《けいしんろく》』六巻がある。主に唐末から五代のころの珍しい話を記録したものである。

同じく志怪小説の系統に属するものに、洪邁《こうまい》（一一二三―一二〇二）の『夷堅志《いけんし》』があり、さまざまな鬼《き》や神《しん》怪《かい》の伝聞を記録している。「西湖女子」を引く。

宋の乾道（一一六五―一一七三）年間、江西のある官人が都（杭州）に出張し、西湖に遊んで、道端の民家で休んだ。そこで「双鬟《そうかん》」（みずら）を結った美しい「女子」（娘）を見かけ、二人はたちまち惹かれあった。官人は以後たびたびその家を訪れ、娘と語りあう。官人が任を終え、別れを告げに行くと、娘はひそかに「あなたに従って江西に行きたいと思いますが、両親は許してくれないでしょう」と言う。そこで官人は娘の両親に結婚を申し出るが、厳しく断られてしまう。やむなく官人は江西に帰った。

それから五年たち、官人は再び都に出張する。娘の家を訪ねてみたが、かつて見た場所には何もない。空しく引きかえすと、途中で一層美しくなった娘に出会った。彼女は、「官庫の管理員に嫁ぎ、都の中に住んでいたところ、夫が汚職の罪で牢獄に入れられたので、伝手を頼ろうと出かけてきたら、偶然あなたに出会った」と言う。二人は官人の宿舎で結ばれた。彼女はそのまま家に帰ることなく半年が過ぎ、官人も、何もたずねなかった。

江西に帰任する時期になり、官人は彼女に一緒に行こうと言った。すると彼女は襟を正し眉根をよせて、こう言った。

自向来君去後、不能勝憶念之苦、厭厭感疾、甫期年而亡。今之此身、蓋非人也。以宿生縁契、幽魂相従。歓期有尽、終天無再合之歓。無由可陪後乗。（「向来《きょうらい》君去りてより後、憶念の苦しみに勝《た》うる能わず、厭厭《えんえん》として疾に感じ、甫《はじ》めて期年にして亡《し》せり。今の此の身は、蓋し人に非ざるなり。宿生の縁契《えんけい》を以て、幽魂 相い従うなり。歓期 尽くる有り。終天 再合の歓無し。後乗に陪《ばい》すべきに由《よし》無し。」）

「先ごろあなたが去って行かれた後、あなたを思う苦しみに耐えられず、生きる力を無くして病になり、一年ほどで死んでしまいました。今のこの身は、そもそも人の身ではないのです。前世を生きたおりの契りによって、霊魂があなたに従っているのです。歓びの時には限りがあります。再び結ばれる歓びは永遠に来ないのです。だから、あなたの後につき従って（江西に）帰ることはできません。」

彼女はさらに、あなたには「陰気」が入り込んでしまっていて、激しく嘔吐するようになるので、特別な「平胃《へいい》散《さん》」の薬を飲むようにと言う。二人は最後の夜を共にし、翌朝「慟哭」して別れた。

生前の「双鬟女子」は、官人と「笑語」する明るい娘だった。全編を通じて、物語の悲劇性にもかかわらず、女性の積極的な姿が鮮やかである。「幽魂」となって思いを遂げるのは、悲しい能動性であるが、それだけでなく、別れた後の男の命まで気づかう姿には、悲しみを越えた静謐な愛情がうかがえる。宋代の女性の知的で能動的な姿が見てとれる。

### ◈『太平広記』

伝奇小説の系統に属するものとしては、楽史《がくし》（九三〇―一〇〇七）の『緑珠伝《りょくしゅでん》』、『楊太真外伝《ようたいしんがいでん》』がある。前者は晋の石崇《せきすう》の愛妾緑珠の悲劇を描いたものであり、後者は唐の楊貴妃の悲劇を描いていて、『長恨歌伝』に無い要素も書きしるしている。しかし両方とも虚構の持つおもしろみに欠けるとされる。

文言小説の分野全体では、宋代初期に、大きなできごとがあった。『太平広記《たいへいこうき》』五〇〇巻の編纂である。太宗の太平興国二（九七七）年、勅命で編纂作業がはじまり、翌年完成したものである。編纂の責任者は李昉《りほう》で、その指揮のもとに多くの学者が編纂に従事した。内容は、仏教、道教関係の珍しい話、史書に記されていない不思議な事実の記録、志怪及び伝奇小説などを集めたものである。いわば『太平広記』は、六朝、唐、五代の文言小説類の集大成だった。しかし、この書は刊行されず、版木は宮中に収蔵されたままとなった。これが出版されたのは、明代中期になってからで、その間に散佚したものが多く、転写の過程での誤りも多かった。しかし、多くの文言小説の作品がこの書によって伝えられたため、その価値は巨大である。

## 2　瓦子と白話小説

### ◈瓦市の話芸

宋代には、都市に盛り場「瓦子」が発達し、その中にある演芸場は「勾欄《こうらん》」と呼ばれた。都には五〇をこえる勾欄があった（周藤吉之・中嶋敏『五代と宋の興亡』講談社、二〇〇四年、四二九頁）。

勾欄での演芸の中で、人気の高かったものは、語りの芸能だった。いろいろな物語をおもしろく語って聞かせる話芸で、「説話《せつわ》」と呼ばれ、「説話」の語り手は「説話人《せつわにん》」と呼ばれた。

説話は、語りの芸能であったから、庶民にも分かる話し言葉「白話」で語られた。説話人の語りの台本はやがて木版本として刊行され、市販されるようになり、庶民の読み物として広まり、庶民の理解力や好みに合わせて発展した。説話人の台本から生まれた読み物は、小説の体裁をととのえ、白話小説として自立した。それは、たくさんの俗語を取り入れ、当て字も平気で使用し、挿絵が入るなど、民衆の好みに合うように発展していった。これを「平話」と言う。

### ◈俗講と変文

宋代の瓦子における説話の盛行、白話小説の芽生えには、さらに前史があった。その前史が明らかになったのは、一九〇七年、イギリスのスタイン探検隊が甘粛省敦煌郊外の莫高窟《ばくこうくつ》・千仏洞の遺跡から、後に「敦煌文書」と呼ばれる古文書群を発見したことによる。

「敦煌文書」の中に、「変文《へんぶん》」と呼ばれる一群の資料があった。変文は、唐代に仏教寺院で行なわれた絵解きの語り物である。絵を示しながら、散文の部分と韻文の部分を交互にくりかえし、語り歌うものである。散文の語りの部分を「白《はく》」、韻文の歌の部分を「唱《しょう》」と言う。

敦煌は仏教都市であり、莫高窟は大小の石窟からなる寺院だった。そこでは、参詣者のために説経《せっきょう》が行なわれた。説経は、大衆教化のために経典に基づいて仏教の教義を説き聞かせることである。それは大衆を相手にするため、分かりやすい口語を用い、早い時期から芸能に近いものとなっていた。その芸能に近い大衆教化の講席を「俗講」と言った。善男善女は、深遠な仏教哲学を聞くために寺院に行くのではなく、大半は芸能を楽しむために、寺院に参詣した。

変文は、俗講の場で演じられ、もともと絵画と一組になっていた。画巻（絵巻物）を「変相図《へんそうず》」と呼び、変相図を解説した文章を「変文」と呼んだのだった。僧侶は、この変相図をくりひろげながら、変文を語り演じた。

## ◈「降魔変文」

敦煌で発見された変文の中に、「降魔変文《ごうまへんぶん》」（ペリオ文書四五二四他）がある。参詣者に絵巻物を見せながら、その裏に記された変文を語り聞かせたことが明らかな資料である。

「降魔変文」は、仏弟子舎利弗《しゃりほつ》と六師外道《りくしげどう》（六人の異教徒の術師）との術くらべの話である。六度目の勝負の場面を引く（誤字・当て字は括弧内に訂正。口語表現が多いため、訓読は省略）。

六師雖五度輸失、尚不帰降。「更試一回看看、後功将補前過。」忽然差使更失、甘心啓首帰他。」思惟既了、忽於衆中化出大樹。坡（婆）娑枝葉、敝（蔽）日干雲。聳幹芳條、高盈万仞。

六人の外道は五回やぶれたのに、それでも降参しません。そして「もう一度試合をしてみよう。それで勝てば、今までのしくじりをとりかえせるだろう。もしもまた簡単に負けてしまったら、甘んじて首を垂れて彼に帰依しよう」と言いました。彼らはしばし考えると、（妖術を使って）たちまち人々の中に大きな樹を出現させました。そのしげった枝葉は太陽をおおいかくし雲にまでとどいています。そびえる幹とかぐわしい枝は、一万仞の彼方まで高く広がっています。

こうした六師外道の術に対して、舎利弗は「風神《ふうじん》」を呼びだす。風神は袋を解いて風を吹かせ、一瞬で大樹を吹き飛ばす。そして、「四衆一時唱快処、若為」（四衆《ししゅう》一時に快《かい》と唱《とな》うる処《ところ》は、若為《いか》に）とつづく。「術くらべを見物していた観衆が一斉に「いいぞ」と唱えた場面は、どんなありさまでしょうか」。白から唱にうつるとき、いったん絵に注目させるために、必ず「…処、若為」（…する処、若為に）とか、「看…処、若為陳説」（…する処を看《み》よ、若為《いか》に陳《の》べ説《と》かん）などと言うのである。ここにも語りの芸能としての変文の特徴が見える。

「降魔変文」は単純なストーリーだが、それを聞く聴衆にとっては、視覚・聴覚のすべてを解放し、自由に想像を広げることのできる場となった。文字を読むことのできない民衆にとって、変文の語りの芸能は、日常を超えた異次元の体験をさせてくれる場だった。

民衆が変文を聞いて理解するためには、口語（話し言葉。白話）であることが求められた。文学は長いあいだ文語によって記され読まれてきたが、唐代の俗講の場において、芸能と結びついて、口語が記録に値するものと見られるようになってきたのだった。

教化と信仰の場である俗講が、同時に芸能の場であり、そこからしだいに口語表現の可能性が解放され、通俗的ではあるが奔放な想像力が開花していった。

## 3 『全相平話三国志』

### ◈「平話」の誕生

唐代の寺院で行なわれていた俗講の演目は、しだいに各種の芸能・演芸として自立し、寺院から市中に進出し、宋代になると各種の芸能が瓦子で演じられるようになった。説話も人気の演芸だったが、その台本が出版されるようになり、「平話《へいわ》」と呼ばれる初期の白話小説になった。

現存する平話のテキストは、元朝の至治《しち》年間に刊行されたものがもっとも古い。しかし、その刊行よりも前の宋代の平話のすがたをよく残していると考えられる。

現存する平話の資料としては、『全相平話《ぜんそうへいわ》』、『新編五代史平話《ごだいしへいわ》』、『大宋宣和遺事《だいそうせんないじ》』、『大唐三蔵取経詩話《だいとうさんぞうしゅきょうしわ》』がある。『大宋宣和遺事』は後の『水滸伝《すいこでん》』のもととなり、『大唐三蔵取経詩話』は『西遊記《さいゆうき》』のもととなった。

『全相平話』には『全相三国志平話《ぜんそうさんごくしへいわ》』などの歴史物語がおさめられている。『全相三国志平話』は、羅漢中《らかんちゅう》作『三国志演義《さんごくしえんぎ》』のもととなった。「全相」とは、全頁に挿絵が入っていることである。

「平話」の例として、『全相三国志平話』(『全相平話三国志』等とも呼ばれる)の「桃園結義《とうえんけつぎ》」の場面を見る(誤字・当て字は括弧内に訂正。口語表現が多いため訓読は省略)。

当日、因貶(販)履於市。売訖、也来酒店中買酒喫。関・張二人見徳公生得状貌非俗、有千般説不尽底福気。関公遂進酒於徳公。公見二人状貌亦非凡、喜甚。也不推辞、接盞便飲。飲罷、張飛把盞、徳公又接飲罷。飛邀徳公同坐、三盞酒罷、三人同宿昔交、便気合。有張飛言曰、「此処不是咱坐処。二公不棄、就蔽(敝)宅聊飲一盃。」二公見飛言、便随飛到宅中。後有一桃園、園内有一小亭。飛遂邀二公、亭上置酒、三人歓飲。飲間、三人各序年甲。徳公最長、関公為次、飛最小。以此大者為兄、小者為弟。宰白馬祭天、殺烏牛祭地。不求同日生、只願同日死。三人同行同坐同眠、誓為兄弟。

その日(劉備は)、いつものように市場で履《くつ》をあきなった。売りおわると、彼もまた(関羽《かんう》・張飛《ちょうひ》が酒を飲んでいる)酒場へやってきて酒を買い求めて飲んだ。関羽・張飛の二人は徳公(劉備)の生まれついての顔かたちが凡俗のものでなく、どんなにしても言いあらわせないほどの福気をもっているのを見てとった。関公（関羽）はそこで徳公に酒をすすめた。徳公も、二人のすがたかたちが凡俗でないのを見てとり、とても喜んだ。そこで酒を辞退することなく、盃をうけるとすぐに飲みほした。飲みおわると、張飛も盃をとり（酒をすすめた）、徳公はまた（盃を）うけるやいなや飲みほした。張飛は徳公をむかえて同じテーブルに座らせ、三盃の酒を飲みおわると、三人は昔からの知り合いのように、たちまち気持ちが通じ合った。張飛は言った、「ここは俺たちのすわっているべき所じゃない。お二人が（それがしを）お見すてなければ、それがしの家でともかくもう一盃飲みましょう」と。二公は張飛の言葉を聞くと、すぐに張飛に従って彼の家に行った。家の裏手に一つの桃園があり、園内には一つの小さい亭《あずまや》があった。張飛はそのまま二公を迎え入れると、その亭の中で酒盛りをし、三人は楽しく酒を飲んだ。飲んでいるあいだに、三人はおのおの自分の年齢を述べ合った。徳公が最も年長で、関公がその次、張飛が一番年下だった。そこで年長者を兄とし、若い者を弟とすることにした。白馬をほふって天を祭り、黒牛を殺して地を祭った。同日に生まれることは求めはせぬが、ただ願わくは同日に死なんことを（と天地に祈った）。三人は行くも座るも眠るも一緒とし、義兄弟となることを誓った。

『全相三国志平話』は、魏・呉・蜀三国の争闘の歴史を描いた史書『三国志』をもとに、数々の伝承や虚構を付け加えた小説である。そのため史書『三国志』には存在しない話が、数多く加えられている。この「桃園結義」の場面は、後の『三国志演義』で有名になるが、もともとの史書『三国志』には見えない。伝承に基づいた虚構であろう。後代の『三国志演義』は、これをさらに合理化して拡大しているが、しかしその祖形はすでにここにできあがっている。

## ◈語りの伝統

「説話人」の語りの伝統は、「平話」の中に色濃くあらわれている。どの平話にも場面を転換するとき、「却説」（さて）とか、「話分両説」（さて話変わって）という言葉が出てくる。これは説話人が説話を語るとき、くりかえし用いた言い方である。

『全相平話三国志』にも語りの伝統は生きている。たとえば数字の多用である。『全相平話三国志』のこの場面では、「三」が多用されている。「三人」という語が四回あらわれるが、ほかに「三盃」も見える。また、「二人」「二公」の「二」、「一盃」「一桃園」「一小亭」の「一」も印象的である。こうした表現は、対象のイメージを鮮明にする力を持つばかりでなく、同じ数字のくりかえしがリズミカルな印象をあたえ、聴衆には聴覚的な快さをあたえるのである。同じ言葉をたたみ重ねるように使う場合もある。この場面の最後は、

不求同日生、只願同日死。三人同行同座同眠、誓為兄弟。

とある。「同」という語を意識してくりかえしている。これがたたみ重ねるようなリズムを生み、強い印象をあたえるのである。そして、「同日死」を誓う三人の友愛の深さが明瞭にされ、三国争闘の物語をつらぬく特別の関係として、印象付けられるのである。

物語の構成にも特徴がある。後の羅漢中の『三国志演義』では、黄巾の乱をしずめるために義勇兵が募集

され、それに応募するために劉備、張飛、関羽の順で集まってきて「桃園結義」ということになる。黄巾賊と闘うという大義がまずあって、それを共有する三人が集まるのである。大義が三人を出会わせ、だから三人は人間の通常の離合集散の原理をこえて、終生大義によって結ばれるのである。この筋立てが自然であり、見事な構成であることは確かである。

それに対して『全相三国志平話』では、三人は全く偶然に酒場で出会い、意気投合して「桃園結義」を行ない、その後で、黄巾の乱に苦しむ民衆と天子を救おうと劉備がもちかける形になっている。いわば、三人は酒場で偶然に出会って意気投合しただけで、かれらの出会いと大義は無関係だった。こうした構成は、『三国志演義』に比べて稚拙に見える。なぜ彼らが出会わなければならなかったか、出会いの必然性が無いように見えるからである。しかし見方を変えれば、そこに『全相三国志平話』の荒々しい魅力がある。必然性によって出会うというのは、人間が必然性に支配されていることを承認したものである。だが『全相三国志平話』では、三人は何よりもまず個人的共感によって結ばれている。どこまでも、私的な関係が出発点なのである。私的な義兄弟の関係がまず生まれて、その後で天下国家のために立ちあがる。三人が、自由に選び得る未来を持ちながら、その中から漢朝救済の道を選んでゆく。そこに荒削りな主体性が見える。飲み屋の飲み友達が義兄弟となり、その後で天下国家のために立ちあがる。そのことを不思議と感じない感覚が、宋代の庶民の中にあったのである。

# 六——宋代の文章

## 1　古文の復活

### ◈古文の再登場

中唐の韓愈、柳宗元が逝去して以来、晩唐・五代の時期、「古文」はおとろえた。当時の文章の世界では、四六駢儷文の形式の拘束力がまだまだ強かったのである。また、晩唐の耽美的気風が古文の載道主義、論理的表現と合わなかったことも、理由の一つだった。

宋代初期の状況も似たようなものだったが、わずかに柳開《りゅうかい》(九四七—一〇〇〇)、王禹偁らは、韓愈、柳宗元の文章を学び、それを再評価した。

第四代仁宗朝(一〇二三—一〇六三)になると、文章の分野では、古文への評価が高まっていった。范仲淹《はんちゅうえん》(九八九—一〇五二)は、まだ四六駢儷文の表現を残しているが、明快な主張を持つ文章をつくった。尹洙《いんしゅ》(一〇〇一—一〇四六)、石介《せきかい》(一〇〇五—一〇四五)、蘇舜欽《そしゅんきん》らが早く古文による文章を制作した。また、欧陽脩は、長きにわたって古文を制作し、大きな影響力を持った。唐代の韓愈、柳宗元、宋代の欧陽脩、蘇洵、蘇軾、蘇轍、曽鞏、王安石の八人を、後世、古文の「唐宋八大家」と呼ぶが、蘇洵以下の五人は、欧陽脩によって見いだされ、その影響をうけた人々だった。

◈**范仲淹**

范仲淹、字は希文《きぶん》。蘇州呉県（江蘇省）の人。進士に合格して、仁宗朝に吏部員外郎・開封府権知となる。後、西夏との緊張が高まった陝西地域において軍務につき、西夏から恐れられた。枢密副使から参知政事に進む。その後、地方官に出るなどして没した。

彼の散文の代表作に「岳陽楼記」（岳陽楼《がくようろう》の記）がある。洞庭湖（湖南省）に臨む岳陽の城壁上にたつ岳陽楼は、古来多くの詩人・文人がおとずれ、名作を残した所である。その岳陽楼が荒れはてていたのを、滕宗諒《とうそうりょう》が修復した。それを記念するための文章を滕宗諒が范仲淹に依頼し、制作されたのが「岳陽楼記」だった。
「岳陽楼記」はまず、慶暦四（一〇四四）年に滕宗諒が左遷され、翌年岳陽楼を修復した経緯を記す。その後で、岳陽を含む巴陵郡の美しさは全て、「在洞庭一湖」（洞庭の一湖に在り）と言う。

つづけて、岳陽の地が要衝にあたり、流謫《るたく》の人や文人がここをおとずれ、さまざまな感慨を持ったことを述べ、流謫の身を嘆く人の見る景色、風雅の人の見る明るい春景色を描く。春景色の長い描写は、全てが四言句と六言句でできていて、対句表現も多用されている。つまり、四六駢儷文のような表現なのである。范仲淹は、こうした流麗な表現の後に最も決定的な発言をするために、いわば結論を鮮明にするために、四六駢儷文の表現様式をここに用いたと考えられる。結論はこうである。

嗟夫、予嘗求古仁人之心、或異二者之為。何哉。不以物喜、不以己悲。居廟堂之高、則憂其民、処江湖之遠、則憂其君。是進亦憂、退亦憂。然則何時而楽耶。其必曰先天下之憂而憂、後天下之楽而楽歟。噫微斯人、吾誰与帰。（嗟夫《ああ》、予嘗《かつ》て古《いにしえ》の仁人《じんじん》の心を求むるに、或いは二者の為《い》に異なれり。何ぞや。

物《もの》を以て喜ばず、己《おのれ》を以て悲しまず。廟堂《びょうどう》の高きに居《お》らば、則ち其の民《たみ》を憂《うれ》え、江湖《こうこ》の遠《とお》きに処《お》らば、則ち其の君《きみ》を憂う。是れ進むも亦《ま》た憂え、退《しりぞ》くも亦た憂う。然らば則ち何《いず》れの時にして楽しまんや。其れ必ず「天下《てんか》の憂えに先《さき》んじて憂え、天下の楽しみに後《おく》れて楽しむ」と曰わんか。噫《ああ》 斯の人微《な》かりせば、吾誰と与《とも》にか帰《き》せん。）

ああ、私はかつて古の仁者の心を考えてみたが、それはこの二者（岳陽楼に登って暗い景色に悲しんだ人と春景色を楽しんだ人）の為したこととは異なっている。仁者は外なる物によって喜んだり、自分のために悲しんだりはしない。朝廷で高位にあれば、民衆のことを憂え、遠く民間に退いていれば、主君のことを憂える。朝廷に仕えても憂え、民間に退いても憂えるのである。それならば仁者はいつ楽しむのであろうか。それはきっと「天下の人々の憂えに先んじて憂え、天下の人々の楽しみにおくれて楽しむ」ということになるだろう。ああ、このような人（古の仁人）がいなかったならば、私は誰とともに進むことができようか。

范仲淹の主張は、この末尾の一段に集約されている。流謫の境遇に悲嘆する者、春景色を楽しむ風雅の人、彼らは自分一人の憂えと楽しみに終始している。それをこえたところに「仁人」の心がある。范仲淹はそう主張する。「仁人」は、どのような境遇にあっても憂えた。憂えを引き受けた人々だった。その憂えは、自己一身にかかわる憂えではなく、社会的な憂えだった。自分一人だけの憂えや楽しみにかかわっているかぎり、人は人間の生の核心に近づけない。人間全体の憂えと楽しみの中に、分け入っていかなければならない。常に天下の憂えに先んじて憂えていることが必要であって、その先に真の楽しみがある。「先天下之憂而憂、後天下之楽而楽」(天下の憂えに先んじて憂え、天下の楽しみに後れて楽しむ)という言葉は、宋代知識人の姿勢をあらわすものとして有名になり、日本でもよく知られている。

## 2　歐陽脩

### ◈散文作家としての歐陽脩

歐陽脩は詩人としても重要な存在だが、それ以上に、文章家として大きな位置を占める。年上の友人として尹洙と深くまじわり、彼の文章から大きな影響をうけ、古文を尊重する姿勢をうけついだ。みずから優れた古文の文章を制作しただけでなく、その影響下に優秀な古文作家を輩出し、宋代の文章の方向を大きく決定づけた。「送徐無党南帰序」(徐無党《じょむとう》の南帰《なんき》するを送る序)を見る。徐無党は歐陽脩の弟子の名。礼部の試験に合格したが、まもなく郷里に帰ることになった。それを見送る文章である。草木も鳥獣も、人間も、みな一様に死に、消滅してゆくだけだ、だが聖賢だけは死んでも朽ちることがない、と歐陽脩は言う。そして、聖賢が不朽である理由を三つに要約する。聖賢が聖賢である理由は、我が身に道徳を修め、それを物事に適用し、それを言葉によって表現するからである。この三つが、聖賢を不朽の存在とする理由なのである。そして、その三つの中で「修身」がもっとも重要だと述べる。

修於身者、無所不獲。施於事者、有得有不得焉。其見於言者、則又有能有不能也。施於事矣。不見於言可也。自詩書史記所伝、其人豈必皆能言之士哉。修於身矣。而不施於事、不見於言、亦可也。……其

不朽而存者、固不待施於事。況於言乎。（身に修むる者は、獲《え》ざる所無し。事《こと》に施《ほどこ》す者は、得《う》る有り得《え》ざる有り。其の言に見《あらわ》す者は、則ち又能《よ》くする有り能くせざる有るなり。事に施こせり。言に見さずして可なり。詩・書・史記の伝うる所より、其の人豈に必ずしも皆能く言うの士ならんや。身に修めたり。而も事に施さず、言に見さざるも、亦た可なり。……其の不朽にして存する者は、固《もと》より事に施すを待たず。況んや言に於いてをや。）

道徳を身に修めれば、必ず（道徳を）獲得できる。だがそれを物事に適用しようとすれば、できるときもあればできないときもある。さらに言葉で表現するということになると、能力がある者もあれば能力が無い者もある。自己の道徳を物事のうえに適用したとしよう。（それができたら）言葉で表現できなくとも、それでかまわないのだ。経典や史書に記されたことから考えれば、そこに記された偉大な人々は必ずしも全て言葉が上手な人ではなかったではないか。道徳を身に修めたとしよう。（それさえできたら）自己の道徳を物事に適用できず、言葉で表現できなくとも、それでかまわないのだ。……朽ちることなく永遠に存在するには、言うまでもなく、（身に修めた道徳を）物事に適用することを必要としない。まして、それを言葉で表現することは、なおさら必要が無いのだ。

### ◈文章と思索

聖賢を不朽の存在にする三つの要素、「修身」（身を修める）、「施事」（事に施す）、「見言」（言に見す）のうち、どれがもっとも重要か。その議論を通じて歐陽脩は、「修身」が本質的な重要性を持つことを示す。修身は、みずからの力による自己完成だから、誰でも努力によって達成できる。だが施事（政治の場などでそれを生かすこと）

は、外的要因によって左右されるから、できる場合もあるし、できない場合もある。さらに見言（言葉で表現すること）は、才能にもよるから、施事以上にあてにならない。確実なのは、修身は自己の努力で必ず達成できるということだ、と言う。

最後に徐無党に向って、文章を書くことばかりに力をそそがず、「勉其思」（其の思いに勉《つと》む。思索に励む）ことを大切にするよう忠告する。

徐無党という弟子は、文章の才にめぐまれ周囲からも評価されていたらしい。歐陽脩はそれをよく知っていたが、そうであるからこそ、詩文に力をそそぐのではなく、修身と思索に励むよう強くすすめるのである。施事や見言は外から見えるものであるから、若い弟子はそれを求めがちだったのだろう。それを抑えて、見えざる修身に向かうよう、明晰な論理に基づいて語りかけている。歐陽脩は韓愈の文体を学んだが、より平易で論旨の通った、簡潔な表現を重んじた。

## 3　蘇軾

### ◈「前赤壁賦」

蘇軾の文章は、自由・自然で、同時に思索的である。代表作に「前赤壁賦《ぜんせきへきふ》」、「後赤壁賦《こうせきへきふ》」、「留侯論《りゅうこうろん》」、「韓非《かんぴ》論《ろん》」、「范増論《はんぞうろん》」などがある。「前赤壁賦」を見る。作者は元豊二（一〇七九）年に捕らえられ、厳しい追及をうけた。これまでの詩作品に朝政を批判したものがあるという理由だったが、実際には王安石の新法に反対したためである。一時は死を覚悟したが、黄州（湖北省黄岡）の団練副使に左遷された。長江のほとりの町である。

同地に着くと、東坡と名づけた畑をたがやし、みずから東坡居士と号した。黄州の近くに、三国時代の赤壁の古戦場と言われる地があり（実際にはやや離れていた）、元豊五（一〇八二）年、友人とそのあたりの長江に舟を浮かべ、月見をした。「前赤壁賦」はそのときにつくられたものである。冒頭部は次のように描かれる。

　壬戌《じんじゅつ》の年（一〇八二）の秋、七月「既望《きぼう》」（一六日）、蘇子（蘇軾）は客とともに長江に舟を浮かべ、赤壁の下に出かけた。清らかな風がしずかに立ち、水面には波も無い。酒をとって客の杯にそそぎ、明月の詩を口ずさんだ。月が東の山のうえにあらわれ、星座のあいだを移ってゆく。白露の気は長江に横たわり、「水光」（水面の光）は天につらなっている。小舟の行くにまかせ、茫々と広がる川面をこえてゆく。すると、はるばると虚空にのぼり風に乗り、この世を忘れ、羽を得て仙界に上るかのようだ。

流麗な情景描写であると同時に、幻想的空間が広がる。そうした幻想的な感覚を呼びおこしたのは、月の光である。「既望」（十六夜）という表現からはじまり、現実の月、「明月之詩」などが次々にあらわれ、月光を反映した「水光」の表現にいたるまで、月光がこの賦をつらぬいている。そしてそれと絡みあうようにして、水の表現がくりかえされる。

### ◈変化と永遠

次の段落で、蘇子は興にまかせて歌を歌う。そこにも「美人」という、月を暗示する表現が見える。その歌を聞いて、客が「洞簫《どうしょう》」（笛）を吹く。その音色は悲しげだった。蘇子が何故そんなに悲しい音色なのかと問うと、客は、「月明星稀、烏鵲南飛」(月明らかに星稀《まれ》に、烏鵲《うじゃく》南に飛ぶ)と歌った曹操は、一代の英雄で、堂々たる大艦隊をひきいてここ赤壁まで下ってきたが、今では影も形も無い、まして我々は数ならぬ身で、一瞬のうちに消えてゆく、そのことを悲しんでいるのだと言う。ここで、同じ「月」を見ながら、蘇子と客との大きな差異が浮かびあがる。蘇子はこう言う。

蘇子曰、「客亦知夫水与月乎。逝者如斯、而未嘗往也。盈虚者如彼、而卒莫消長也。蓋将自其変者而観之、則天地曽不能以一瞬。自其不変者而観之、則物与我皆無尽也。而又何羨乎。(蘇子曰く、「客も亦た夫《か》の水と月とを知れるか。逝《ゆ》く者は斯《か》くの如きも、而も未だ嘗て往《ゆ》かざるなり。盈虚《えいきょ》する者は彼《か》の如きも、而も卒《つい》に消長《しょうちょう》する莫《な》きなり。蓋《けだ》し将《は》た其の変ずる者よりして之を観《み》れば、則ち天地も曽《すなわ》ち以て一瞬なる能《あた》わず。其の変ぜざる者よりして之を観れば、則ち物《もの》と我《われ》と皆尽くる無きなり。而して又何をか羨《うらや》まんや」。)

蘇子は言った、「あなたもまた、あの川の水と月とを知っているでしょう。流れ去る水はこのように昼も夜も流れてゆくが、それでも川の水そのものは流れ去らない。月はあの通り満ちたり欠けたりするが、それでも月そのものは消えてしまったり生まれでたりすることはない。私が思うに、変化するという面から見れば、天地でさえ、一瞬でも変化せずにいることはできない。変化しないという面から見れば、万物も私も、決して尽きることはない。それなのに、何を羨む必要があろうか」。

前段では幻想的な美しさの中にあった月の光と水の流れを、そのまま哲学的な比喩に転換する。水は流れ去るが、水は無くならない。月は満ち欠けするが、月は無くならない。万物には、変化の相と永遠の相が共存している。だから万物も、私という存在も、変化しつつ永遠なのだ。蘇子の言葉はつづく。

且夫天地之間、物各有主。苟非吾之所有、雖一毫而莫取。唯江上清風、与山間之明月、耳得之而為声、目遇之而成色。取之無禁、用之不竭。是造物者之無尽蔵也、而吾与子之所共適。（「且《か》つ夫れ　天地の間、物　各々　主《しゅ》有り。苟《いやし》くも吾の有する所に非ざれば、一毫《いちごう》と雖も取ること莫し。唯だ江上《こうじょう》の清風《せいふう》と、山間《さんかん》の明月とは、耳　之を得て声《せい》を為し、目　之に遇《あ》いて色を成す。之を取るも禁ずる無く、之を用いるも竭《つ》きず。是れ造物者《ぞうぶつしゃ》の無尽蔵《むじんぞう》にして、吾と子との共に適《かな》う所なり」と。）

（蘇子はつづけてこう言った。）「さてしかも、天地の間にあっては、万物にはそれぞれに持ち主がある。仮にも自分のものでなければ、髪の毛一本でも取ることができない。ところが川面によせる清らかな風と、山の間に輝く明月とは、耳がそれを聞けばよい音色となり、目がそれを見れば美しい光となる。その風の音と月の光をいくら取っても誰も禁止することはないし、それをいくら使って（楽しんで）も尽きることはない。これこそ天地万物を造った者の尽きることのない蔵であって、私とあなたがともに心から楽しめるものなのだ」と。

前段では、変化と永遠という時間的な問題が取りあげられていたが、ここでは「天地之間」の所有者という空間的な問題に移っている。天地の間、この世界のすべてには所有者がいる。その窮屈な認識から離れてみれば、清風も明月も、いくらそれを愛でて楽しんでも、誰からも禁止されず、減ってゆくこともない。

我々の前に、無限に楽しめるものとしてある。

「無尽蔵」という言葉は、古くから仏典に見られる。仏の教えは無限の功徳を持っているから、尽きることのない蔵にたとえられた。だが仏教の真理を語ろうとするのではない。目のまえにある自然の清風・月光それ自体を、自分たちを超越した存在からあたえられた無限の豊かさとして、無心にうけとめ楽しもうと呼びかけているのである。「造物者之無尽蔵」というのは、自然の無限で無心な豊かさをとらえた蘇軾独自の感性を示した言葉と考えられる。この後、「客」は喜んで、蘇子と酒を酌み交わす。

## 4　南宋の散文

### ◈南宋の紀行文

南宋に入ってからの散文も、古文が主流だった。中でも、李清照の「金石録後序」は、亡夫の著作である古代文字の研究書『金石録』の巻末の序文であるが、女性らしい優美で独特な文章として注目される。若いころ、自分が亡夫とどのように資料を買い求め、どのように古代文字の解読をしたか、貧しいながら二人で楽しく研究にいそしんだことを、細部にこだわった回想と、みずみずしい文体で描いている。

范成大は、個性的な旅行記を残している。北の金朝に使節としておもむいたときの記録『攬轡録《らんぴろく》』は、その領域の風物や民衆のすがたを的確にとらえている。他にも『驂鸞録《さんらんろく》』、『呉船録《ごせんろく》』などがある。優れた紀行文作家であった。

陸游も旅行記を著している。西方の蜀に向けて長江をさかのぼった記録『入蜀記《にゅうしょくき》』は、淡々とした筆致で見聞を記している。とくに、長江沿岸の民衆の暮らしぶりが、具体的な表現によって浮き彫りになる。日常への関心の深さが伝わってくる紀行文である。陸游らの紀行文には、北宋以来の日常への注視が結晶している。

### ◈宋学と朱子

一方、宋代は、新しい哲学の勃興した時代でもあった。それは、「宋学」、「道学」などと呼ばれる。それを集大成したのは、南宋の朱熹《しゅき》（朱子。一一三〇―一二〇〇）である。

宋代に入ると、唐代の解釈学的な儒教への批判が高まり、儒教を体系的な哲学に高めようとする動きが生まれた。それを大きく進めたのが、周敦頤《しゅうとんい》（茂叔。一〇一七―一〇七三）、号は濂渓《れんけい》である。彼は、儒教の立場に立って、宇宙の生成を説明し、それを人間の行動原理に結びつけようとした。『通書《つうしょ》』、『太極図説《たいきょくずせつ》』が彼の著書として知られている。

北宋期には周敦頤のほかにも優れた学者があらわれ、ことに程顥《ていこう》（明道先生、一〇三二―一〇八五）・程頤《ていい》（伊川先生、一〇三三―一一〇七）の兄弟によって宋学は大きく発展した。南宋に入って、彼らの学問的後継者として登場したのが朱熹だった。

朱熹、字は元晦《げんかい》または仲晦《ちゅうかい》。号は晦庵《かいあん》。死後の諡は文公。尊んで朱子と呼ばれる。

彼の哲学は、人間の「性《せい》」（本性。本質）を探究し、それが「理《り》」（天理。天の理法）に他ならないことを究明したものである。その結果として、「格物致知《かくぶつちち》」（事物の理をきわめ知識を完成する）等の修養を重視した。『論語』、『孟子』、『大学』、『中庸』を特に重視し、これを四《し》書《しょ》と呼び経典に次ぐものとしてみずから注釈を付け、その注釈の中でみずからの思想をくりひろげた。また友人の呂祖謙《りょそけん》とともに『近思録《きんしろく》』一四巻を著し、宋学の体系を分かりやすく示した。同書は、周敦頤『太極図説』を論理的基礎とする。その巻一「道体類《どうたいるい》」に、こう言う。

濂溪先生曰、無極而太極。太極動而生陽。動極而静。静而生陰。静極復動。一動一静、互為其根。分陰分陽、両儀立焉。（濂溪先生曰く、「無極《むきょく》にして太極《たいきょく》。太極動きて陽を生ず。動極《どうきわ》まりて静《せい》なり。静にして陰《いん》を生ず。静極まりて復《ま》た動く。一動《いちどう》一静《いちせい》、互いに其の根《こん》を為す。陰に分かれ陽に分かれて、両儀《りょうぎ》立つ」と。）

濂溪先生（周敦頤）は言われた、「無極（無である極点）にして太極（すべてが生まれ出る極点）と言うべき極点が根源である。その太極が動いて、陽の気を生む。動くことが極まると静かな状態になる。静かな状態になると、陰の気を生む。静かな状態が極まるとまた動く。一つの動と一つの静が互いに相手の根拠となる。こうして（太極は）陰に分かれ陽に分かれて、両儀（天と地など、対峙する二つの存在の原理）が立ちあがる」と。

ここには、「無極而太極」（無極にして太極）という根源が、動いて陽の気を生み、静まって陰の気を生み、それが万物の生成へとつながってゆく過程が描かれている。これは周敦頤の『太極図説』を引用したもので、それを自己の整然とした論理の基礎としたものと言える。

「無極」であるから、この世界からは見ることもできず、触れることもできない。同時にそれは「太極」と言うべき存在であり、その極点から全ての存在が生まれ出る。「無極而太極」の運動（運動している状態と静謐な状態の往還)によって陰陽が成立し、万物が生成するとして、万物は「無極而太極」の運動、揺れによって生じるのだとするのである。

周敦頤のこうした思想が、その後の道学(宋学)全体の基礎となっていったのであるが、それを朱子は明快な論理の基礎としたのだった。朱子において、人間の本質を宇宙原理と結びつける儒学の新しい体系が確立し、大きな影響力を持つようになった。これを「朱子学」と呼ぶ。

### ◈古文と口語

自由に思索をくりひろげることのできる文体を求める動きは、話し言葉(口語)による弟子との問答・会話を記録することにもつながった。それは禅宗などで見られた語録の影響をうけたものと言えるが、朱子の学団も口語を重んじ、膨大な言葉を弟子が記録しまとめている。『朱子語類』一四〇巻である。そこには数多くの口語が記され、朱子と弟子たちの間で交わされた日常語の会話と、思索の跡が克明に描きだされている。また『近思録』にも、話し言葉に近い文章が混在している。巻二「為学類」にこう言う(口語のため、訓読は省略)。

莫説道将第一等譲与別人、且做第二等。才如此説、便是自棄。雖与不能居仁由義者、差等不同、其自小一也。言学便以道為志、言人便以聖為志。

一番になることを他人に譲って、まあまあ二番くらいでもよいというようなことを言ってはならない。そのように言うだけで、既に自分で自分を見すてているのだ。そういう人間は、仁義に従って行動することが全くできない人間と、同じレベルではないとはいえ、自分で自分を小さくしているという点では同一である。学問について言えば、真理を得ることを志とせよ。人間について言えば、聖人となることを志とせよ。

『近思録』は、周敦頤・程顥・程頤らの言葉をあつめたものだが、その構成の中に、朱子の論理を重視する態度や、口語への深い関心が見られる。「説道」、「将」、「譲与」、「第一等」、「且做」、「才」、「便是」、「差等」など、口語または口語的な表現である。ここには事柄を正確に言おうとする意識があるだけではなく、語気をも正確に伝えようとする意識までが見られる。

俗文学である「平話」と、壮大な哲学体系を持つ道学とが、どちらも口語によって記された。それは、中世的な伝統意識がうすれ、人間の感性や欲望に対する肯定が強まり、他方、世界を人間の論理でとらえようとする欲求と、とらえることができるとする自信が増したためである。そして、庶民においても知識人においても、話し言葉の持つ語気を伝える表現が重視されるようになったためである。『全相三国志平話』では、劉備、関羽、張飛をはじめとする人物たちが縦横無尽に活躍しているが、そこには、人間が人間の力によって運命を切り開くことへの欲求と自信が潜在している。道学の体系も、宇宙から人間までを、既成の権威にしばられず人間の論理によってとらえようとする欲求に基づくものだった。その論理の口語をも用いた徹底的な表現への志向と、俗文学の興起は、見えないところでつながっている。

# あとがき

この本が生まれることになった経緯は、次のようなものだった。

私が勤務していた東京女子大学では、毎年、武蔵野市寄付講座を開き、大学の講義の一つを武蔵野市民に公開していた。二〇一六(平成二八)年度には、私にその講義の順番が回ってきて、中国文学概論の授業を公開し、若い学生とともに、多くの市民に受講していただいた。その熱心な姿は、学生にとって、また何より私にとって励みになった。講義は、文学史と概論を組み合わせたような内容で、一年間で中国文学の概略を語るというものだった。

この講座には一つ大きな課題があった。年度末に講義記録を刊行しなければならないのである。そのため毎回おおよその講義内容をプリントして配り、年度末にそれを修正して講義記録を作った。講義記録は、何とか二〇一七(平成二九)年三月に刊行できた。とはいえ講義の記録であるため、横道にそれている所、詳細に過ぎる所、簡略に過ぎる所などが入りまじり、相当に雑然としたものだった。首尾整わない講義記録の一部を親しい方々に送ったところ、東方書店より、この講義記録を基にした文学史を刊行したいという申し入れをいただいた。編集部の家本奈都さんからこのお話しをいただいたとき、しばらく躊躇した。私の講義そのものが古典文学を対象としていて近現代文学には全く触れていない上に、古代から唐・宋あたりまでは何とか詳細に述べていたが、明・清の部分は簡単に駆け抜けていたものだったから、そのことがまず気がかりだった。しかし、唐・宋まででよいという。その他にも心配事はいろいろあったが、講義記録に手を入れれば何とか形になると考えて、お引き受けした。

しかし手をつけてみると、たちまち行き詰まった。多少とも整った文学史にしようとすると、講義の逸脱や飛躍を修正しなければならない。自分の好みで選んでいた作品も、もう少し一般的なものにしなければならない。そんなことに手足を取られているうち、時間ばかり経ってしまった。その上、当時は大学史編纂の仕事を負っていたため、時間そのものが無かった。二〇一九(平成三一)年三月、ようやくその仕事を終え、同時に大学を全く退いた。その間、細々と資料を整理し、講義記録を書きなおし始めていたが、編集の家本さんは気が気ではなかっただろう。大変な心配をかけてしまった。ともかく、同年四月からは原稿を書くことに何とかとりくみ、今日に至った。

文学史というものは何を課題とするのか、今、中国文学史を提出することにどのような意味があるのかということが問われなければならないが、本書はそれに深く立ちいっていない。文学史の課題は、文学発展の法則を明らかにすることだ、という考え方は、既にそのままでは通用しないと言える。法則と呼ばれるものが実は仮説であり、発展という概念が実は近代工業社会の発想と価値観に依っているという問題もある。だがそれ以上に、文学史の視点が文学の内実の究明に役立たない限り、何ほどの意味も無いと言えるからである。本書が、時代ごとに異なる課題、あるいは視点を設定したのも、その視点と作品の検討との間をくりかえし往復したのも、文学史と作品とを結びつけようとする意図に基づいている。成功したとは思えないが、作品の言語表現から出発し、そこにもどってくる文学史を、試みたのである。

中国文学の多彩さ、多様性を少しでも描くことができたなら、本書の試みは意味があったと言えるだろう。中国文学史を、今、提出することは、そこに意味があると私には思われる。中国の知識人も庶民も、その哀歓を言葉によって表現することに強い意志を持ちつづけてきた。三〇〇〇年に及ぶ表現への意志。その意志のあり方そのものも多様だったし、その結果生み出された表現も多様で多彩だった。だが今、こうした言語表現の歴史に対する注目は、稀薄になっている。日本では長く、中国の言語表現を学びつつ、それに対峙してきた。そのことによって、独自の文学や思想を切りひらいてきた。しかしそうした歴史への注目は弱くなり、その結果、中国文学の多様性への認識も、同時に日本語の奥行きに対する認識も弱まっているように思われる。それは日本だけの現象ではなく、世界中が同じような状況なのだが、本書はそうした状況に対するささやかな発言である。それだけではない。言語表現の多様性に対する制約は、今、世界中に広がりつつある。多彩な言葉を支配してしまおうとする圧力が、世界の各地に強まっているように見える。中国の古典文学は、知識人や庶民の表現の多彩な成果である。その多様性と多彩さを示すこと自体が、世界各地の言語表現を制約する力に対する抗言となるものと思う。

私は以前、当時勤務していた法政大学で中国文芸史の授業を担当した。また、一九九三(平成五)年二月に法政大学通信教育部の教科書として『中国文芸史』を刊行した。学部での授業をもとに書いたものである。教科書であったため学外で読まれることはなかったが、記述の過不足が目につき、独断に過ぎる部分もあり、訂正したいと思いながら、ついにその機会は得られなかった。本書は一部に、この旧い教科書をふまえた部分もあるが、記述は根本的に改めた。ふりかえってみると本書は、法政大学と東京女子大学で行った講義に基づいていることになる。二つの大学の才能豊かな学生の皆さんから刺激を受けて、何とか本書にたどりついたのだと、今にして思う。

本書は、多くの先人の業績に頼って、ともかく書物になったものである。古代から唐宋の時代までと言えば、その研究は膨大なものである。多くの注訳、研究を参考とさせていただいたが、その全てを列挙することは断念せざるを得なかった。ただ、「中国文学史」として多くを学んだ次の書物は、ここに掲げておきたい。

鈴木修次・高木正一・前野直彬編『中国文化叢書5　文学史』(大修館書店、一九六八年)

吉川幸次郎述、黒川洋一編『中国文学史』(岩波書店、一九七四年)

前野直彬編『中国文学史』(東京大学出版会、一九七五年)

くりかえしになるが、本書は多くの先行研究によっている。先人のお一人おひとりに感謝を申し上げなければならない。

いつか文学史を書いたらどうかと、もう四〇年以上前に声をかけて下さった故小野忍先生に、特に感謝を申し上げたい。

東方書店編集部の家本奈都さんに、お礼を申し上げたい。家本さんの忍耐と力強い支援がなかったら本書は形にならなかっただろう。

東方選書 56

中国文学《ちゅうごくぶんがく》の歴史《れきし》 古代《こだい》から唐宋《とうそう》まで

二〇二一年一〇月三一日 初版第一刷発行

著者……安藤信廣
発行者……山田真史
発行所……株式会社東方書店
東京都千代田区神田神保町一―三 〒一〇一―〇〇五一
電話(〇三)三二九四―一〇〇一
営業電話(〇三)三九三七―〇三〇〇
ブックデザイン……鈴木一誌・吉見友希
組版……三協美術
印刷・製本……(株)シナノパブリッシングプレス
定価はカバーに表示してあります

ISBN 978-4-497-22112-4 C0398

東方選書



https://www.toho-shoten.co.jp/